L'HISTOIRE TENDRE D'UNE COW-GIRL

LES SŒURS DE HEART FALLS
TOME 1

VIVIAN AREND

The Cowgirl's Forever Love / L'Histoire tendre d'une cow-girl

Copyright © 2019 par Arend Publishing Inc.

ISBN : 9781990674297

Correction de la version originale par Anne Scott

Relecture de la version originale par Angie Ramey, Linda Levy, & Maniela Velasco

Traduit par Myriam Abbas et Valentin Translation

Conception de la couverture © Damonza

IN MEMORIAM

Contrairement au père dans cette histoire (qui heureusement retrouve les idées claires plus tard), mon père était une personne que j'ai admirée toute ma vie. Il m'encourageait toujours, j'ai toujours su qu'il était là pour moi. J'ai toujours senti son amour. Il a été mon premier héros, et il a laissé derrière lui un héritage que je ne peux que rêver de poursuivre.

Tu me manques, papa.

1

____

Ranch de Silver Stone, début mars

Un cri résonna contre les murs de l'écurie, passant d'un gémissement profond à un cri strident et terrifiant qui lui fit apparaître la chair de poule sur la peau. Si Lisa Coleman avait cru aux fantômes, elle aurait pris ses jambes à son cou. Au lieu de ça, la curiosité l'emporta alors qu'elle avançait vers la provenance du son dans le bâtiment chauffé.

Ce n'était pas à ça qu'elle s'était attendue quand elle avait filé en douce de la maison, essayant de laisser un peu d'intimité à sa sœur et à son beau-frère. Un instant de calme et de silence était une bénédiction.

Avoir du temps pour elle... peut-être. Lisa ne voyait personne, mais pour le silence ça allait être difficile. Il semblait que les fantômes des hivers passés avaient élevé la voix et faisaient de leur mieux pour faire tomber la poussière des chevrons.

Lisa partit à la recherche du son inquiétant.

Elle était à Heart Falls depuis la mi-décembre pour aider sa sœur Tamara à gérer une première grossesse difficile. Ce qui voulait dire que Lisa cuisinait, faisait le ménage et aidait à prendre soin des deux filles adoptives de Tamara, qui avaient huit et presque onze ans, tout en jonglant avec toutes les tâches qu'impliquait la gestion domestique d'un ranch.

Ajoutez à cela que le ranch de Silver Stone avait accueilli un mariage familial la veille – calme, cela dit, mais quand même –, et les journées de Lisa étaient remplies à ras bord.

Elle passa devant deux longues rangées de stalles. Les chevaux à l'intérieur levèrent la tête, le museau tourné vers le sud. Leurs oreilles remuaient et leur peau frémissait comme s'ils repoussaient des mouches. L'équivalent pour un cheval de demander : « C'est quoi ce bazar ? »

Heureusement, aucune des bêtes ne semblait effarouchée. Lisa espérait que ce n'était pas parce que le feulement était un événement récurrent au ranch de Silver Stone.

Elle avança pas à pas, lentement mais régulièrement, alors que le son changeait de hauteur et de timbre, il n'était plus de la même intensité que lorsqu'elle était entrée dans le bâtiment.

Sa recherche de la source du bruit l'amena devant la porte qui conduisait au plus ancien bâtiment du ranch. L'écurie massive où elle se tenait était un des deux ajouts qui avaient été construits de chaque côté de l'ancien bâtiment.

Le bois devant elle était foncé, érodé par le temps, et le plancher s'enfonçait sous les pieds là où des millions de pas de bottes avaient laissé leurs marques au cours des années.

La voix qui résonnait contre les murs – parce que c'était assurément une voix, et celle d'un homme en plus – devenait plus faible et rauque. Comme s'il était à bout.

Lisa avait enfin reconnu celui qui faisait du bruit et, alors qu'elle déverrouillait prudemment la porte et jetait un coup d'œil dans le couloir obscur, elle ne savait pas vraiment à quoi s'attendre.

Pas seulement à cause de l'étrange jeu de cache-cache de ce soir-là, mais parce que le propriétaire de cette voix, Josiah Ryder, le vétérinaire du coin, s'était avéré être la plus grande énigme qu'elle ait jamais rencontrée.

Elle était tombée sur lui quelques fois l'année précédente quand elle rendait visite à Tamara et au moins une douzaine de plus au cours des derniers mois, mais elle n'arrivait tout simplement pas à le cerner. C'était sérieusement agaçant. Lisa ne se retrouvait pas souvent perdue quand il s'agissait de juger les gens.

Ou de gérer les gens, si elle était honnête.

Lisa poussa la porte devant elle, et le bois massif s'ouvrit brusquement en grand. Elle tâtonna d'une main sur le mur dans l'espoir d'éclaircir un peu la situation, mais même après avoir appuyé sur l'interrupteur, l'obscurité emplissait l'étroit couloir entre deux espaces bien éclairés.

— Josiah ? lança-t-elle dans les ténèbres.

— Hé.

Sa voix était profonde, éraillée, et sexy comme le péché, bon sang. Comme s'il venait de sortir du lit et n'avait pas eu le temps de faire autre chose que de cligner des yeux vers elle après une nuit blanche qui les aurait tous les deux laissés satisfaits.

Bon sang, Lis, il semble que ton imagination fonctionne bien, même si le reste était rouillé.

Josiah était clairement quelque part dans la pièce, mais elle ne le voyait pas. Ou en tout cas, pas pour l'instant.

Au premier coup d'œil, il semblait qu'une veste molletonnée pendait d'un crochet fixé en hauteur sur le mur.

Une seconde plus tard, il fut apparent qu'il n'y avait pas juste une veste mais qu'elle contenait un corps. Les jambes de Josiah gainées de jean pendaient vers le sol, laissant ses bottes usées suspendues à trente centimètres au-dessus du plancher.

Elle s'avança vers lui.

— C'est quoi ce bazar ?

Les doigts d'une main remuèrent pour la saluer.

— Lisa. Comment se passe ta soirée ?

Elle était assez proche pour voir que sa veste était bizarrement tordue, s'élevait sous son menton et forçait ses bras à rester à l'horizontale comme s'il était attaché à un poteau tel un épouvantail. Son beau visage semblait d'une couleur trop sombre pour être saine.

Lisa répondit aussi nonchalamment qu'il avait posé la question.

— Bien. Les enfants sont allés se coucher, et Tamara et Caleb passent un moment tranquille, alors j'ai décidé d'aller marcher. Et toi ?

— Je m'accroche.

Elle repoussa le rire franc qui voulait s'échapper.

— Je peux te donner un coup de main ?

— S'il te plaît. J'ai les bras engourdis depuis cinq minutes. Je commence à ne plus sentir mes pieds.

Lisa lança un coup d'œil dans la petite pièce autour d'elle, mais il n'y avait rien pour l'aider. Elle passa au-dessus de quelques lattes en bois brisées qui reposaient sur le sol et retourna vers les box des chevaux.

— Ne bouge pas, lança-t-elle par-dessus son épaule.

Il souffla moqueusement.

Elle trouva un haut tonneau dans l'écurie, l'emmena en le faisant rouler et le plaça sous les pieds de Josiah. Elle dut l'aider à poser ses pieds bottés sur la surface, puis elle grimpa à côté de lui et tendit les mains derrière son dos pour le détacher du crochet qui avait troué sa veste avant de s'arrêter au niveau du col épais.

— Tu as de la chance de ne pas avoir été embroché, dit-elle avec inquiétude alors qu'ils retournaient sur la terre ferme.

— J'ai beaucoup de chance. J'ai rendu grâce tout le temps pendant que j'étais pendu là, dit Josiah en haussant les épaules, grimaçant de douleur alors qu'il contractait ses biceps pour faire circuler le sang. Je n'ai aucune idée du temps que j'ai passé coincé là.

Il avait probablement mal de la tête aux pieds.

— Retire ta veste, ordonna-t-elle. Je vais te masser.

Elle s'attendait à ce qu'il ignore son offre. Peut-être à ce qu'il prenne congé puis s'éloigne en martelant le sol d'une manière virile comme s'il avait prévu toute l'histoire.

Au lieu de ça, il remua les épaules d'un côté puis de l'autre, grognant de douleur alors que sa veste glissait.

— Je n'ai aucune objection, mais d'abord... ? Ça me gratte entre les omoplates, et bien que tout le reste ait été engourdi, cette démangeaison est devenue de plus en plus intense.

Lisa se mit à rire, plaça ses ongles au milieu de son dos et le gratta fermement, puis plus bas jusqu'à ce qu'elle trouve l'emplacement qui le fit grogner.

— Y a-t-il une raison en particulier pour laquelle tu t'es transformé en ornement sur le mur ? Je n'ai aucune idée de comment tu es arrivé là-haut.

— À cause d'une série d'erreurs, répondit Josiah en étirant un bras devant son torse pour se soulager au niveau des épaules alors qu'elle passait à son massage. Les chats dans l'écurie ont un affreux sens de l'humour.

— Les chats dans l'écurie... Aaah, oui. Ça explique tellement de choses. Je suppose que tu as grimpé sur quelque chose pour essayer d'en attraper un ?

— Ces lattes étaient fixées au mur quand j'ai commencé. Les choses allaient parfaitement bien jusqu'à...

Il s'arrêta net, puis se racla la gorge et changea de bras. Le geste fit saillir ses épaules, et les muscles déjà fermes devinrent aussi durs que de la roche sous les doigts de Lisa.

Josiah Ryder était baraqué. On ne pouvait pas nier que cet homme était en excellente forme, de haut en bas. Non seulement son corps était agréable à contempler, mais son visage était du genre à vous y faire regarder à deux fois. Avec ses pommettes hautes et sa mâchoire ferme, son visage était attirant, et le début de barbe sur ses joues, son menton et sa lèvre supérieure faisait de l'effet à Lisa.

Ça, et ses yeux bleus perçants qui la fixaient franchement alors qu'elle faisait le tour et forçait ses pouces à s'enfoncer dans son biceps droit, détendant les nœuds qui s'étaient développés pendant qu'il était piégé.

Son corps était sexy, mais ce n'était pas seulement une attirance physique qui jouait sur ses points sensibles. C'était le sourire lent et furtif qui s'étirait sur son beau visage. L'expression malicieuse qu'elle avait vue durant ses visites avait attisé sa curiosité et son intérêt, surtout quand il formulait un occasionnel commentaire sarcastique ou une anecdote à l'improviste avec un timing comique parfait.

Intrigant. Sexy. Cet homme avait énormément de choses pour lui, pourtant, chaque fois qu'elle avait ne serait-ce qu'entrouvert une fenêtre et essayé de flirter avec lui, il avait coupé court.

Elle se força à écarter ce mystère, le mettant de côté, parce que Josiah était évasif, ce qui signifiait qu'elle devait simplement creuser, à la recherche de détails.

— Les choses allaient parfaitement bien jusqu'à ce que... *quoi* ? l'encouragea Lisa, baissant les yeux alors qu'elle le frictionnait en dessous du coude et descendait vers son poignet.

Ses bras minces et musclés étaient parsemés pile comme il le fallait de poils drus.

Maudit soit cet homme. Il avait même des avant-bras sexy.

— Peut-être que je ne veux pas te le dire, répondit-il, sa voix contenant une inflexion inattendue. Tu trouverais le moyen de me tourmenter avec ça toute l'éternité.

— Mec, je t'ai trouvé en train d'imiter une fourrure que quelqu'un aurait accrochée pour sécher. Je peux déjà te taquiner, rappela Lisa en passant à son bras gauche, commençant par son épaule avant de descendre. De plus, je ne suis là que pour quelques mois, alors ce n'est pas comme si tu me donnais des munitions pour la vie.

Sa voix traînante décontractée disparut et il parla vivement. Bien plus intensément.

— Tu pars aussi vite ? Je croyais que tu étais là pour aider Tamara.

— Seulement jusqu'à l'arrivée du bébé et que Tamara soit de nouveau sur pied, expliqua Lisa. Le bébé est attendu fin avril. Je suis là depuis décembre. Je pense que devoir vivre six mois dans son sous-sol, c'est assez long comme ça. Quand le mois de mai arrivera, je serai prête à passer à la suite.

— Et à quoi ressemble la suite ?

Elle haussa les épaules.

— Je ne sais pas vraiment. C'est probablement affreux à avouer, mais j'ai enfin décidé de ne pas retourner à Rocky Mountain House. Le reste des détails est flou, mais je vais trouver.

— Tu pourrais rester à Heart Falls, signala Josiah. Il y a d'autres endroits où vivre que sous le toit de ta sœur.

— Peut-être. J'ai cette envie folle de prendre un avion et de m'envoler vers un endroit que je n'ai vu que dans les livres. Mais j'ai encore un peu de temps pour me décider. Je n'ai fait part de ma décision à ma famille qu'il y a deux jours.

— C'est un grand changement.

— C'est un changement *excitant*, dit Lisa avec conviction avant de le regarder. Jolie tentative pour me distraire, au fait. Je ne vais pas te lâcher la grappe avant que tu ne me dises comment tu t'es retrouvé sur un *grappin*.

— Quelle comique.

Il s'éloigna d'un pas, ramassa sa veste et passa un doigt dans le trou. Il l'examina, ne regardant délibérément pas vers elle alors qu'il avouait :

— Le chat n'était pas le problème, mais il y avait cette araignée...

Comme il s'interrompait, Lisa pinça violemment les lèvres. Elle rejeta les commentaires impertinents qu'elle était sur le point de faire.

Elle *ne* se moquerait *pas* des peurs de qui que ce soit. Peu importe à quel point il était amusant de prime abord de s'imaginer un si beau spécimen de virilité s'enfuir devant quelque chose de la taille de son ongle.

— Je ne te tourmenterai pas sur quoi que ce soit à part de t'avoir trouvé à imiter un épouvantail, lui assura-t-elle doucement.

Le superbe regard bleu de Joshua passa sur son visage comme pour juger à quel point elle était sérieuse. Il hocha la tête en renfilant sa veste.

— J'apprécie.

L'épais vêtement recouvrait maintenant ses larges épaules. Ce n'était pas normal que ses doigts la démangent à ce point de le toucher de nouveau.

D'un autre côté, ce qui n'était pas normal, c'était de ne pas tirer avantage d'une occasion parfaite à laquelle elle avait pensé très sérieusement.

Elle allait quitter la ville tôt ou tard, mais rien n'interdisait qu'elle et Josiah s'amusent pendant qu'elle était là.

Lisa leva la main pour lui arranger son col, redressa le tissu avant de laisser ses mains s'attarder sur son torse, caressa la fourrure d'agneau chaud de sa veste alors qu'elle se concentrait sur son visage.

— Je suis contente que tu n'aies pas été blessé.

Josiah baissait le regard sur elle comme s'il voulait la consumer – ce qui, eh bien, lui convenait –, le bleu vif de ses yeux brûlant et plein de désir. Son regard tomba sur ses lèvres, gagnant du temps comme s'il réfléchissait à sa prochaine action.

Le mouvement était peut-être banal, mais impossible à empêcher... Lisa s'humecta les lèvres, et les yeux de Josiah se dilatèrent un peu plus.

L'excitation planait dans l'air. La question n'était plus *si*, mais *quand*, et elle se retrouva à se pencher en avant, accentuant la pression de son contact, refermant l'espace entre eux.

Josiah changea de position, sa respiration devint irrégulière, puis il...

Il s'en alla.

Il tourna les talons et passa à côté d'elle, se déplaçant comme un bandit armé de western dans le couloir, puis dépassa la rangée de chevaux. Son postérieur parfait s'éloignait d'elle alors qu'il battait en retraite, de manière mesurée mais pressée.

Le trou dans sa veste s'effilochait déjà, des fils dépassaient, signe visible que quelque chose s'était mal passé.

Quelque chose de pénible comme le fait qu'elle venait encore de se prendre un râteau, parce qu'à moins de vouloir le poursuivre Lisa n'avait pas d'autre choix que de regarder Josiah disparaître au loin.

Elle *détestait* ne pas savoir ce qu'une personne allait faire ensuite. Surtout quelqu'un comme Josiah Ryder, qui était intrigant et sexy, un homme qu'elle serait vraiment prête à mieux connaître durant le reste de son interlude à Heart Falls.

Il semblait que sa vie amoureuse soit en pause, de la même manière que le reste de sa vie vacillait au bord de...

Rien. Elle n'avait aucune idée de ce à quoi le futur devrait ressembler. Malheureusement, il semblait qu'elle allait nager dans la solitude jusqu'à ce qu'elle le découvre.

Lisa inspira profondément et se donna un coup de pied au derrière. Assez broyé du noir.

Même si son futur était là-bas, *quelque part*, son présent l'attendait dans la maison. Là où sa sœur avait besoin d'aide. Et si Lisa avait appris quelque chose au cours des dernières années, c'était comment prendre soin de ses sœurs.

Elle tapota le cheval le plus proche sur les naseaux puis reprit la direction de la maison du ranch à travers la nuit hivernale et enneigée. Le programme de sa soirée impliquait maintenant d'aller se cacher dans la chambre d'ami du sous-sol pour laisser un peu d'intimité à sa sœur et à son beau-frère.

La triste vérité était que, peu importe où elle finirait, elle allait rêvasser à Josiah Ryder. Qu'elle aurait aimé qu'ils soient tous les deux ensemble dans l'écurie ! Peut-être dans le fenil, à générer de la chaleur et à apprendre à se connaître bien plus intimement.

S'éloigner de la tentation que représentait Lisa Coleman avait été horriblement difficile.

Josiah referma le dernier portail derrière lui et monta la longue allée vers son ranch avec vue sur les montagnes Rocheuses d'Alberta. Il vivait suffisamment loin de la ville pour avoir de l'intimité. Suffisamment près pour pouvoir profiter du rare luxe qu'une petite ville pouvait offrir.

Son téléphone sonna, et il le mit sur haut-parleur alors même qu'il dirigeait sa camionnette dans les ténèbres.

— Josiah. Quelle est votre urgence ?

— Quelle est la tienne ?

La voix profonde et traînante de Caleb Stone résonna sur la ligne, et malgré le pincement d'irritation dans son ventre, Josiah s'obligea à sourire.

— Je croyais que tu passais une soirée calme avec ta femme.

— C'était *bien* toi que j'ai vu garé près de l'écurie. Pourquoi tu n'es pas passé à la maison ?

Josiah émit un son vulgaire.

— Quel genre d'ami interrompt un rencard ? Surtout que Tamara ne se sent pas bien à cent pour cent très souvent ces temps-ci. En parlant de ça... pourquoi donc es-tu au téléphone avec moi ?

— Arrête de t'inquiéter. J'ai l'intention de profiter de ma soirée, mais je voulais savoir comment s'était passé ton week-end.

Josiah aurait accusé n'importe qui d'autre de poser la question par pure curiosité, pour connaître les ragots, mais Caleb était un bon ami et l'était depuis un certain nombre d'années. Il savait ce qui se passait.

Ce qui signifiait qu'il le saurait à l'instant où Josiah commencerait à mentir.

Il essaya quand même. Ou en tout cas, il essaya de sauter des détails.

— C'était bien. J'apprécie toujours de retourner à Rosebud et de rendre visite à mes parents. Ils ont une production d'*Oliver*[1] qu'ils préparent pour l'été et j'ai pu leur faire des suggestions pour les décors.

— Et... ?

Josiah soupira.

— Le mariage était génial. Darlene et son mari sont fous amoureux. Il semble être un type bien.

Caleb laissa sortir un petit grondement, quelque chose entre la compassion et l'agacement.

— Je n'arrive pas à croire que ton ex-petite amie t'ait demandé de la conduire à l'autel.

— Hé, que puis-je dire ? Je suis un mec génial. Tout le monde m'apprécie.

— Bien sûr que oui. Mais elle n'aurait quand même pas dû le faire, se plaignit Caleb.

— C'est bon, vraiment. Nous nous sommes séparés d'un commun accord il y a bien plus de deux ans. Ce n'est pas comme si je dépérissais avec un cœur brisé, dit Josiah avec un petit rire. Mon ego n'en a pas pris un coup. Même si je commence à comprendre beaucoup mieux la blague : « Toujours la demoiselle d'honneur, jamais la mariée ».

Parce que c'était *ça* qui rendait le tout agaçant. C'était la troisième fois. Pas la partie où il menait la future mariée à l'autel – ce mariage-là avait été une première en ce qui concernait cette bizarrerie.

Avec la petite amie que Josiah avait eue à l'université, ils avaient tous les deux été clairs sur ce qu'ils recherchaient. De la camaraderie, du plaisir. Essentiellement, un bon moment.

Quand elle avait rompu, ç'avait été loin d'être la fin du monde. Ils étaient amis et s'appréciaient, mais ça n'allait nulle part, et patati et patata. Josiah n'avait pas été blessé, pas même quand elle avait commencé à sortir avec quelqu'un d'autre dès la fin de cette semaine.

En un mois, son ex et son nouveau soupirant étaient fiancés.

Josiah avait ri. Il était heureux pour elle... parce que même s'il avait envisagé d'être plus sérieux, ce qui n'avait été pas le cas, ç'aurait été impossible qu'il soit prêt pour le mariage *aussi* vite. Il avait assisté à son mariage et partagé des histoires amusantes, et ça ne lui avait pas paru étrange du tout.

Pas avant que la même chose ne se produise avec sa petite amie suivante.

La troisième fois ? Ouais, ça n'était plus drôle.

— Josiah ?

Bon sang. Il était tellement perdu dans ses pensées qu'il n'avait pas entendu la question de son ami.

— Désolé. Je rêvassais. Quoi de neuf ?

— Je voulais savoir si une soirée poker t'intéressait. Tamara insiste pour que je saisisse cette chance avant que le bébé arrive. Bien sûr, ça signifie aussi que ça se passera chez toi.

Caleb semblait contrit, ce qui était déplacé.

— Oui au poker. Bien sûr, nous pouvons utiliser ma maison. Arrête de donner l'impression que tu abuses de ma gentillesse. Je sais que tu aimes ta famille, mais Tamara a raison. Surtout si elle a une fille. Tu vas avoir besoin d'une poussée supplémentaire de testostérone rien que pour équilibrer les choses.

— Comme cela a été signalé plus d'une fois, avec mes quatre frères, tous les ouvriers du ranch, et la fréquence à laquelle tu passes, il y a une surcharge incontestable de testostérone à Silver Stone.

Josiah n'était pas sûr d'être d'accord.

— Entre tes deux petites filles, ton épouse, et les femmes de tes frères... je pense que chacune d'elles en vaut au moins quatre d'entre nous. Ce qui signifie que tu vas venir mardi soir, hein ?

— Oui, répondit Caleb catégoriquement. Tu veux que je transmette l'invitation à mes frères ?

— Absolument.

— Attends... Comment savais-tu que je traînais avec Tamara ?

C'était l'heure d'avouer. Même si Josiah n'était pas sûr de savoir jusqu'où il irait.

— J'ai discuté avec Lisa dans l'écurie.

— Aah. Elle a fait un pari avec toi ? Je te jure que cette femme prend plus de plaisir à préparer des bêtises que quiconque que j'aie jamais rencontré.

Ce *n'était pas* ce que Josiah voulait entendre. Il aurait adoré prendre du plaisir avec Lisa. Un plaisir brûlant, moite et obscène.

Ce n'était pas un commentaire qu'il pourrait faire au beau-frère de celle-ci, peu importe que Caleb soit son meilleur ami.

Il avait dû hésiter encore trop longtemps parce que Caleb se lança.

— Bon sang, Josiah. Quelque chose ne va pas. Le week-end t'a atteint plus fortement que tu ne le dis, devina Caleb.

— Non, enfin, si... cela m'a donné beaucoup à réfléchir, admit Josiah. Mais je ne suis pas contrarié. Pourquoi le serais-je ? Darlene et moi sommes tous les deux passés à autre chose et nous sommes parfaitement heureux. C'est bien que les gens évoluent et passent à la suite.

— Je suppose. Sauf que parfois les gens passent à la suite parce qu'ils ne savent pas la chance qu'ils ont déjà.

Ce commentaire était bien trop énigmatique pour cette heure de la nuit.

Josiah prit le dernier virage dans son allée, stupéfait de découvrir deux camionnettes *dually*[2] et des vans à chevaux à l'arrière, déjà garés devant son écurie.

— On dirait que mes nouveaux colocataires sont arrivés avec un jour d'avance.

— Deux de plus qui vont te remplir les poches. Ça doit te plaire.

— Espérons que ce ne sont pas des arnaqueurs.

— Je suis content qu'ils soient là. C'est bien que tu ne sois pas tout seul à errer dans cette grande maison. Et la prochaine fois, passe. Crétin, marmonna Caleb avec affection.

— Sans faute, promit Josiah avant de raccrocher.

Il se gara devant le ranch, s'emmitoufla étroitement dans sa veste contre l'air piquant de la nuit alors qu'il traversait le sol enneigé vers l'écurie.

L'appel de son ami avait été une bonne distraction, mais cela ne changea pas l'agacement dans son ventre.

Il n'avait pas menti à Caleb. Le week-end passé l'avait frappé de quelques vérités de base, et le voyage du retour depuis Rosebud avait été assez long pour qu'il retourne une idée dans sa tête jusqu'à prendre une décision.

Il était temps pour lui d'arrêter d'avoir des aventures. Il était prêt à passer à la suite. Il était prêt à s'installer et à planter des racines, et tout ce qu'impliquait de construire un foyer.

Il avait même la femme parfaite à l'esprit. Lisa Coleman.

Josiah avait passé tout le temps où il était resté coincé sur le mur à élaborer un plan pour convaincre Lisa de commencer à sortir avec lui. Pourtant, la première chose dont elle lui avait fait part, c'était qu'elle allait s'en aller.

Son commentaire l'avait déconcerté.

Plus maintenant. Il ne prenait plus les choses à la légère et ne passerait plus juste du bon temps avec une femme... même si Lisa n'avait jamais été sur la liste des coups d'un soir pour tant de raisons.

Malgré tout, il n'y avait rien de mal dans son ancienne vie sexuelle... et il n'avait pas laissé une traînée de cœurs brisés derrière lui.

Mais quelle chance avait-il de passer l'éternité avec quelqu'un qui prévoyait déjà de partir ?

Sauf que...

Lisa n'était pas sûre de *ce qu'*elle voulait faire, et il regrettait d'avoir filé aussi vite. Il n'avait jamais été doué pour improviser des changements de dernière minute, et cette fois cela lui avait mis un coup de pied aux fesses.

Il ne vivrait plus au jour le jour pour des plaisirs éphémères. Il voulait tout. Il voulait un avenir avec quelqu'un qui le considérerait comme assez précieux pour rester à ses côtés, et il était prêt à faire tout ce qu'il fallait pour que cela se produise.

S'il découvrait exactement pourquoi Lisa prévoyait de quitter Heart Falls, peut-être qu'il pourrait lui présenter des raisons convaincantes de rester. Puisqu'il semblait qu'elle ne savait pas ce qu'elle cherchait, cela pourrait finir par être pour eux l'occasion parfaite de construire une relation solide.

C'était une idée brillante. C'était une idée qui allait totalement marcher.

Maintenant il devait convaincre Lisa d'y adhérer.

2

---

osiah entra dans la chaleur de l'écurie. Son regard glissa sur la gauche, où une lueur jaune tombait sur les ballots de paille entassés le long du mur intérieur.

Deux hommes, qui étaient allongés confortablement, se relevèrent, alors qu'il approchait.

— Je suis Josiah. Désolé de ne pas avoir été là quand vous êtes arrivés.

— Nous avons mieux roulé que nous ne le pensions. Nous nous sommes dit que ça ne vous dérangerait pas si nous mettions nos animaux à l'abri.

Le premier homme lui serra fermement la main. Il portait ses cheveux roux courts, et sa barbe bien taillée encadrait une expression sérieuse.

— Finn Marlette. Voici Zachary Sorenson.

— Je me fais appeler Zach.

L'homme brun s'avança, son sourire étincelant s'étirant d'une oreille à l'autre. Malgré l'heure tardive, il avait l'air de commencer sa journée.

— Nous avons attaché nos chevaux à l'écart dans votre manège. Où voulez-vous les mettre ?

— Là-bas, répondit Josiah en les guidant vers l'autre extrémité de l'écurie en direction des stalles qu'il avait préparées. J'accueille d'autres chevaux, surtout l'été pour les visiteurs de la communauté. Les stalles sont vides en ce moment.

— Elles seront parfaites.

Josiah les accompagna dans le manège où une demi-douzaine d'animaux attendait patiemment. Finn amena un magnifique étalon noir, marquant une pause pour jeter un coup d'œil par-dessus son épaule lorsqu'un autre animal émit un son de détresse.

Josiah s'approcha en hâte pour l'aider, attrapant la longe de l'étalon.

L'animal piaffa avec malaise avant de regarder Josiah de plus près. Il pencha la tête presque comme un chiot, ses naseaux se dilatant.

Cela ne cessait jamais de ravir Josiah. Il s'avança lentement, ses yeux dérivant sur le garrot de l'animal. Il resta de profil, complètement détendu. Respirant profondément, il se concentra pour rester d'un calme absolu.

L'instant suivant, l'étalon le reniflait, levant son museau jusqu'à ce qu'il puisse toucher la joue de Josiah de la tête.

Josiah se déplaça lentement, mais il tapota fermement l'animal sur l'encolure.

— Ravi de te rencontrer aussi.

Il glissa les doigts dans le licol de l'animal, se tournant et découvrant Finn et Zach qui le fixaient du regard.

Zach était bouche bée.

— Comment avez-vous fait ça ? Mywaye devient grincheux avec tout le monde sauf Finn.

Josiah haussa les épaules.

— Nous avons tous des talents. Les animaux m'apprécient. J'ai pensé que nous pourrions le mettre dans le premier box. C'est un des plus grands, alors il ne devrait pas avoir l'impression que nous lui manquons de respect.

Il fit un geste sur le côté.

Finn retrouva enfin sa langue.

— C'est génial.

Ils travaillèrent facilement ensemble alors que Josiah leur faisait visiter l'écurie, pointant l'endroit où se trouvait le fourrage et où ils pourraient mettre leur harnachement. Les trois hommes avaient l'habitude de travailler avec des chevaux et, lorsque les animaux furent installés, Josiah avait l'impression d'avoir eu une merveilleuse présentation de ses nouveaux colocataires.

Finn était le plus sérieux des deux, mais ça ne signifiait pas qu'il n'avait pas le sens de l'humour. Zach présentait une réplique parfaitement sérieuse et Finn intervenait pour lâcher une super réponse. Josiah appréciait le travail d'équipe nécessaire et l'affection profonde entre les deux hommes était claire.

Ils fermèrent la porte de l'écurie derrière eux, continuant à discuter tandis que Josiah les menait vers la maison.

— Je vois bien que vous êtes amis depuis longtemps.

— Nous ? Amis ? répéta Zach en marquant une pause. Oh, c'est vrai. Finn m'a payé jusqu'à la fin du mois, alors ça ira jusque-là.

Finn souffla avec sarcasme, puis ignora Zach, se concentrant sur Josiah alors qu'il les guidait dans la maison chauffée.

— Vous êtes vétérinaire ?

— Oui.

Finn s'installa sur le banc près de la porte pour retirer ses bottes.

— Bien. Ça signifie que vous savez reconnaître le crottin.

Un petit rire bas échappa à Zach tandis qu'il souriait à son ami.

— Au fait, encore merci pour l'hébergement. Finn a acheté une maison, mais il y a beaucoup de boulot avant qu'elle soit habitable.

— Vous m'en avez déjà parlé. Mais vous ne m'avez pas dit ce que vous avez acheté, signala Josiah.

— Les commérages du coin ne vous l'ont pas encore appris ?

Un sourire, léger mais intense, tiraillait les lèvres de Finn.

— Cela répond à ma seconde question. Vous comprenez à l'évidence la dynamique de la vie dans une petite ville. Non, je n'ai pas entendu de rumeur sur vous. Attendez-vous à ce que ça ne soit plus le cas d'ici sept heures du matin ou plus tôt si vous vous pointez au café. Le Buns and Roses est le meilleur de la ville et il ouvre ses portes à six heures.

— Nous n'avons aucune raison de garder le secret sur notre présence, n'est-ce pas, Finn ?

La manière dont Zach le dit impliquait tout à fait le contraire.

— Absolument aucune raison, répondit Finn d'une voix traînante. Mais peut-être que nous pourrions en discuter en mangeant. Si ça ne vous dérange pas que nous utilisions la cuisine.

— Je vais aller chercher la nourriture dans la camionnette, proposa Zach.

Finalement, tous trois allèrent chercher les provisions, puis Josiah leur indiqua brièvement où se trouvaient tous les appareils indispensables, comme la cafetière et la poêle à frire.

Un dîner simple fut sur la table en moins de trente minutes. Ils remplirent leurs assiettes puis se turent, se concentrant davantage pour engloutir la nourriture que pour discuter.

Josiah ne s'était pas rendu compte de l'énormité du creux

dans son estomac. Il avait renoncé à déjeuner avant de s'arrêter à Silver Stone, mais se retrouver coincé sur le mur avait fait disparaître tout ce qui lui restait de cerveau.

Ils finirent tous à peu près en même temps, se renfonçant dans leurs sièges et remplissant leurs tasses alors qu'ils se mettaient à l'aise pour faire la conversation.

— Je sais que vous avez dit que vous avez acheté une propriété, mais je ne sais pas vraiment ce que vous avez de prévu à Heart Falls. C'est un endroit assez petit pour permettre à de nouvelles entreprises de décoller, déclara Josiah avant de se concentrer sur Finn. Et je n'arrive pas à trouver pourquoi votre nom me semble tellement familier.

— J'ai acheté des terres à la limite nord de la ville. Il y a quelques vieux bâtiments dans le ranch et une maison sur le point de s'écrouler, mais la vue est incroyable, et ça ne me dérange pas de mettre de l'argent dans une nouvelle charpente, dit Finn.

— Finn est le trésorier, dit Zach. Il aime bien investir dans toutes sortes de choses pour voir ce qui tient. Les biens immobiliers, les ranchs éducatifs, le pétrole et le gaz...

C'était ça.

— *C'est vous* qui prospectez le ranch de mon ami à la recherche de pétrole ! Maintenant je me souviens.

Finn leva les yeux de la table, où il faisait tourner une fourchette.

— C'est décevant de ne pas pouvoir donner de meilleures nouvelles à Caleb, mais parfois c'est comme ça que ça se passe. Si ça vous intéresse, nous pouvons faire quelques tests chez vous aussi, mais vous n'êtes pas dans la bonne zone géographique.

Josiah écarta la suggestion d'un geste.

— Je savais quand j'ai acheté cet endroit qu'il n'y avait pas de droits d'extraction à exploiter. Mais c'est intéressant que vous ayez décidé de venir ici. À Heart Falls, je veux dire. Il semble que vous ne manquiez pas de choix d'endroits où vous installer.

— Je ne m'installe pas vraiment, dit Finn. C'est toujours bien d'avoir plus d'une casserole sur le feu. Ça vous donne beaucoup d'options.

La chaise racla le sol carrelé lorsque Zach recula de la table pour aller chercher la cafetière, la levant en l'air d'un air interrogateur.

Josiah secoua la tête. Zach remplit la tasse de Finn et la sienne puis se rassit.

— En parlant d'options, que pouvez-vous me dire sur le centre-ville ? J'ai compris que c'était petit, mais savez-vous quoi que ce soit sur le vieux bâtiment Brewster ?

— L'ancienne banque ? Je dirais qu'elle est à deux doigts de devenir un site historique. Elle est vide depuis aussi longtemps que je suis dans le coin.

Pour une certaine raison, cette réponse fit naître un sourire ravi sur le visage de Zach.

— Vous savez qui est le propriétaire ?

Josiah réfléchit un instant.

— Je pourrais demander. Pourquoi, vous avez besoin d'un bâtiment en centre-ville ?

— Zach est l'homme aux idées, dit Finn doucement. Bien sûr, toutes ses idées semblent requérir un peu d'argent de ma part...

— Ta participation n'est requise pour aucune d'elles. Tu reconnais simplement un bon investissement quand tu en vois un, rétorqua Zach.

Josiah se mit à rire. Cela serait agréable d'avoir ces deux-là dans le coin pendant un moment. Caleb avait raison – c'était une trop grande maison pour errer dedans tout seul. Alors qu'il se cassait la tête pour trouver quoi faire concernant la situation avec Lisa, apprendre à connaître ces deux-là l'aiderait à passer le temps.

— Quelle est votre idée ? demanda-t-il à Zach.

— Une microbrasserie. J'ai fait des recherches, et il n'y en a aucune dans les environs immédiats. Suivant la manière dont nous la lancerons, quelque chose comme Heart Falls Hops pourrait s'avérer être très amusant.

— Et amusant *est* son deuxième prénom, déclara Finn d'une voix traînante.

— Il n'y a rien de mal à cela, dit Josiah en hochant la tête. Vous pourriez bien vous en sortir en installant une brasserie. Honnêtement, le seul commerce que je suggérerais d'éviter, ce serait un autre café, parce que les soutiens de la famille Fields trouveraient un moyen de vous enterrer.

Pendant une seconde, Zach parut envisager de relever le défi. Puis il haussa les épaules. Il rassembla leurs assiettes et se dirigea vers l'évier pour commencer à faire la vaisselle.

— Je ne cherche pas à causer de problème. En tout cas, pas au début. J'ai besoin d'un peu de temps pour découvrir la configuration du terrain et trouver exactement ce que je veux faire. En attendant, je vais manier le marteau et le pied-de-biche sur le gouffre à fric que Finn a acheté.

— Tu as besoin de temps pour manier le marteau et trouver un meilleur nom que Heart Falls Hops. On dirait celui d'une équipe de cordes à sauter de CM1, dit Finn en se levant et lançant un bref sourire à Josiah. Zach dispose de la même énergie vingt-quatre heures sur vingt-quatre, sept jours sur sept, mais je dois aller me coucher avant de tomber. Merci de nous avoir ouvert votre foyer.

— Avec plaisir.

Alors que Josiah les aidait à nettoyer et à ranger puis leur montrait leurs chambres, il se rendit compte que c'était la vérité.

Il *aimait bien* être entouré de gens. Il avait grandi dans une grande famille et être tout seul n'était plus ce qu'il voulait. C'était beaucoup mieux d'avoir une conversation pour s'occuper l'esprit plutôt que des murs vides et froids qui lui renvoyaient des absurdités quand il parlait à voix haute.

Quand il se réveilla le matin après des rêves qui impliquaient des mains féminines passant sur son torse... Bon sang, cette illusion lui donna une nouvelle raison d'être fatigué de la solitude.

Lisa Coleman était intelligente et sexy, et ces deux adjectifs l'excitaient.

Dans ce moment agité entre le sommeil et l'éveil, il l'imagina parfaitement, ses cheveux bruns bouclant légèrement autour de ses épaules. Il ne les avait vus que quelquefois détachés au lieu d'être remontés en queue-de-cheval alors qu'elle se hâtait derrière ses nièces ou donnait un coup de main à sa nouvelle famille pour accomplir des tâches dans l'écurie.

Son corps était mince, le buste pas très développé, mais avec largement assez de courbes, qu'il serait heureux d'explorer pendant très longtemps.

Il avait une imagination bien trop fertile, ce qui était à la fois une faiblesse et une force. Josiah se força à entamer sa routine matinale au lieu de s'attarder au lit et de s'occuper de son érection.

Cette envie qu'il avait de presser Lisa contre la surface la plus proche et d'embrasser le sourire sur son visage jusqu'à ce qu'elle hurle son prénom de plaisir... ce n'était qu'une partie.

Même si c'était la partie dont il rêvait avec une grande régularité.

Assez. La journée commençait. D'une manière ou d'une autre, il allait avancer et en découvrir davantage, découvrir ce qui devait se passer pour concrétiser leurs rêves à tous les deux.

S'il devait faire un peu de *préparatifs* pour s'assurer de ne pas être encore pris au dépourvu...

Oh.

Oh, *oui.*

Josiah se retrouva à sourire alors qu'une idée germait, la graine devenant exploitable. Il avait plein d'expérience pour suivre un script.

Peut-être qu'il était temps qu'il en écrive un pour lui-même.

LISA SE TENAIT sous le porche arrière et fixait le paysage enneigé du matin avec satisfaction. La récente vague de chaleur était terminée, et l'énorme chute de neige de la veille avait rendu de nouveau tout immaculé. Une blancheur éclatante recouvrait tous les chemins qu'on avait l'habitude d'emprunter.

Le monde était une merveille hivernale, l'air piquant avec une odeur fraîche et pure. La journée commençait parfaitement, pourtant cela démangeait Lisa d'en avoir plus.

Une camionnette monta la longue allée, ralentissant alors qu'elle approchait de Caleb Stone et de ses deux petites filles, en route vers l'arrêt de bus scolaire.

Josiah Ryder baissa la vitre et discuta un instant avec Caleb. Sasha et Emma couraient en rond, donnant des coups de pied dans la neige alors que le grand chien hirsute, Demon, aboyait comme un fou. Des volutes blanches s'échappaient de la bouche des filles alors qu'elles criaient et riaient, et toute cette scène était pleine de vie et de bonheur.

Et d'agacement, lorsque Lisa se rendit compte qu'elle fixait la mâchoire ferme de Josiah, imaginant la sensation de son début de barbe sur sa peau nue.

Il leva le regard vers le sien, des pattes d'oie apparaissant de chaque côté de ses yeux tandis que son sourire s'agrandissait.

Quand il inclina son chapeau et lui lança un clin d'œil, elle sentit ses joues s'échauffer. Impossible qu'il ait lu dans ses pensées, mais d'après l'expression ravie qu'il affichait ? Elle aurait pu jurer que si.

Elle repoussa cette pensée et se détourna du ciel bleu d'Alberta et de la lumière du soleil qui se réfléchissait sur la surface gelée du lac.

À se glisser dans le foyer chaleureux que Tamara avait créé avec Caleb Stone une vague d'émotions différentes la traversa. Mais avant toute chose, une profonde satisfaction. Lisa était tellement heureuse pour sa sœur !

Quelque chose avait toujours manqué dans la maison dans laquelle elles avaient grandi, ou en tout cas c'était l'impression que Lisa avait eue. Sa mère était morte peu de temps après sa naissance et, même si elle ne pouvait pas trouver à redire sur le fait que son père avait pourvu à leurs besoins matériels, le foyer de son enfance avait manqué de petites touches féminines.

Son regard dériva vers la salle de séjour, vers les coussins moelleux et les plaids, les photos sur le mur, et tout le reste qui parlait de famille...

Non, c'était totalement injuste envers son père parce qu'ils *avaient eu* eux aussi des photos sur le mur. Ils *avaient eu* des dessins de l'école sur le réfrigérateur, et entre elles, les trois sœurs du ranch de Whiskey Creek avaient développé un profond sentiment de famille et d'amitié, un lien bien plus profond que ce que beaucoup de frères et sœurs connaissent.

Mais quelque chose avait manqué. Alors que son regard se posait sur un portrait de Tamara et Caleb avec leurs deux petites filles, la seule chose à laquelle Lisa pouvait penser, c'était au fait d'*être acceptée inconditionnellement*.

George Coleman avait été seul pour élever ses trois filles.

La famille proche était intervenue pour l'aider, mais en fin de compte, ils n'avaient été que tous les quatre. Leur père n'était pas du genre tactile, et il avait des opinions arrêtées les professions appropriées pour une femme.

Ce dernier point avait été un obstacle majeur pour les trois jeunes filles actives qui réfléchissaient par elles-mêmes et avaient des rêves qui semblaient aller complètement à l'encontre de tout ce qu'il voulait qu'elles fassent.

Caleb Stone, avec l'aide de Tamara, créait un monde radicalement différent dans lequel ses filles pourraient grandir. Lisa était franchement très contente *et* déterminée à ne pas se sentir jalouse de la chance qu'elles avaient.

Alors qu'elle terminait d'accrocher son manteau et de ranger ses affaires, Tamara, lourdement enceinte et nauséeuse la plupart du temps, assise à l'îlot de la cuisine, leva les yeux. Son ventre semblait visiblement plus gros que la veille, et sa main était posée sur le haut du renflement.

— Tu es prête ? demanda Tamara en faisant un geste vers le siège à côté d'elle. Karen peut discuter si tu as le temps.

— Bien sûr, j'ai le temps.

Lisa avait trop de temps. C'était une partie du problème.

Elle se mit en position et se pencha en avant, ajusta l'ordinateur portable pour qu'elles soient toutes les deux visibles avant d'appuyer sur le bouton d'appel.

Karen Coleman apparut un instant plus tard, ses cheveux bruns tirés en arrière et une tasse de café posée sur la table devant elle.

— Regardez-moi ces deux feignasses. Je suppose que c'est comme ça que la dame du ranch organise sa journée.

Tamara émit un bruit vulgaire.

— Si tu t'attends à ce que je m'excuse d'avoir fait la grasse matinée, bien essayé. Je fais des réserves pour plus tard, quand j'aurai un nouveau-né.

— Est-ce que tu es déjà sortie ce matin ? demanda Lisa à Karen. J'ai l'impression d'être partie depuis une éternité. Je suis complètement déconnectée de ce qui se passe au ranch.

— Oncle Randy m'a demandé de venir examiner leurs chevaux et le meilleur moment, c'était à la première heure avant qu'ils n'en aient besoin, répondit Karen en lançant un coup d'œil à Tamara, et une ride d'inquiétude se dessina entre ses yeux. Lisa est censée rendre ta vie plus facile. Tu as l'air fatiguée, Tam.

— Je tomberais dans un trou si Lisa n'était pas là, insista Tamara. Les femmes qui rayonnent pendant la grossesse doivent avoir passé un marché avec le diable.

Lisa pencha la tête sur le côté comme si elle coupait Tamara de la conversation. Elle baissa la voix en un faux murmure.

— Tu aurais dû la voir la semaine dernière. Elle va beaucoup mieux aujourd'hui. *Aïe...*

Elle se frotta l'épaule, souriant avec bonhomie à sa sœur très enceinte.

— Assez de commentaires impertinents. Karen et moi devons te parler de quelque chose de sérieux, déclara Tamara en lançant un coup d'œil vers l'ordinateur avant de revenir sur Lisa. Et nous avons quelque chose pour toi.

Lisa se redressa de surprise.

— Je n'ai rien fait. Ce n'était pas moi. Je vous jure que ces poules sont nées roses. Je n'ai aucune idée de la raison pour laquelle les boules de neige ont fini en équilibre sur le dessus de cette porte.

Sur l'écran devant elles, Karen en resta bouche bée.

— Lisa Marjorie Coleman. Tu *as fait* quelque chose à ces pauvres poussins.

Oups. Elle n'avait pas eu l'intention d'avouer quoi que ce soit dont elle était réellement responsable.

— Tu as dit que vous deviez discuter de quelque chose de sérieux ?

Près d'elle, le rire secouait doucement Tamara.

— Tu as de la chance qu'on t'aime. Papa était tellement énervé quand il a trouvé toute cette couvée teinte en rouge ! Il était prêt à nous priver de sortie pour l'éternité.

— Pour ma défense, j'avais utilisé un colorant naturel. C'était juste du jus de betterave, répondit Lisa en tapotant la main sur le plan de travail et essayant de se remettre sur les rails. Que se passe-t-il, mesdames ? Allez droit au but avant que je ne finisse par avouer tous les péchés de mon enfance.

Karen s'appuya sur les coudes.

— Quand tu as annoncé que tu ne revenais pas à Whiskey Creek après ton séjour chez Tamara, j'ai été contrariée. Maintenant que j'ai eu une chance d'y réfléchir, tu as raison. Il est temps de passer à la suite, et pour toi ça signifie ne pas revenir dans le Nord. Je suis triste que tu ne sois pas là, mais je suis contente que tu passes à l'étape suivante. J'espère que tu trouveras quelque chose qui te rendra heureuse.

— Mais je suis reconnaissante que tu sois prête à attendre jusqu'à ce que le bébé arrive, ajouta Tamara. Je n'aurais jamais cru être le genre de personne qui aurait besoin d'autant d'aide. Ça a été une leçon d'humilité de devoir la demander, mais cela a été beaucoup plus facile parce que c'est toi. Alors merci.

Lisa offrit son sourire à Tamara.

— Je suis contente de le faire. Je n'écarte pas mes projets, je les repousse simplement. Et qui sait, Karen ? Peut-être qu'un jour je reviendrai à Whiskey Creek.

— Malgré tout, nous apprécions toutes les deux. Alors même si tu dois attendre encore deux mois avant de pouvoir partir, nous avons pensé que nous pourrions faire quelque chose pour t'aider à planifier ce brillant futur, annonça Karen en faisant un geste vers Tamara.

À côté d'elle, Tamara tendit la main sous une pile de livres et en sortit un paquet mince qui avait été enveloppé dans une carte du monde.

— J'adore, dit Lisa en glissant un ongle sous le scotch avant de défaire l'emballage, écartant la carte et soulevant un journal relié.

Sur la première page, Tamara avait attaché une photo de Lisa quand elle était petite. Elle était habillée en aventurière ce jour-là, avec une corde qui pendait à sa hanche et un des vieux chapeaux de leur père sur la tête, faisant d'elle une Indiana Jones miniature.

— Vous vous moquez de moi !

Elle se tourna vers Tamara et passa ses bras autour d'elle, l'étreignant prudemment. Elle se tourna vers l'écran d'ordinateur pour lancer un baiser à Karen.

— Il est parfait. Je vais prendre des notes sur tous les endroits où j'aimerais voyager et tous les boulots intéressants que je pourrais vouloir essayer. Et si je m'en vais, je pourrai l'utiliser comme journal intime. J'écrirai des histoires à vous raconter quand je rentrerai.

— Contente qu'il te plaise, dit Karen. Et je prends ça comme une promesse... que tu reviendras.

— À Rocky Mountain House ou à Heart Falls, ajouta Tamara.

— C'est ça, acquiesça Karen en hochant la tête.

Elle avait l'air de vouloir dire autre chose, puis elle s'efforça de sourire davantage.

— Désolée de couper court, mais je dois filer. Une certaine personne va partir du principe que je suis lente parce que je suis une femme si je ne déplace pas le bétail avant le déjeuner.

Toutes trois soupirèrent lourdement. Une plainte synchronisée et muette à propos de leur père.

— Prends soin de toi, lança Tamara, remontant ses lunettes avant d'agiter la main vers le portable. Je dois filer aussi.

— Enfin, pas *littéralement*.

Lisa le dit assez fort pour être entendue alors même qu'elle lançait un clin d'œil à Karen avant de lui dire au revoir, terminant l'appel.

— Fais un commentaire sur le dandinement, et tu commenceras ton tour du monde dans un plâtre, l'avertit Tamara en sortant de la pièce.

Lisa ricana tout en s'occupant de la vaisselle du petit déjeuner, agitant brièvement la main quand Caleb rentra dans la maison.

Tamara revint dans la pièce et s'installa sur le canapé. Caleb la rejoignit, se glissant derrière elle. Il déposa un baiser sur le dessus de sa tête alors qu'elle s'appuyait contre son torse, s'abandonnant contre lui. Ses yeux se fermèrent, et sa respiration se calma.

Bien qu'il soit à peine huit heures du matin, elle se rendormit sur-le-champ.

Les yeux de Caleb croisèrent ceux de Lisa.

— Encore merci pour toute ton aide, dit son beau-frère en baissant sa voix grave pour éviter de réveiller Tamara.

— Je suis contente d'être ici, répondit Lisa honnêtement.

— Tu as proposé ton aide pour aider Tamara pendant sa grossesse, pas pour t'occuper de tout le reste. Et il n'a jamais été question que tu restes piégée dans la maison vingt-quatre heures sur vingt-quatre, sept jours sur sept, dit Caleb, alors que son visage solennel s'éclairait et que ses lèvres s'étiraient en sourire. Mais je ne vais pas cacher à quel point j'apprécie que tu sois intervenue. Autrement nous n'aurions jamais pu la faire ralentir. Elle doit y aller très doucement sur les derniers mois.

Tout à l'intérieur de Lisa se tendit.

— Elle ne m'a pas dit que quelque chose n'allait pas.

Caleb fit un geste pour qu'elle baisse la voix.

— Il n'y a rien de spécifique qui doive nous inquiéter. Mais comme elle a été très malade depuis le début de sa grossesse, le docteur l'a avertie de ne pas en faire trop. Alors, merci. Pas simplement pour aujourd'hui, mais pour ta promesse de rester.

— C'est ma sœur.

C'était la seule explication nécessaire.

Lisa aurait fait n'importe quoi pour ses sœurs et n'y avait jamais manqué.

Elle regarda de nouveau le visage de Tamara, les cernes sombres sous ses yeux et la fatigue visible alors même qu'elle dormait contre le torse de son mari.

Il était trop facile de s'inquiéter.

— J'ai un jour de congé, rappela Caleb à Lisa. Vas-y. Prends du temps pour toi et recharge tes batteries. Et s'il y a d'autres moments où tu as besoin de repos, n'hésite pas à le demander. Nous terminerons tout ce qui est important, d'une manière ou d'une autre. Tu dois t'amuser aussi.

Elle ne s'attendait pas à ce que son séjour à Heart Falls soit des vacances, mais Lisa ne se donna pas la peine de protester parce que, d'une, se disputer avec Caleb était comme se battre contre un mur en briques. Et de deux, il avait en partie raison. Elle devait sortir de la maison pendant un moment.

Elle glissa un déjeuner et son nouveau journal dans un sac à dos et se dirigea vers l'extérieur. Repoussant la tentation de chercher Josiah, elle traversa l'écurie jusqu'à trouver le contremaître, Ashton Stewart.

L'homme d'âge mûr hocha la tête à sa requête d'une monture. Il pointa du doigt l'extrémité du long couloir.

— Je vais seller Licorice pour toi.

— Je peux le faire, proposa Lisa. Je suis là depuis quelques mois, et je sais où tout se trouve. Tu n'as pas besoin de jouer les baby-sitters avec moi.

— Traiter une dame correctement n'est pas faire du baby-sitting, dit Ashton, complètement pince-sans-rire, mais il sourit. Vas-y. Bonne promenade !

Lisa souriait encore quand elle entra dans la sellerie. Elle souleva la selle qu'elle avait déjà utilisée, et alors qu'elle se retournait avec le poids lourd dans ses bras...

Elle rentra droit dans Josiah.

3

---

osiah attrapa la selle tout en se tournant sur le côté alors qu'il laissait la charge tomber devant lui. De son autre main, il attrapa Lisa par l'épaule et la retint, leur évitant à tous les deux de terminer sur leur derrière.

L'expression de Lisa passa de la surprise à l'amusement.

— Talentueux. Il peut jongler en plus de jouer les docteurs Dolittle. Désolé de t'avoir percuté.

— Je suis content que tu l'aies fait.

Le visage de Lisa se plissa de confusion jusqu'à ce qu'il se mette à rire doucement.

— Enfin, je préférerais que le choc n'implique pas d'objets en cuir, mais peu importe.

Lisa récupéra rapidement.

— Tu n'es pas dans le fétichisme ?

L'éclair de chaleur que son commentaire déclencha était déplacé. Pendant un instant, il ne put se décider à répondre.

Les yeux de Lisa s'écarquillèrent, et même dans l'éclairage tout sauf optimal, un doux rougissement apparut sur ses joues.

Il n'y avait pas un instant à perdre.

— Tu vas monter ?

— Caleb est de repos aujourd'hui, alors moi aussi.

— Génial. Je peux t'emmener déjeuner ?

Lisa haussa un sourcil. Lentement. Délibérément. Seulement le droit, sans qu'aucune autre partie de son visage ne bouge.

Impressionnant.

— Waouh. Peux-tu le refaire ? Mon frère a un incroyable contrôle facial, mais je pense que tu es meilleure.

— Je suis simplement surprise par cette invitation. Je pensais que tu prendrais tes jambes à ton cou en cinq secondes, répondit Lisa en croisant les bras sur la poitrine. Tu sembles avoir un programme d'autodestruction qui démarre à la minute où nous commençons à parler.

Josiah y réfléchit.

— Non. Je ne vois pas de quoi tu parles.

— Le fait que tu aies filé chaque fois que nous avons eu une interaction durant les deux derniers mois n'a jamais été enregistré ?

C'était plutôt qu'il avait espéré qu'elle ne l'avait pas remarqué, mais il n'allait pas l'avouer. Ce qu'il devait faire, c'était lui faire comprendre que sa nouvelle voie n'impliquait pas de fuir.

Il posa la selle à ses pieds pour pouvoir attraper sa preuve.

— Je me fais un devoir de ne pas me disputer avec la femme avec laquelle j'espère passer plus de temps.

Le scepticisme sur le visage de Lisa continuait à s'accentuer. Elle oscillait de droite à gauche, comme si elle regardait derrière lui.

— Tu t'es fait kidnapper par les extraterrestres ? Parce que tu m'embrouilles, ce qui est un talent en soi, pour être honnête.

Josiah sortit enfin de sa poche arrière les fiches qu'il avait préparées.

— Attends, ça va aider, dit-il en lui en tendant une. Tu commences.

Lisa le regarda, puis regarda la fiche, avant de lui lancer un autre coup d'œil, une grimace sur le visage.

— Sérieusement ?

— Tu n'as pas à lire le décor, suggéra-t-il. Commence juste par la ligne de dialogue.

— Oh, je détesterais gâcher ton dur labeur. Je vais commencer en haut de la page et descendre.

Lisa se racla la gorge avant de commencer :

— « Décor : l'intérieur d'une écurie », dit-elle en regardant autour d'elle, haussant légèrement les épaules. O.K., pas mal d'avoir deviné ça à l'avance.

— J'ai un second jeu de cartes pour la maison, admit-il. J'étais préparé.

Les lèvres de Lisa tressaillirent avant qu'elle ne continue :

— « Personnages. Actrice principale : une jeune femme de passage pour aider sa famille. Travailleuse, loyale, sexy comme le péché. »

Le ton de Lisa se fit plus dramatique alors qu'elle continuait, comme si elle était une animatrice radio.

— « Après des mois de dur labeur, elle a désespérément besoin de repos. »

Elle s'interrompit, le regarda. Cet unique sourcil s'arqua parfaitement.

Il attendit.

Par bonheur, l'amusement de Lisa grandit.

— Je n'ai aucune idée de ce que tu fais, Josiah, mais je vais jouer le jeu, dit-elle en levant de nouveau la fiche. « Acteur principal : le vétérinaire du coin. Un homme avec un don pour s'occuper des animaux, mais aussi quelqu'un qui sait comment rendre une femme heureuse. »

Un ricanement vif lui échappa.

— Hé, ce n'est pas la chute de la blague, se plaignit Josiah.

Lisa leva une main, redressant la fiche pour montrer qu'elle entrait dans le personnage.

— Josiah. Ça faisait longtemps.

Il ajusta son chapeau de cow-boy, examinant et appréciant immensément ce qu'il voyait.

— Ça me semble être hier.

— Pas hier, ni la veille. Ça fait *des semaines* que tu n'es pas venu. J'avais très envie d'avoir ta compagnie.

Elle semblait avoir des difficultés à décider si elle allait juste sourire, lui adresser un sourire narquois, ou rire carrément.

— Nous avons été pris par notre travail. Nous devons prendre du temps pour nous, répondit Josiah en croisant son regard. Un dîner ce soir. Je n'accepterai pas de refus.

Lisa ouvrit la bouche, et son regard se baissa vers les mots qu'il avait écrits.

— D'accord. Chez toi. Nous pourrons préparer le dîner ensemble.

Il ignora la tentation de se pencher en avant pour jeter un coup d'œil à ce qu'elle lisait, parce qu'il savait très bien que ce n'était pas ce qui était écrit sur cette fiche.

— Tu improvises.

— Ouais. Parce que je ne veux pas me mettre sur mon trente-et-un pour sortir. C'est mon premier jour de repos depuis longtemps, et je veux le passer dans des vêtements confortables, à manger des plats réconfortants, expliqua Lisa en agitant la fiche vers lui. Et si je lis cette réplique sur un rendez-vous au Longhorn's Steakhouse, ça signifie *ne pas* être dans des vêtements confortables ni manger de plats réconfortants. Même si j'aime le steak, ne te méprends pas.

Il admit sa défaite.

— Des plats réconfortants, des vêtements confortables.

Chez moi... ça ressemble à un rencard pour moi. J'accepte tes révisions.

— Tu ne m'as toujours pas donné la raison de ton soudain changement d'avis, signala Lisa.

— J'ai pensé que je devrais m'expliquer, répondit Josiah en pointant du doigt la fiche et en faisant un signe pour qu'elle la retourne. Reprends le script.

Lisa retourna la fiche, et ses yeux s'écarquillèrent alors qu'elle lisait sa réplique.

— Suis-je censée cacher ce rencard à mon beau-frère ? Parce que je ne me sens pas à l'aise avec cette idée.

— Ce n'est pas un secret, lui assura Josiah. Même si je vais devoir me montrer persuasif pour m'assurer qu'aucun membre de ta nouvelle famille ne pense que j'ai l'intention de profiter de toi.

Lisa l'examina, faisant glisser son regard sur lui de haut en bas en une lente évaluation minutieuse alors que ses doigts pliaient fermement la fiche en deux.

— Je ne vais pas lire le reste. C'est pour ça que tu n'es pas passé à l'action ? Parce que tu t'inquiétais de ce que *Caleb* pourrait faire ?

— Ce n'était pas que je m'inquiétais d'une quelconque possessivité masculine. Je ne voulais pas m'engager avec toi pour un coup d'un soir, ou juste pour me défouler. Je n'imaginais pas que ça serait bien reçu avec qui que ce soit de ta famille. Mais pour être honnête, j'ai plus peur de Tamara que de n'importe qui d'autre, peu importe à quel point elle est malade.

— Ma famille ne dirige pas ma vie, lui signala Lisa fermement.

— J'en suis content, mais ce sont quand même mes amis. Des amis proches, qui signifient beaucoup pour moi. Leurs opinions et leur amitié sont importantes. Même si nous sommes d'accord que nous sommes adultes et que nous décidons ce que nous faisons, ça ne conviendra pas à ta famille si nous couchons ensemble.

— Alors pourquoi est-ce que tu me proposes un rencard maintenant ? demanda Lisa en secouant la tête. Rien n'a changé. Tu restes le vétérinaire du coin et je suis toujours la femme qui n'est ici que pour un moment.

— Mais jusqu'à il y a encore quelques jours tu devais retourner à Rocky Mountain House.

Il ne pouvait pas admettre que, jusqu'à la veille, n'avait pas pénétré dans sa tête dure l'idée qu'il était prêt pour davantage que du temporaire.

— Partir c'est partir.

— Non. Rentrer chez toi, c'est une chose. Décider que tu veux du changement, c'est complètement différent. Je veux une chance de te montrer à quel point Heart Falls serait un parfait changement pour toi, sur le long terme.

C'était probablement la chose la plus stupide qu'il avait jamais faite, pourtant il semblait que sauter le pas serait le seul moyen. Josiah lui attrapa la main.

— Bon, peut-être que nous sommes complètement incompatibles, continua-t-il. Peut-être que rien de tout ça ne fonctionnera parce qu'il y aura quelque chose qui clochera terriblement entre nous, genre tu es une de ces personnes qui oublient régulièrement de reboucher le dentifrice. Mais j'aimerais que nous sortions ensemble pour voir ce qui se passe.

— Mais je ne suis là au total que pour six mois, lui rappela-t-elle. Je m'en vais après ça.

— Peut-être que non. Tu as dit que tu voulais déménager de chez ta sœur après ces six mois. Tu n'as pas vraiment autre chose de prévu dans ton programme, ni quoi que ce soit que tu aies toujours eu sur ta liste de choses à faire avant de mourir.

Ou en tout cas, ça ne m'en a pas donné l'impression quand nous avons parlé hier.

— Je ne sais pas ce que je veux faire, admit-elle. Mais ça pourrait impliquer de quitter Heart Falls.

— Mais peut-être que non. Puisque tu n'en es pas sûre, ça me semble stupide de ne pas tenter notre chance.

Il lui tenait la main, lui frottant les articulations en un lent mouvement circulaire avec son pouce.

— Toute mon argumentation semblait bien meilleure sur le script, mais peux-tu tenter le coup ? Je veux dire, au pire, nous profitons d'incroyables plats réconfortants et apprenons à nous connaître un peu mieux, d'une manière qui pourrait nous aider à construire quelque chose de bien dans nos vies.

Il refusait de penser à la douleur que cela lui causerait si encore une autre femme décidait qu'il n'était pas assez bien pour qu'elle reste.

Lisa secouait la tête, mais les mots qui sortirent de sa bouche étaient positifs.

— Il y a des avantages à ne pas savoir ce qu'un gars va faire ensuite. Josiah Ryder, tu m'intrigues. Tu as raison. Ça ne peut pas faire de mal sur le court terme de te prendre au mot.

Un rayon de chaleur qu'on ne pouvait qu'appeler bonheur bouillonna dans son ventre. Il était aussi stupéfait que son idée décalée ait fonctionné.

— Bon sang. C'est génial. Je devrais parier de l'argent là-dessus.

Un doux rire échappa à Lisa.

— Cent dollars si je suis encore là au printemps ?

N'importe quoi pour qu'elle continue à penser à rester.

— Marché conclu.

— À quelle heure veux-tu que je vienne pour le dîner ? Je peux t'aider à cuisiner.

Il réfléchit à son emploi du temps.

— Quand tu voudras après seize heures, et à moins que tes plats réconfortants soient vraiment farfelus, je devrais pouvoir gérer ça.

Retirant ses doigts, Lisa énuméra ses trois plats préférés, l'amusement inscrit dans toute attitude.

— Est-ce que je peux récupérer ma selle ? S'il te plaît ?

Josiah la souleva au niveau de son épaule.

— Puisque je t'ai interrompue, ce n'est que justice que je t'aide à te préparer.

Il l'escorta jusqu'à Licorice, approuvant la monture robuste qu'Ashton lui avait assignée. Ils mirent tout en place : couverture, selle, rênes. Il lui tendit la main pour qu'elle s'y appuie alors qu'elle glissait le pied dans l'étrier, puis montait en un mouvement fluide.

Lisa ajusta son chapeau, refermant son manteau autour d'elle tout en baissant les yeux. Son visage rayonnait alors qu'elle examinait de nouveau Josiah.

Elle secoua la tête.

— Vraiment amusant.

— On se voit chez moi, dit-il en laissant ses doigts glisser sur la cuisse de Lisa tandis qu'il s'écartait.

Il attrapa la longe, guida Licorice, puis poussa la porte pour la laisser sortir.

Il les regarda partir, cheval et cavalière.

Lisa lança un coup d'œil par-dessus son épaule, une expression des plus étranges sur le visage. Comme si elle ne savait pas si elle devait se mettre à rire ou le fuir de terreur.

C'était la première fois qu'il entamait une relation en admettant directement qu'il espérait autre chose qu'un bon moment. Peut-être que cela suffirait pour changer sa malchance.

Peut-être que faire face serait ce qui l'aiderait à passer outre le fait de ne pas être assez bien pour une relation éternelle.

Lisa riait toujours quand Licorice s'engagea sur le sentier qui passait devant la chute d'eau qui donnait son nom à la ville.

Elle ne s'était pas du tout attendue à sa rencontre avec Josiah. Toute la conversation avait été gênante, et pourtant étrangement agréable en même temps. Du moment qu'il tenait sa promesse et ne la poussait pas à s'engager fermement, elle ne voyait pas d'inconvénient à accepter son offre.

Elle avait voulu le fréquenter, et il semblait que c'était sur le point de se produire. Ou que cela se produirait dans quelques heures.

Pour l'instant, elle avait un autre programme. Lisa inspira profondément et regarda autour d'elle le blanc immaculé, s'imprégnant de la nouveauté du territoire.

La terre où elle avait grandi, à des heures de là dans le Nord, avait été minutieusement explorée. Dans certains de ses endroits préférés, elle allait chercher la solitude, d'autres étaient sources d'inspiration par leur beauté.

Alors qu'elle explorait le ranch de Silver Stone, elle était fascinée par ce qu'elle ressentait.

La sensation qu'elle avait d'être *agitée et de ne pas savoir où elle allait* se calma et se changea en quelque chose de plus satisfaisant. Ça ressemblait davantage à l'esprit d'aventure et Lisa espérait que cela la guiderait dans les étapes suivantes. Ce même esprit était présent alors que Licorice se balançait sous elle.

Après avoir dirigé la jument grise vers les contreforts des montagnes Rocheuses, Lisa laissa l'animal adopter son propre rythme. La jument flâna le long des sentiers qu'elle connaissait mieux que Lisa. Le soleil jouait à cache-cache entre de fines volutes de nuages blancs, laissant de minces traces comme des traînées de condensation d'avions dans le ciel bleu.

Il ne lui fallut pas longtemps pour que toute la tension en elle disparaisse complètement. Il était impossible de rester soucieuse devant une beauté aussi implacable.

La jument tourna vers la forêt, berçant Lisa à un rythme confortable. La lumière du soleil filtrait à travers les arbres et, au-dessus, le soleil brillait d'une manière aveuglante sur un chatoiement de neige. Lisa inspira profondément, ses mains gantées agrippant le pommeau de la selle alors qu'elle aspirait l'air froid, suffisamment vif pour lui picoter la gorge.

Licorice tourna la tête un instant avant qu'une branche ne craque. Lisa jeta un coup d'œil sur sa droite alors qu'une jument couleur crème apparaissait entre les arbres.

Sonora Fallen était assise avec aise sur la selle. Sa queue-de-cheval d'un blanc gris reposait sur son épaule et le reste de sa tête était couvert d'un chapeau de cow-boy noir usé. Alors qu'elle avançait, de faibles rides au coin de ses yeux et de sa bouche devinrent visibles. Des rides de rire également, lorsque ses lèvres s'incurvèrent pour saluer Lisa.

— Eh bien, rebonjour, dit la femme d'âge mûr. Tu t'es remise des frasques du mariage ?

Le frère cadet de Caleb s'était marié deux jours auparavant avec la petite-fille de Sonora.

— C'était un événement plutôt décontracté, signala Lisa.

Le mariage de Walker et Ivy avait été célébré par le père de celle-ci pendant une cérémonie privée à Heart Falls, suivie d'un gâteau et de cafés avec les deux familles dans la maison de Silver Stone. Le couple n'était pas encore parti en lune de miel parce qu'Ivy travaillait.

— Malgré tout, c'était spécial de pouvoir partager cette journée avec eux, ajouta-t-elle.

— Je suis d'accord, acquiesça Sonora en l'examinant avec soin. Au premier coup d'œil, j'ai cru que tu étais Tamara, et je n'arrivais pas à comprendre comment tu avais échappé à Caleb pour monter sur un cheval.

Lisa se mit à rire.

— Oh là, là ! Ouais, Tamara faisant du cheval en ce moment... ce n'est pas près d'arriver.

La femme d'âge mûr lui lança un clin d'œil.

— Vous n'êtes pas identiques, mais vous, les Coleman, vous avez l'air de sortir du même moule.

Lisa se mit à rire.

— Au cours des années, il y a eu quelques blagues là-dessus, mais vous avez raison. Je pense que les seuls à être vraiment identiques, ce sont mes cousins jumeaux de la famille Six Pack. Cela dit, ils n'ont pas toujours agi de la même façon.

Sonora hocha la tête.

— Ta famille n'est qu'une partie de la personne que tu es. Les choix que tu fais construisent le reste de ce qui te rend unique.

Lisa n'y avait jamais pensé ainsi.

— C'est parfait.

Sonora tira les rênes sur le côté et fit un geste vers le sentier.

— Si tu veux de la compagnie, j'adorerais me joindre à toi.

C'était toujours mieux de chevaucher avec quelqu'un d'autre, surtout en hiver. Elle était assez compétente, mais Lisa pensait plutôt à la sécurité de Sonora.

— Il y a un endroit intéressant que vous voudriez me montrer ?

— Ça dépend. De combien de temps disposes-tu ?

— De toute la journée, répondit-elle avant de se souvenir. Attendez. J'ai un rencard pour le dîner à seize heures.

Elle avait dû le dire avec beaucoup plus d'enthousiasme que prévu, parce que Sonora se mit à rire, puis fit claquer sa langue vers sa jument, Rainbow. Elle la ramena sur le chemin tout en pointant le sud du doigt.

— Je connais le bon endroit alors.

Ce fut ainsi que Lisa se fit une nouvelle amie. Ça n'avait pas d'importance que Sonora ait deux fois son âge, dès le premier instant la conversation entre elles fut facile et décontractée. Elles n'avaient pas eu beaucoup de temps pour s'asseoir et discuter durant le mariage, mais Lisa découvrit que Sonora était vraiment le genre de personne qu'elle appréciait.

— Donc, ma petite-fille est mariée au beau-frère de ta sœur.

Elles chevauchaient côte à côte le long d'une voie ferrée abandonnée tandis que Sonora y réfléchissait.

— Ce qui signifie que, d'une manière alambiquée, nous sommes de la même famille, conclut-elle.

Il lui fallut une seconde pour dénouer les relations complexes avant que Lisa ne hoche la tête.

— C'est plus facile de penser à vous comme à la grand-mère d'Ivy. Et de Rose et Tansy.

Elle avait passé du temps avec les trois femmes au cours des derniers mois.

— Et de Fern. Même si je ne sais pas si j'ai envie de prendre la responsabilité pour Tansy.

Il était clair que les paroles de Sonora étaient une taquinerie.

— Toutes mes petites-filles sont merveilleuses.

— Vos petites-filles ont fait en sorte que je me sente vraiment la bienvenue à Heart Falls, lui dit Lisa.

— Bien. C'est agréable de parfois faire quelque chose comme il faut.

— La cuisine de Tansy au Buns and Roses m'a fait prendre au moins cinq kilos depuis que je suis arrivée en décembre, dit Lisa avant de réfléchir un instant. Il y a une chose que je n'ai pas encore faite. Aller à la librairie du coin... qui tient son nom de vous, n'est-ce pas ?

Sonora s'éclaira.

— Fallen Books[1]. C'était un jeu de mots trop adorable pour le refuser.

— Je vois pourquoi. Mais vous ne travaillez pas dans la boutique vous-même ? Ou ce n'est plus le cas ?

— J'aide de temps en temps, mais c'est la responsabilité de ma fille et de mon beau-fils, répondit Sonora en faisant la grimace.

— Quelque chose ne va pas ? demanda Lisa.

La femme d'âge mûr se reprit.

— Non. Bien sûr que non.

Lisa la regarda avec curiosité.

Sonora haussa les épaules.

— Pour être honnête, la retraite est un défi. C'est agréable de les laisser s'occuper du magasin, mais parfois ça me manque d'avoir une pointeuse.

Lisa n'avait pas encore eu l'occasion de faire un commentaire jusque-là, mais cette fois-ci elle releva :

— Vous semblez trop jeune pour avoir pris votre retraite. Ou pour avoir des petites-filles aussi grandes que moi, si je puis dire.

Sonora lui fit un grand sourire.

— Tu crois vraiment que je vais me plaindre que tu penses que je vieillis bien ?

— Je suppose que non, mais je suis presque sûre qu'il y a plus que ça, répondit Lisa avant de marquer une pause. À moins que vous n'ayez un étang magique sur votre propriété qui vous offre la jeunesse éternelle.

Elle reçut un rire en réponse à cette suggestion.

— Ivy suspecte que j'utilise la magie sauvage, mais non, la vérité est bien plus simple. J'ai soixante ans, et ma fille cinquante et un. Des choses incroyables se produisent quand vous avez dix-huit ans et que vous tombez amoureuse d'un homme qui a une fille de neuf ans.

— C'est logique, dit Lisa en souriant. Vous êtes quand même une très jeune femme de soixante ans.

Sonora se redressa fièrement un instant puis fit un geste vers un ensemble de bâtiments bas à proximité.

— C'est chez moi. Puis-je t'offrir une tasse de café et quelques-uns de mes brownies ? Ceux dont je refuse de donner la recette à Tansy ?

— Vous m'offrez des gâteaux au chocolat avec une recette secrète ? J'accepte.

Elles installèrent les juments dans l'écurie chauffée. Lisa aida à desseller la monture de Sonora, se demandant comment elle gérait le lourd équipement quand elle était seule.

Elle retira la selle de Licorice, couvrant la jument d'une couverture avant de suivre Sonora dans le confortable chalet.

Dix minutes plus tard, Lisa avait les doigts enroulés autour d'une tasse de café fumant, et un brownie au chocolat fondait dans sa bouche.

— Oh mon Dieu, que dois-je faire pour vous convaincre de m'adopter ?

Sonora se mit à rire.

— Chérie, c'est exactement comme ça que tout le monde entre dans la famille Fields. Tu es la bienvenue, même si je pense que tu attristeras probablement quelques personnes si tu cesses d'être une Coleman.

— Je serai une Fields honoraire, alors, décida Lisa en prenant une autre bouchée et en s'efforçant de ne pas gémir d'extase. Vous devez donner cette recette à Tansy. Les ventes au café vont tripler.

— La vie n'est pas qu'une question d'argent, la taquina Sonora, avant que son regard ne s'adoucisse. Mais tu le comprends, étant donné que tu es là à aider ta sœur au lieu d'être quelque part à te remplir les poches.

Lisa hésita.

— Oh, tu essaies simplement de trouver un moyen de ne pas te vanter, mais à l'évidence, j'ai raison. Tu es là.

— Caleb a proposé de me payer, dit Lisa. Mais la famille, ce n'est pas ça, vous savez ?

Sonora but son café, inclinant rapidement la tête comme un oiseau approuvant l'arrivée du printemps.

— Alors dis-moi, quels sont tes projets après l'arrivée du bébé ? Est-ce que tu vas chercher du travail à Heart Falls ?

Lisa pensa au journal qui l'attendait dans le sac à dos. Elle pensa au rencard qu'elle avait de prévu avec Josiah pour ce soir-là.

Elle pensa à toutes les questions sans réponses qu'elle avait et les réduisit à une vérité.

— Je ne suis pas sûre de ce que je veux. Je sais par contre ce que je *ne veux pas*, ce qui n'est pas un mauvais point de départ. De plus, j'ai un tas de choses sur la liste « peut-être que c'est intéressant ».

— Parle-moi de certaines, alors, l'encouragea Sonora. Même si tu ne les fais jamais, c'est amusant de laisser ton imagination vagabonder.

— Je pense que j'aimerais voyager, dit Lisa. Je veux vraiment aller plus loin qu'à quatre heures de l'endroit où je suis née. J'ai des économies si je décide de le faire. Pas assez pour faire des choses chics, mais assez pour une touriste avec un sac à dos. Peut-être même que j'aurai du travail au passage.

— Ce serait une grande aventure, dit Sonora en hochant la tête avec approbation. Voyager apporte beaucoup de bonnes choses. J'ai moi-même été volontaire pour Peace Corps[2].

Ce fut au tour de Lisa d'être surprise.

— Vraiment ? Où avez-vous voyagé ?

— En Ouganda. C'est là que j'ai rencontré Mr Fallen et ma fille, Sophia, répondit Sonora en regardant par la fenêtre comme si elle lançait un coup d'œil dans le passé. Tomber amoureuse dans un pays étranger n'était pas du tout ce que j'avais imaginé durant cette période, mais au final ça a été ce qu'il fallait.

Voyager comme volontaire n'avait même pas traversé l'esprit de Lisa jusqu'à cet instant, et tandis que Sonora partageait quelques histoires sur ses années en Afrique, des idées tourbillonnaient dans son cerveau.

Un bipeur sonna.

Sonora s'arrêta au milieu de sa phrase, cillant de surprise avant de rouler des yeux et de secouer la tête avec dégoût.

— C'est une bonne chose d'avoir programmé une alarme. Je suis désolée, je dois aller en ville. J'ai promis de retrouver quelqu'un, et si je n'y vais pas, il enverra probablement une équipe de recherche.

— Des problèmes à éviter.

Lisa regarda Sonora, tentée de demander plus de détails sur qui était ce « il », étant donné que ses joues avaient soudain rougi.

Elle n'eut pas à attendre longtemps pour que sa curiosité soit satisfaite. Alors qu'elle et Sonora débarrassaient la table, cette dernière souffla avec indignation pendant qu'elle travaillait.

— Cet homme doit se rentrer dans le crâne que je ne suis pas impotente, se plaignit Sonora avant de se tourner brusquement vers Lisa, les poings plantés sur les hanches. Je suppose que ça fait partie de ce qui donne une sensation d'importance à un homme. Donner des ordres à une femme qui sait déjà ce qu'elle doit faire.

— Parfois, dit Lisa en pensant à son père.

Puis l'honnêteté brutale de Josiah expliquant qu'il ne voulait pas gâcher les choses avec ses amis lui offrit une autre réponse.

— Parfois les gars deviennent protecteurs pour des raisons

autres que « c'est comme ça et pas autrement ». Peut-être qu'il vous aime bien ?

Sonora bafouilla pratiquement, sa bouche s'ouvrant et se refermant alors qu'elle cherchait ses mots.

— Ashton Stewart *ne* m'aime *pas* bien. Nous n'avons pas douze ans, à enfoncer un doigt dans les côtes de l'autre parce que… Enfin, *parce que*.

Lisa lutta pour garder une expression neutre. Le contremaître du ranch de Tamara avait des yeux gris acier, des cheveux argentés, et était un homme de soixante-trois ans très en forme et attirant.

Il était aussi assez têtu pour donner du fil à retordre à Caleb.

— Oh, vous parlez d'*Ashton*. Non, vous avez raison. Il est simplement autoritaire.

— Exactement.

Sonora se reprit rapidement, mais c'était clairement un numéro alors qu'elle se redressait convenablement.

— Mais nous sommes voisins, continua-t-elle, alors je fais de mon mieux pour essayer de m'entendre avec lui.

— Comme il se doit, la complimenta Lisa, dissimulant son amusement alors qu'elle allait vers la porte. Merci pour les douceurs, et pour m'avoir accompagnée à cheval aujourd'hui. J'ai apprécié de passer du temps avec vous.

— Moi aussi. J'espère que nous pourrons recommencer bientôt, répondit-elle, l'air troublé pendant un instant avant de tendre son téléphone à Lisa. Entre ton numéro. Je t'enverrai un texto pour que nous puissions nous recontacter plus tard.

Lisa fit ce qu'on lui demandait.

— Je veux en apprendre plus sur votre séjour en Afrique.

Mais Sonora ne lui prêtait plus attention. Au lieu de ça, la femme d'âge mûr se fixait dans le miroir, triturant ses cheveux.

À l'évidence, la rencontre à venir détournait son attention plus qu'elle n'était prête à l'admettre.

Lisa se glissa dehors et se dirigea vers l'écurie, très amusée.

La pause lui avait fait du bien, tout comme Caleb l'avait suggéré. Elle prit son déjeuner assise sur la selle alors que Licorice flânait tranquillement, toutes deux profitant de la journée hivernale. Mais avec des nuages gris qui s'amassaient à l'horizon, Lisa décida de ne pas tenter le diable. Elle reprit la direction de Silver Stone, vers la chaleur des écuries.

Elle prit soin de la jument, lui tapotant les naseaux affectueusement avant de retourner dans la maison.

Une rapide douche plus tard, Lisa enfila les *vêtements confortables* imposés – un jean bleu usé qui était doux et passé, et sa chemise préférée qu'elle ne supporterait pas de jeter même si un trou était récemment apparu au niveau du coude. Elle passa une brosse dans sa chevelure puis utilisa le sèche-cheveux jusqu'à ce que les longues mèches brunes reposent bien sur ses épaules.

Lisa appliquait une couche de baume à lèvres quand elle s'avoua enfin qu'elle se pomponnait autant que Sonora plus tôt dans la journée.

Il n'y avait rien de mal à cela. Il n'y avait rien de mal à apprécier Josiah, et alors que Lisa montait les marches depuis sa chambre temporaire dans le sous-sol de sa sœur, c'était sur cette vérité qu'elle se concentrait.

Parce que le petit script de Josiah posant la question de ce qu'elle allait dire à Caleb et à Tamara bourdonnait aussi dans son cerveau. Allait-elle admettre quelle était sa destination de ce soir-là ?

La question ne fut plus un problème quand elle entra dans la cuisine et trouva un mot qui l'attendait sur le plan de travail.

« *Lisa,*

Je me sens à huit sur dix pour la première fois depuis des jours, alors nous allons chez Brad et Hanna pour le dîner. Les filles sont aux anges à l'idée de voir la petite Crissy et les chatons. Nous ne rentrerons pas tard, mais Caleb dit que tu es de repos jusqu'à demain matin, quoi qu'il arrive.

Je ne vais même pas faire semblant de savoir ce qu'il y a dans le frigo pour le dîner parce que c'est toi qui tu t'occupes de tout ça. (Je t'aime. Je ne le dis pas assez souvent !) Mais voilà de l'argent si tu as envie d'aller en ville, c'est nous qui payons.

Profite du calme.

Tamara »

Lisa rangea le message puis remit presque tout l'argent dans le sac à main de Tamara. Elle en garda juste assez pour pouvoir s'arrêter à l'épicerie prendre sa contribution au buffet de plats réconfortants que Josiah lui avait promis.

À seize heures précises, elle se tenait sur les marches de la maison de Josiah, sac de courses en main, avec un papillonnement d'excitation dans le ventre.

4

Josiah avait expédié l'essentiel de sa journée, impatient que ce moment arrive. Il ouvrit la porte sur la vue la plus tentante qu'il ait jamais vue.

Le regard sombre de Lisa croisa le sien, l'amusement et le bonheur brillaient sur son joli visage. Il y avait une touche de rouge pâle sur ses lèvres et une couleur plus vive sur ses joues à cause de la température rafraîchissante à l'extérieur. Ses cheveux bruns se balançaient sur ses épaules, chaque centimètre était en ordre, lisse et magnifique.

Elle tendit un sac de courses en tissu.

— J'ai apporté le dessert.

Josiah s'écarta assez pour la laisser entrer, puis referma la porte derrière elle. Il l'attrapa par la main, lui prit le sac, puis se rapprocha pour déposer un baiser sur ses phalanges, fixant son visage alors que leurs lèvres entraient en contact.

Elle ricana carrément. Il lui étreignit les doigts avant de se redresser et de lui faire signe d'avancer dans la maison.

— Entre et fais comme chez toi.

Lisa marqua une pause pour retirer ses chaussures.

— Il faut que tu mettes ce sac dans le congélo, l'avertit-elle.

Josiah lança un coup d'œil dans le sac.

— De la glace. Trois bacs ?

— Je ne savais pas quelle était ta préférée, alors j'ai fait quelques suppositions. Ne regarde pas.

— Je n'y pense même pas.

Il se dirigea vers la cuisine et enfourna le sac entier dans le compartiment congélateur sans le défaire. Il se retourna pour regarder Lisa qui explorait.

C'était intéressant de regarder quelqu'un d'autre découvrir un endroit qui lui était familier. La curiosité non dissimulée de son expression et la grande joie évidente devant le foyer confortable qu'il avait créé le rendaient heureux.

Sa maison avait été construite sur un concept en ouverture. Dans un des coins, la grande pièce contenait une cheminée à foyer étanche encadrée de baies vitrées qui faisaient face au sud et à l'ouest. Le couloir qui menait aux chambres était à l'extrémité nord de la demeure, et entre les deux se trouvaient la cuisine et la salle à manger.

S'appuyant contre le plan de travail, Josiah regarda la jeune femme se promener devant son canapé et ses fauteuils, laissant traîner ses doigts sur la douceur du cuir pendant qu'elle regardait autour d'elle.

Le regard de Lisa se posa sur la peinture préférée de Josiah et ses yeux s'écarquillèrent. C'était une scène dans un ranch peinte à partir d'un cliché de lui au travail. Le soleil avait été torride ce jour-là, et regarder la peinture suffisait à lui rappeler des souvenirs. La sueur sur son front et la douleur dans ses muscles provenaient d'une journée entière à vacciner des veaux. Une clôture solide en bois autour d'un manège contenait les animaux qui avaient encore besoin de soins, mais sur la toile, on venait d'ouvrir le portail pour laisser sortir les animaux qui en avaient fini.

Les petites créatures avaient immédiatement couru vers leurs mamans, bêlant tout du long. Les vaches avaient également empli l'air de leurs meuglements inquiets, mais étrangement, au milieu de toute cette confusion, les animaux se liaient de nouveau. Un miracle fou chaque fois qu'il se produisait.

Il y avait eu de la poussière dans l'air, une masse de sons, et l'odeur enivrante de la vie.

— Très chouette, dit-elle en lui lançant un coup d'œil. Je suis impressionnée.

— L'artiste est une amie de la famille, admit-il. En guise de paiement pour avoir été modèle, elle m'a donné une des éditions limitées.

Lisa replia un doigt dans sa direction et il s'avança volontiers à ses côtés. Son regard alla de lui à la peinture plusieurs fois.

— Ça me plaît.

— Moi aussi.

— Tu as l'air très compétent et très heureux.

— C'est bien, parce que je suis les deux, la taquina-t-il avec un clin d'œil. J'apprécie d'être véto. C'est un boulot difficile, mais les animaux m'aiment bien, et en fin de compte, pouvoir les aider à se sentir bien et en bonne santé... je pense que c'est quelque chose qui vaut la peine.

— J'ai une cousine par alliance qui est vétérinaire. Elle dit à peu près la même chose, confirma Lisa en inspirant profondément, fermant les yeux et son sourire s'élargissant. La maison sent fabuleusement bon, au fait.

— Les plats réconfortants sentent toujours bon.

Heureusement, ses talents culinaires suffisaient à répondre aux demandes de Lisa.

— C'est la recette du pain de viande de mon frère, continua-t-il. Ou plus exactement, la recette de sa femme. Et étant donné qu'elle dirige à New York un restaurant étoilé au Michelin, il devrait répondre à tes attentes.

— Est-ce que j'ai le droit de le couvrir de ketchup ? demanda Lisa. Ça pourrait être déplacé, tu sais. Quelque chose d'affreux à faire à un pain de viande new-yorkais.

— Alors même si c'est déplacé, nous le ferons ensemble. J'ai la bouteille format familial, avoua-t-il.

Elle sourit, se pencha tranquillement contre lui alors qu'elle regardait de nouveau la pièce autour d'elle. La chaleur de son corps déclencha des picotements d'excitation partout sur la peau de Josiah. Bon sang, il avait du mal à contrôler sa respiration, avec elle aussi proche de lui. L'odeur de son shampooing, quelque chose de fruité, s'entortillait autour de lui aussi étroitement qu'une corde, l'encourageant à se rapprocher.

— Où est... ?

Elle s'interrompit, tourna à demi sur elle-même et pencha la tête pour lui sourire.

— Oh, tu es sournois.

Elle attrapa la télécommande près de son fauteuil, lançant brièvement un coup d'œil sur les boutons avant de la diriger vers le plafond au-dessus de la peinture. L'écran caché s'abaissa, et Lisa sourit joyeusement car elle avait réussi à dénicher un de ses secrets.

— La règle familiale qui veut qu'il n'y ait pas de télé dans la salle de séjour est un peu bête pour un mec célibataire qui vit seul. C'était un compromis que mon esprit pouvait accepter. De plus, quand ma mère passe, je peux cacher les preuves que je suis un barbare et que je prends mon dîner en regardant une série.

Lisa fit comme chez elle, s'installa sur le canapé et replia ses jambes sous elle.

— J'aime bien. J'aime bien que tu aies quand même une vue

sur l'extérieur. Tu n'as pas à tourner les fauteuils quand tu veux les utiliser ou à orienter tes meubles dans une étrange direction.

Josiah ignora son fauteuil et s'assit à côté d'elle. Juste assez loin pour laisser un peu d'espace entre eux, mais quand il étirerait le bras le long du dossier, il pourrait glisser les doigts dans ses cheveux s'il le voulait.

Il résista. Pour l'instant.

— Est-ce que tu vis ici depuis longtemps ? demanda Lisa.

— Je suis à Heart Falls depuis plus de cinq ans. J'ai acheté la maison un an après mon arrivée à un couple qui prenait sa retraite à Calgary. J'ai effectué quelques changements comme cet écran de projection, mais c'est essentiellement leur création.

— C'est magnifique. Et confortable.

Elle se plaça contre l'accoudoir haut, ce qui l'éloigna de lui. Il en fut déçu jusqu'à ce qu'elle le stupéfie en posant ses pieds aux chaussettes en laine sur ses cuisses.

— Parle-moi de ta famille. Tu as mentionné un frère, et ta mère. Je suppose qu'ils sont dans le coin, quelque part.

— *Ici*, seulement à l'occasion. Mais ils réussissent quand même souvent à se mêler de mes affaires, même si certains d'entre eux vivent à huit cents kilomètres d'ici.

Il saisit un de ses pieds et commença à le masser, enfonçant les doigts dans ses voûtes plantaires, parce que c'était ce que n'importe quel homme intelligent faisait quand une femme cherchait clairement un massage des pieds. Il pointa brièvement du doigt une photo sur la table d'appoint.

— Voilà la pagaille que j'appelle ma famille. Maman et papa vivent à Rosebud, en Alberta, où j'ai grandi. J'ai un frère aîné et deux sœurs plus âgées. Ils sont à New York, à Hollywood, et, temporairement, en Grande-Bretagne. Plus spécifiquement, à Londres.

Il ne savait pas si l'expression sur le visage de Lisa provenait de la pression sur ses pieds ou si elle était impressionnée par la liste des villes de résidence de ses frères et sœurs.

— Ça fait beaucoup de distance entre vous, dit-elle, rapprochant son pied en l'agitant. Oh. Juste là. *Oui*.

Josiah déglutit péniblement et ordonna à sa verge de bien se tenir. Parce que cette dernière phrase avait semblé bien trop sexuelle. Tout en lui était devenu dur, alors il se concentra pour frictionner l'avant de son pied.

Il devait se concentrer pour se rappeler le dernier commentaire raisonnable qu'elle avait fait.

C'était ça. La distance.

— Je ne sais pas si tu en as entendu parler, mais Rosebud est le haut lieu de l'avant-garde théâtrale dans l'Alberta rurale. Mes parents dirigent l'internat et l'école de théâtre, et mes trois frères et sœurs sont des diplômés du programme qui ont réussi.

— Ha.

Elle retira son pied et lui présenta l'autre, exigeant le même traitement.

— C'est de là que provient ton organisation avec les fiches. Tu es aussi diplômé de l'école de théâtre.

— Plutôt un décrocheur, avoua-t-il. C'est un peu radical de passer de la scène à faire naître des veaux. Quand je suis devenu ado, je me suis rendu compte que, même si ça ne me dérangeait pas d'être sous les projecteurs, je n'adorais pas ça comme eux. Je voulais travailler avec des animaux, alors je me suis dirigé vers une autre orientation.

Elle croisa les bras sur sa poitrine et le regarda pensivement.

— Ça a dû être dur à faire dans une famille pleine de comédiens.

— Ça ne s'est pas trop mal passé.

Il se concentra sur son pied, accentuant la pression dans l'espoir de changer de sujet.

Tout le monde dans sa famille avait su qu'il n'avait pas le talent. Ils avaient été clairs là-dessus. Pas nécessairement d'une manière cruelle, mais on ne pouvait pas vraiment tourner autour du pot quand tout le monde décrochait des rôles sauf lui.

Lisa regardait de nouveau la photo.

— Tu t'entends bien avec ta mère et ton père ? Je veux dire, à part le secret sur le péché de garder ta diabolique télévision de célibataire dans la salle de séjour ?

— On s'entend bien. Ce sont des gens bien. Ils ne comprennent pas toujours ce qui me motive, mais je ne comprends pas non plus pourquoi ils font certaines des choses. Mais ça fonctionne.

Le minuteur sonna sur la cuisinière, alors ils se levèrent et se dirigèrent vers la cuisine. Josiah marqua une pause pour se laver les mains avant qu'ils ne s'activent ensemble, évoluant un peu l'un autour de l'autre alors qu'ils transféraient tout du four sur l'îlot.

Lisa suivit ses directives et récupéra des provisions dans le frigo avant de remplir les verres d'eau fraîche.

— Nous pouvons nous asseoir sur le canapé, proposa Josiah. C'est ton repas réconfortant. Tu peux te vautrer si tu veux.

Lisa y réfléchit, plissant le nez de manière adorable.

— Je n'ai pas envie de devoir jongler avec quoi que ce soit. Ça demanderait plus de travail.

Ils s'installèrent à la table en chêne solide, assis l'un en face de l'autre avec des assiettes pleines de nourriture fumante. Lisa inspira profondément et émit un autre de ces sons qui enflammaient le corps de Josiah.

— Tu es un prince parmi les hommes, proclama-t-elle avec assurance. Du pain de viande, de la purée, et des macaronis au fromage. C'est le tiercé de la perfection.

Josiah apporta un autre plat, retira le couvercle et prit une portion généreuse.

— Deux de tes plats réconfortants sont aussi les miens, mais tu as oublié les légumes. Admire la vraie perfection... du maïs à la crème.

Il déposa une portion copieuse dans l'espace étroit qu'il avait laissé entre son pain de viande et sa purée, ajustant les proportions à l'aide de la cuillère.

Sa fourchette était déjà en l'air, dirigée vers le pain de viande quand il marqua une pause et leva les yeux.

Le sourire de Lisa était immense. Sans un mot, elle prit elle aussi une portion généreuse de maïs et la déposa directement sur son pain de viande.

Quand elle entreprit de briser la part et de la mélanger avec sa purée, Josiah sut qu'il avait de gros problèmes. C'était la manière correcte de manger ce repas, en ce qui le concernait. Il avait prévu d'adopter une approche plus polie par considération envers les pauvres âmes qui n'étaient pas initiées.

Lisa termina avec un grand geste pour désigner, sur une moitié de son assiette, une combinaison de pain de viande, de purée et de maïs, et sur l'autre moitié des macaronis au fromage. Elle attrapa le ketchup et entreprit d'ajouter une spirale de rouge sur toute la surface de son assiette, et Josiah se retrouva à une seconde de la demander en mariage.

Non pas que cette idée soit extrême ou quoi que ce soit.

Au lieu de ça, il infligea le même traitement à la nourriture dans son assiette.

— Ma mère appelle ça du « hachis canadien ». Les jours où les répétitions finissaient tard, il y avait inévitablement trois casseroles sur la cuisinière. Nous mangions quand nous rentrions. Je prenais une part de chaque et je les mélangeais.

— Les souvenirs culinaires sont des choses incroyables, acquiesça Lisa.

— Ça a le goût du bonheur, ajouta Josiah en levant son verre d'eau. Aux plats réconfortants.

— Aux *rencards* réconfortants, répondit Lisa, en faisant tinter son verre contre le sien.

À l'aise, et pourtant non, parce qu'il voulait en savoir plus. Et non des détails : quelle était la douceur de sa peau, le goût qu'elle avait, quels autres sons elle ferait en dehors de ceux qui le rendaient actuellement fou alors qu'elle léchait tranquillement la purée sur sa fourchette.

Il était temps de se concentrer.

— À ton tour. Tu pourras en apprendre plus sur ma famille une autre fois. La tienne... Je connais Tamara parce qu'elle est la meilleure chose qui soit arrivée à Caleb depuis longtemps. Et je sais que tu as une autre sœur, Karen, parce qu'elle a amené ces chèvres perturbatrices au ranch de Silver Stone.

— Josiah Ryder. Ces chèvres font pratiquement partie de la famille, dit-elle d'un ton convenablement scandalisé. De la part d'un homme qui aime soi-disant les animaux, je suis déçue.

— Des chèvres perturbatrices, répéta-t-il. J'aime les animaux, mais une de ces idiotes a mangé mon chapeau. Je n'ai pas découvert laquelle, alors elles sont toutes dans mon livre des fauteurs de troubles.

Lisa se mit à rire.

— Et dire que je croyais que mes amies et moi étions les seules à tenir des listes de mauvais garçons.

La nourriture et sa compagnie étaient plus délicieuses qu'elle ne l'avait anticipé.

— Pourquoi ça donne l'impression qu'il est *bien* de se trouver sur cette liste ? demanda-t-il en lui lançant un clin d'œil. Alors, deux sœurs et une tonne de cousins. Juste ton père, c'est ça ?

Lisa tritura ses macaronis au fromage un peu plus énergiquement que nécessaire.

— Ouais. Karen, Tamara et moi sommes proches. Avec papa ? Pas tant que ça.

L'air taquin de Josiah se mua en inquiétude.

— Je ne voulais pas toucher un point sensible.

— C'est bon... Ce n'est pas une personne affreuse et horrible ou quoi que ce soit. Mais il est vraiment une des raisons pour lesquelles je ne veux pas rentrer à Rocky Mountain House. Ce n'est pas un homme facile avec lequel travailler. Pas quand on est une femme.

La compréhension se fit jour, et Josiah hocha énergiquement la tête.

— Oh. Un rancher à l'ancienne ?

— De la très vieille école. Plus une petite ville, plus trois filles, compléta-t-elle en poignardant brutalement un morceau de pain de viande avant de lui lancer un sourire ironique. Je suppose que tu devrais te féliciter, parce que je ne me plains pas de lui auprès de beaucoup de gens.

— Vider son sac sur une situation pourrie est tout à fait logique. Ne t'en fais pas, dit-il en tendant la main pour prendre ses doigts dans les siens. Et savoir ce que tu ne veux pas, c'est une bonne partie de ce qui améliorera ton avenir.

Ce qu'elle voulait ? Elle avait fait du bon boulot pour trouver ce dont tous les autres avaient besoin. Bon sang, c'était tout ce qu'elle avait fait pendant des années. Elle avait besoin de beaucoup plus de pratique en matière de décision sur *ce qui est bon pour Lisa*.

Pendant un instant, elle lança un coup d'œil à leurs mains jointes. Josiah l'étreignit doucement, puis la lâcha et ils retournèrent à leur dîner.

Lisa lui parla un peu plus du ranch de Whiskey Creek où elle avait grandi et de son récent rapprochement avec le reste des ranchs de la famille Coleman. Elle ne parla pas de son rôle dans l'affaire parce que ce n'était pas nécessaire. Ce qui était important, c'était que le changement s'était produit.

Josiah lui raconta quelques histoires sur son enfance dans le monde du théâtre, ce qui était une expérience complètement en dehors du domaine de Lisa.

La nourriture passa facilement tandis que la lumière à l'extérieur commençait à changer. Le mode « coucher de soleil » entra en jeu lorsque dix-huit heures sonnèrent.

C'était un choix difficile, décider quoi regarder. Les lignes aiguës et sexy du visage de l'homme près d'elle, ou les lignes définies des montagnes Rocheuses tandis que des rouges et ors soulignaient les pics escarpés au loin.

Le coin des yeux de Josiah se plissait pendant qu'il parlait, ses lèvres s'incurvaient en sourire alors qu'il partageait une autre histoire. La lumière du soleil se reflétait dans ses cheveux, un éclat apparut dans ses yeux alors qu'il lui passait le plat de macaronis au fromage et qu'elle se servait une autre portion.

Finalement, l'estomac de Lisa n'en pouvait plus.

— J'ai fini. Complètement fini.

Josiah se pencha en arrière avec un soupir de satisfaction.

— Pour l'instant.

Elle grogna.

— Oh mon Dieu. Pitié.

Il souffla moqueusement.

— C'est toi qui as apporté la glace. Trois variétés.

Ils mirent la vaisselle dans le lave-vaisselle, Josiah se déplaçait naturellement alors qu'il rangeait. Il était à l'évidence un homme bien dans sa peau et à l'aise chez lui.

Un lieu qui continuait sérieusement à impressionner Lisa.

— Je sais que tu as dit que tu l'as achetée à quelqu'un

d'autre, mais cette maison est superbe. Veux-tu me montrer le reste ?

— Bien sûr. Laisse-moi changer de casquette pour la visite.

Avant qu'elle ne puisse poser d'autres questions, il lui attrapa les doigts et la tira dans la pièce. Il avança, pointa du doigt des objets de collection accrochés aux murs ou disposés sur des petites tables.

— Ma sœur aînée, Kelsey, a acheté ce tableau pour moi en Angleterre la dernière fois qu'elle y était. Elle a dit que cela lui avait rappelé les histoires de vétérinaires que nous lisions lors des jours pluvieux quand nous étions coincés à la maison. Et Lenora m'a offert cette statue pour mon anniversaire. Elle et Micah se relaient pour m'offrir des chevaux. À ce rythme-là, j'aurais un jour tout un troupeau.

— C'est une chouette tradition à commencer, déclara Lisa en passant la tête dans la pièce suivante et découvrant un bureau avec des garnitures chics en cuir et des meubles en bois massif partout. Cette maison est trop vaste pour un mec célibataire.

— C'est pour ça que j'ai deux colocataires qui se joignent à moi. Je l'ai fait au cours des années, quand nous avions des élèves vétérinaires qui travaillaient à la clinique. Deux gars qui emménagent en ville cherchaient un endroit où loger, et je me suis proposé, dit-il avant de jurer doucement, marquant une pause au milieu du couloir pour rester à côté d'elle. Ce qui est bien, et regrettable. Nous ne sommes seuls ce soir que jusqu'à leur retour, supposé être vers vingt et une heures.

— Largement le temps pour une visite privée, répondit-elle d'un ton aussi pince-sans-rire que possible.

La chaleur dans les yeux de Josiah n'était pas seulement due à son imagination. Elle était là, vraiment. La même curiosité bouillonnante qui l'animait. Frémissante, pourtant prête à tout instant à devenir quelque chose de bien plus délicieux.

Josiah regarda fixement ses lèvres.

— Les deux prochaines portes donnent sur les chambres que j'ai attribuées aux gars. La porte d'après sur la droite est une salle de bains pour les invités. La porte au bout du couloir mène à ma chambre.

— Je parie que nous avons une vue incroyable depuis ce poste d'observation.

Comment elle se retenait de se pencher vers lui, elle n'en avait aucune idée. L'attirance entre eux était solide comme du roc et grandissait.

S'il les faisait entrer dans sa chambre, elle serait plus que ravie de faire une visite approfondie, où qu'elle mène.

Seulement, il la surprit encore, penchant la tête vers la seule porte qu'il n'avait pas indiquée.

— En parlant de vue incroyable, j'ai pile ce qu'il faut.

La porte s'ouvrait sur un escalier en spirale s'élevant dans une grande construction ronde.

— Est-ce ce que je crois ?

— Si tu crois que c'est un vieux silo à grains, oui. La propriété était à l'origine une grange. Ils l'ont rénovée et ajouté la partie cuisine et salle de séjour. J'appelle cette partie-là « le château ».

— Prince Josiah. Voilà un potin auquel je ne m'attendais pas.

Il se mit à rire et lui fit signe de monter l'escalier raide.

— Je croyais que les ducs faisaient fureur. Dépêche-toi, avant que nous perdions la lumière.

Un instant plus tard, elle comprit pourquoi il l'avait pressée. L'escalier s'ouvrait sur un grand espace dégagé, et toute la lucarne face aux montagnes était composée de vitres.

La pièce était illuminée de mille lumières rouges, jaunes et or brillant sur les babioles réfléchissantes et transformant l'espace en un vrai décor de conte de fées.

— Waouh, fit Lisa en tournant lentement sur elle-même, examinant la pièce et tous les bibelots étincelants sur les murs avant de s'arrêter devant le clou du spectacle : la vue vers l'ouest.

Ils étaient beaucoup plus hauts désormais, et les clôtures et les champs qui avaient ressemblé à un tapis roulant depuis la salle de séjour s'étiraient sur des kilomètres. Les contreforts à proximité s'élevaient et retombaient en une série d'ondulations asymétriques. La neige qui paraissait d'un blanc crème dans la lumière du jour était illuminée par le soleil couchant se teintant intégralement de rose et de rouge.

Lisa regardait avec fascination. Encore une fois, cette sensation d'être dans un lieu inconnu envoya un frisson à travers elle. Elle avait déjà vu de magnifiques couchers de soleil. Elle se faisait un point d'honneur de les apprécier, mais celui-ci semblait plus miraculeux encore.

Plus percutant, surtout lorsque Josiah s'avança à ses côtés et passa le bras autour de sa taille.

La chair de poule qu'elle avait ressentie quand elle avait remarqué la vue s'étendit rapidement alors que les doigts forts de Josiah appuyaient contre le creux de ses reins.

— Attends que le soleil atteigne le col.

La voix de Josiah était un grondement profond et sexy. Il parlait doucement et les mots caressaient sa peau.

Lisa frissonna.

La réaction de Josiah fut de s'avancer derrière elle, d'enrouler les bras autour de son corps et de les rapprocher doucement, la réchauffant par son étreinte.

Impossible qu'elle lui dise qu'elle n'avait pas froid. En fait, elle avait chaud. Elle était brûlante et se dirigeait vers un incident nucléaire, comme si toute la chaleur du soleil s'était stockée en elle. La pression montait tandis que les couleurs devenaient d'une teinte plus foncée.

Il se pencha en avant, et sa joue frôla la sienne. Il leva une main et la pointa au loin.

La tentation titillait Lisa. Elle tourna assez la tête pour sentir le léger grattement du début de barbe sur la joue de Josiah contre sa peau.

— Qu'est-ce que nous guettons ? chuchota-t-elle.

— Tu sais qu'on dit qu'il y a un éclair vert au coucher du soleil quand on le regarde descendre sur l'océan ? Si tu le vois, tu es censé faire un vœu.

— J'ai déjà entendu cette histoire.

Les lèvres de Lisa étaient à quelques centimètres de celles de Joshua, dont les bras l'entouraient de nouveau, sa main caressant doucement son biceps.

— Le couple à qui j'ai acheté la maison a assuré qu'ils avaient vu l'éclair vert, et que, chaque fois, quelque chose de merveilleux s'était produit.

— J'aime bien les histoires comme ça.

Lisa s'appuya contre lui et se détourna de la tentation afin de suivre la ligne de son doigt qui pointait l'endroit où deux cols de montagnes se rejoignaient et formaient un V prononcé. De leur position au premier étage, on aurait dit qu'une main géante avait ciselé un carré parfait. Un trait de lumière brillait à la base en une flaque de lumière.

— Ont-ils précisé quelles choses merveilleuses ? Combien de fois l'ont-ils vu ? demanda-t-elle.

— Souvent, m'ont-ils dit, mais sans plus de détails.

Le soleil avait presque atteint l'arrière des montagnes, la boule rouge étincelante proche du col.

— Ce n'est pas le bon mois pour que cela s'aligne correctement, dit Lisa tristement.

— C'est pendant le solstice de printemps, lui dit Josiah.

Mais c'est simplement pour voir l'effet menhir avec le soleil qui glisse parfaitement dans le col. L'éclair vert peut se produire n'importe quand. Enfin, c'est ce qu'ils ont dit.

La moitié du soleil avait disparu. Josiah s'écarta sur le côté et la retourna vers lui. Leurs corps se frôlèrent lorsqu'il se déplaça, et le rythme du cœur de Lisa accéléra d'un cran.

Elle n'eut pas le temps d'attendre avec excitation. Josiah plaça les doigts sous son menton, lui releva la tête et unit leurs lèvres.

Elle ferma les yeux, mais la lumière de la pièce était assez vive pour que son monde brille tandis que la bouche de Josiah la titillait. Doucement au début. Un bref contact avant qu'il ne recule. Il revint une seconde fois, et une troisième, la pression augmentant tandis que le désir montait.

La chaleur du coucher de soleil déclencha un feu entre eux.

La langue de Josiah glissa sur ses lèvres et Lisa s'ouvrit à lui. Tandis que leurs langues s'exploraient pour la première fois, elle passa les doigts dans ses cheveux. Le caressant, se rapprochant autant que possible. Les mains de Josiah effleurèrent son dos, l'attirant plus près de lui, descendant plus bas jusqu'à ce que ses mains prennent son postérieur et qu'un grognement torturé s'échappe de ses lèvres.

Lisa allait bientôt avoir besoin d'air, ce qui était dommage. Respirer, c'était surfait par comparaison aux baisers de Josiah.

Il la souleva du sol et les jambes de Lisa s'enroulèrent instinctivement autour de lui, de sorte que l'épais renflement de son érection se pressa contre elle.

Elle rompit le contact de leurs bouches et se détacha juste assez pour fixer son visage.

— Nous avons raté l'éclair vert.

Les lèvres de Josiah s'incurvèrent.

— Nous devrons le guetter la prochaine fois.

Il y aurait assurément une prochaine fois. Mais elle s'intéressait davantage à cet instant.

— Embrasse-moi encore, ordonna-t-elle.

Il se mit à rire, fit soudain volte-face, et l'instant d'après, elle volait dans les airs, impuissante.

5

———————

*D*evoir lâcher Lisa valut la peine ne serait-ce que pour voir l'expression sur son visage. Pas de la panique, mais certainement de la surprise. Elle rebondit sur le matelas qu'il avait visé, s'arrêtant contre une pile de coussins. Il se rapprocha, attendant sa réaction.

Elle ne le déçut pas. Un éclat de rire résonna, suivi immédiatement d'un des coussins.

Le projectile le percuta droit au visage avant de tomber dans ses bras.

— Tu es un homme dangereux, Josiah Ryder, dit-elle en se redressant précipitamment.

Il se laissa tomber à côté d'elle au bord du matelas, ravi de voir qu'elle avait l'air tellement détendue même s'il changeait les règles.

— Tu as marqué le premier point, protesta-t-il.

Lisa attrapa un deuxième coussin sur la pile, se tenant prête.

— Est-ce que tu déclares la guerre ?

— Ça dépend. Si ce soir il n'est question que de réconfort et de ce qui nous rend heureux, quel est ton jeu préféré ?

La pièce était encore baignée des couleurs du coucher du soleil, et alors qu'elle s'installait sur ses talons et pressait le coussin contre son ventre, tout en elle s'adoucit, elle pencha la tête et ses yeux s'enflammèrent.

— Eh bien, je pensais que nous avions commencé à y jouer il y a quelques instants.

Josiah émit un petit rire.

— Le jeu préféré de ton *enfance*, clarifia-t-il.

Elle ajusta sa position, l'air pensive tandis qu'elle jetait un coup d'œil dans la pièce.

— Nous n'étions pas trop dans les jeux de société. Les cartes ou peut-être le Yam's.

— Quand tu étais encore plus jeune que ça, l'encouragea Josiah. À quels jeux voulais-tu jouer encore et encore qui rendaient folles tes sœurs aînées ?

Il avait toute son attention.

— Les Hippos Gloutons. Le Mika-Bille. Twister. Tu as un de ceux-là dans le coin ?

— Si j'ai l'un de ceux-là ? Quel genre de rencard réconfortant ce serait sans une partie exaltante d'Hippos Gloutons ?

Il se leva et alla vers le placard construit dans le mur latéral. Il ouvrit les deux portes en grand et se retourna pour la regarder tandis que Lisa pressait ses deux mains contre son visage, bouche bée.

— *Oh mon Dieu.* Tu n'es pas sérieux.

Elle traversa précipitamment le matelas à quatre pattes, balança les jambes et se lança pratiquement sur le sol pour pouvoir rebondir et examiner son trésor de jeux classiques pour enfants plus attentivement.

— C'est *incroyable.* Où as-tu trouvé tout ça ?

— Certains proviennent de mon enfance. D'autres de vide-greniers ou de boutiques solidaires. Chaque fois que je repère un jeu, je le prends.

Lisa passa une main le long des étagères, lui lançant un coup d'œil, la joie dansant dans ses yeux.

Sa réaction le ravissait. La tension dans les épaules de Josiah se calma.

Plonger dans le sexe était une tentation, surtout après l'intensité de ce simple baiser. Y aller à la bonne vitesse allait être brutal. Il aimait ses plaisirs, et il aimait faire en sorte qu'une femme se sente bien. Lisa semblait aussi diriger sa vie selon le rythme « joie de donner, plaisir de recevoir ».

Mais il n'avait pas menti quand il avait remarqué qu'être un couple serait compliqué. Coucher ensemble dès ce soir-là serait la chose la plus simple du monde.

Il était également convaincu que ce serait la plus grave des erreurs.

— Celui-là. Je n'ai pas joué à Docteur Maboul depuis des lustres, dit Lisa en se tournant vers lui avec une boîte entre les mains. Tamara pensait toujours être la meilleure, mais *je* suis imbattable.

— Nous verrons ça, répondit Josiah.

Elle retourna sur le matelas, ouvrit la boîte et posa le jeu pile au milieu.

— Intéressant endroit pour un lit, Joe.

Il s'installa de biais par rapport à elle, étouffant la bouffée d'agacement surgie de nulle part.

— Ce grand espace est un chouette endroit juste pour traîner et lire, ou pour des invités supplémentaires pour la nuit. Et je ne suis pas particulièrement fan de « Joe » comme surnom.

Il prononça ces paroles d'un ton décontracté, mais Lisa

releva brusquement la tête. Elle l'examina attentivement avant de hocher la tête.

— Pas de problème. Alors, tu veux commencer ?

— Les règles disent que le plus jeune commence, répondit Josiah en lui lançant un coup d'œil. Ce qui signifie que, pour la première fois de ma vie, je ne crois pas que c'est moi qui vais commencer.

— Nous allons jouer selon les règles ? Surprenant, dit Lisa en se posant sur un coude, lui souriant. Mon anniversaire est le 23 juin, et je vais avoir vingt-sept ans.

— Le 13 septembre, et j'ai dépassé la trentaine il y a plus de cinq ans.

Il ne put s'en empêcher. Il se pencha assez pour frôler ses lèvres des siennes. Un bref contact, presque chaste.

— On dirait que c'est toi qui commences, ajouta-t-il.

Elle laissa échapper une lente respiration saccadée.

— Tu es sûr que tu veux jouer à ce jeu-là ?

Non, mais le jeu qu'ils voulaient tous les deux était hors de question pour la soirée.

— Je pense qu'il est plus sûr que nous gardions quelque chose entre nous, dit-il doucement. Ne nous précipitons pas, même si j'admets que j'attends notre prochain rencard avec grande impatience.

Le regard de Lisa dériva sur son corps avant de revenir vers ses yeux. Elle hocha fermement la tête.

— Tu as raison, sur les deux plans, répondit Lisa en tirant une carte. Laisse-moi m'occuper de ton os électrique.

Elle se pencha sur le jeu, ses cheveux tombant en rideau sur sa joue. Alors qu'elle tendait la pince vers l'étroite entrée, il glissa les doigts dans les longues mèches satinées.

Le buzzer résonna à l'instant où il la toucha, et Lisa jura doucement avant de lever la tête vers lui. Un faux regard de travers le foudroya.

— Tu recours à des coups bas.

— Ça te surprend ?

Cela lui attira un ricanement.

— Pas du tout. Je voulais simplement te le signaler pour que tu saches que tout ce que je vais faire à partir de maintenant sera de simples représailles.

— Amène-toi, l'encouragea-t-il.

Elle lui tendit la pince.

— Et ta carte dit... « cœur brisé ».

Évidemment. Il afficha un sourire.

— Pas ma pièce préférée.

— Alors débarrassons-nous-en, l'encouragea-t-elle d'un ton complètement innocent alors qu'elle attendait qu'il prenne son tour.

Il tenait la pince au bord de la case en plastique, se concentrant intensément pour empêcher sa main de tressaillir parce que...

Effectivement, elle s'était penchée, se déplaçant soigneusement pour que le matelas ne remue pas trop. Cette nouvelle position lui permettait de se presser contre lui. Ses longs cheveux frôlèrent son avant-bras, puis son biceps. Sa joue glissa contre la sienne et une lente et chaude expiration souffla contre la peau de Josiah.

Il retira la pièce sans faire sonner le buzzer, mais ne dit rien alors qu'il attendait le prochain geste de Lisa. De sa position, elle ne pouvait pas voir le plateau. Elle devait attendre un indice du buzzer ou qu'il annonce son succès.

La langue de Lisa passa brièvement sur le lobe de son oreille, approuvant d'un murmure tandis que ses lèvres effleuraient son oreille.

— Bon boulot.

— Je suis doué de mes mains, lui assura-t-il.

— Taquin.

Lisa se redressa en position assise, les joues bien rouges. Elle attrapa la carte suivante, et pendant les quinze minutes qui suivirent, ils se relayèrent pour jouer à un jeu d'enfants avec un petit plus d'adulte.

Des contacts doux, des caresses à peine marquées. Des baisers papillon et de lents regards sensuels.

Il déclencha le buzzer en essayant de retirer la pièce « fièvre de cheval ». Il avait perdu son sang-froid parce qu'elle s'était redressée sur ses genoux pour l'atteindre, faisant dériver sa main le long de sa cuisse.

Lisa tira la carte pour l'os de vœux et, bien qu'il se soit penché pour lui défaire deux des boutons de sa chemise, caressant des doigts la peau qu'il avait dévoilée, elle sortit la pièce sans problème.

Elle la leva en l'air. Ses lèvres étaient humides après les avoir humectées.

— Je pense que ça signifie qu'un de mes vœux va être exaucé.

Il cherchait tellement les problèmes !

— Je suppose que oui.

Elle écarta la boîte.

— Tu as eu raison de nous ralentir. Mais aussi amusant que ce soit de jouer à des jeux d'enfants, l'autre chose réconfortante que je veux ce soir est totalement adulte.

Elle posa une main sur son torse et le repoussa sur le matelas.

Toute sa volonté semblait s'être amassée au niveau de ses orteils et, à cet instant, il n'aurait rien pu lui refuser.

— Lisa ?

Il ne savait pas s'il voulait qu'elle brise d'autres règles ou s'il la suppliait de faire preuve de retenue.

Elle s'étira à côté de lui, leur corps se touchant. La chaleur le traversa, déclenchant toutes sortes de signaux d'avertissement.

— Je veux un câlin. Nous garderons tous nos vêtements, mais je veux m'amuser, t'embrasser et juste savoir que...

Elle s'interrompit.

— Peut-être que c'est bête, termina-t-elle.

— Ce n'est pas bête du tout.

Oh que oui, il pouvait le faire.

Il voulait le faire.

Il passa un bras autour de ses épaules et la rapprocha pour atteindre ses lèvres. Il la taquina, leurs langues s'entremêlant brièvement, brûlantes et avides, pourtant contrôlées. Comme s'ils savaient qu'ils n'avaient pas besoin de trop insister, qu'ils savaient qu'à un certain stade ils iraient au-delà, et que ce serait vraiment bon.

Les doigts de Josiah étaient de retour dans les cheveux de Lisa, les caressant. Leur longueur soyeuse coulait sur son poignet. Son corps était douloureusement dur, et son cœur martelait, mais une sensation de paix enveloppait le tout.

Lisa passa les mains sur ses épaules, sur ses bras. Elle lia brièvement leurs doigts. Cela lui plut.

Tellement qu'il lui attrapa de nouveau la main, puis pressa leurs doigts joints contre le matelas, roulant en partie sur elle. Gardant la pression légère mais suffisante pour qu'elle soit totalement consciente de son intérêt, de l'effet que l'embrasser faisait à son corps.

Il se redressa et elle prit une inspiration irrégulière. Le regard de Lisa dériva sur son visage, ses lèvres s'incurvant en un sourire alors qu'elle libérait une main pour lui caresser la joue, puis revenir sur son menton et ses lèvres. Un seul doigt dessina la forme de sa bouche.

Elle se tourna vers lui et il la laissa le guider de nouveau vers le matelas, et, quand elle posa la tête sur son torse, il fut tout naturel d'enrouler les bras autour d'elle et de la serrer contre lui.

Ils restèrent allongés dans le silence tandis que les couleurs du coucher de soleil s'estompaient dans les ténèbres. Les petites lumières au-dessus de leurs têtes qu'il avait allumées perçaient à peine la nuit tombante.

Leurs respirations se synchronisèrent, et même si c'était une torture, il y avait quelque chose de spectaculairement parfait dans ce moment non sexuel.

Des rencards réconfortants. Qui l'eût cru ?

LE CHAOS matinal dans le ranch de la famille Stone lui facilita la tâche pour ne pas entrer dans les détails sur comment elle avait passé sa soirée. Mais une fois que les filles furent parties pour l'école et que la vaisselle du petit déjeuner fut réglée, Lisa sut qu'elle devait dire quelque chose.

Même si elle ne savait pas exactement comment elle allait expliquer ce qu'elle et Josiah faisaient.

Tamara était attablée, une tasse de thé près d'elle et une pile de factures et de paperasse devant elle.

— Je croyais que tu avais une comptable qui s'occupait de ça pour toi, dit Lisa.

— Oui. Mais elle a besoin que je revérifie quelques-uns des fichiers embrouillés de l'époque de la comptabilité créative de Caleb, répondit Tamara en penchant la tête. Est-ce que tu as passé une bonne journée de repos ?

Oh là, là. On y était.

— C'était une journée très relaxante, et intéressante.

Tamara écarquilla les yeux, et Lisa se mit à rire.

— Oh mon Dieu, nous avons toutes des expressions

tellement similaires ! Je te jure que c'est exactement l'air que Karen avait la dernière fois qu'elle a voulu me tuer.

— Mais ce n'est pas mon expression : « Je suis sur le point de te tuer. » C'est une expression qui dit : « satisfais ma curiosité rapidement. » Qu'est-ce qui était donc si intéressant ?

Lisa ouvrit la bouche puis la referma.

Tamara n'avait plus l'air amusée. L'inquiétude s'infiltrait bien trop rapidement.

— Chérie, qu'est-ce qui ne va pas ? Parce que je ne pense pas que je t'aie déjà vue à court de mots.

— Rien ne va pas. Pas vraiment. C'est juste difficile à expliquer.

Cela avait semblé assez simple la veille, pelotonnée contre le torse de Josiah, à écouter les battements de son cœur tandis que la chaleur s'enroulait autour d'eux.

Une séance de sexe brûlant à en hurler aurait fourni un certain genre de plaisir. Une satisfaction qui lui aurait permis de bien dormir... et pourtant de manière perturbée en même temps.

Ce qu'ils avaient partagé avait été tellement loin de son domaine qu'elle ne savait pas comment le classer. Peut-être « câliner », « réconforter » et « plutôt incroyable ».

Elle élimina d'abord la partie facile.

— Je suis allée me promener à cheval. J'ai rencontré Sonora Fallen et j'ai mangé les brownies au chocolat les plus incroyables. Je pense qu'Ashton craque peut-être pour elle.

Tamara lui lança un grand sourire.

— Je pense que tu as raison. Ça expliquerait beaucoup de choses, répondit-elle en regardant Lisa. Raconte. Quel est le vrai truc que tu essaies d'éviter de me dire ?

— Josiah Ryder m'a demandé de sortir avec lui, admit Lisa. Je suis allée chez lui pour le dîner hier soir. Il m'a fait un pain de viande et des macaronis au fromage, puis nous avons joué à des jeux de gamins et nous avons discuté. C'était très amusant et j'ai hâte de le revoir.

Ce fut au tour de Tamara d'ouvrir la bouche puis de la refermer. Elle fit la grimace.

— Hum.

— N'est-ce pas ? fit Lisa en s'installant sur la chaise près de sa sœur. Il a dit qu'il ne m'avait pas demandé de sortir avec lui avant parce qu'il présumait que je retournerais à Rocky, et qu'il ne voulait pas commencer quelque chose à court terme et potentiellement causer des problèmes.

— Mais tu t'en vas dans deux mois. C'est commencer quelque chose à court terme, non ? demanda Tamara avant de secouer la tête. Peu importe, ce n'est pas ce qui compte. Je ne savais pas que tu t'intéressais à Josiah.

— Eh bien, tu n'étais pas dans l'écurie les quelques fois où je suis tombée sur lui là-bas. Crois-moi, tu m'aurais vue flirter, parce que j'étais intéressée. Je *suis* intéressée, mais revenons en arrière. Que veux-tu dire par : « ce n'est pas ce qui compte que ce soit à court terme ? »

Tamara haussa les épaules.

— D'après Caleb, Josiah est un diamant brut. Il a eu quelques petites amies régulières, mais il voit surtout des femmes pour des plaisirs de courte durée. Je ne t'ai jamais vue avec qui que ce soit pour autre chose non plus. Je ne vais pas essayer de diriger ta vie si vous deux voulez passer du temps ensemble.

Ce qui était essentiellement la réponse à laquelle Lisa s'était attendue de la part de sa sœur.

— Ouais, mais tu es géniale, et tu n'as pas de complexe sur *la manière d'agir correctement*. Josiah a mentionné qu'il s'inquiétait du fait que Caleb n'approuverait pas.

— Oh, fit Tamara en plissant le nez. Franchement, je pense

que Caleb sera plus inquiet que tu brises le cœur de son ami qu'autre chose.

— Ce n'est pas ça, insista Lisa. Enfin, nous apprenons à nous connaître. C'est tout.

— Je comprends, et je ferai diversion pour toi avec Caleb du mieux que je pourrai, dit Tamara en posant un coude sur la table, soutenant sa tête comme si elle était à court d'énergie. Donc. Tu as passé un bon moment ?

Lisa lui lança un grand sourire.

— Je l'ai battu à Docteur Maboul. Il est aussi mauvais au raccordement de la cheville au genou que tu l'étais.

Sa sœur roula des yeux.

— Je n'arrive pas à croire que tu as poussé un homme à jouer à des jeux de gamins avec toi lors d'un rencard.

— Il y a peut-être eu quelques baisers dans l'histoire, admit Lisa. Il embrasse bien.

Tamara se redressa jusqu'à pouvoir poser sa main sur celle de Lisa et l'étreindre.

— Je suis contente que tu aies quelqu'un avec qui t'amuser, mais prends soin de toi, d'accord ? Tu as fait tellement pour tout le monde au cours des dernières années, y compris moi. Mais il s'agit de plus que ça. Quand tu en auras terminé ici, je veux que tu déploies tes ailes et que tu vives tout ce que tu as repoussé à plus tard.

— Passer du temps avec Josiah ne signifie pas que j'abandonne mes rêves, lui assura Lisa. Il est amusant et... il a raison... Il m'a signalé que je ne sais pas exactement quels sont mes rêves. C'est à ça que je dois passer du temps pendant les prochaines semaines. À découvrir ça.

Tamara hocha la tête, mais il était évident qu'elle était au bout du rouleau. Elle était devenue pâle, et Lisa l'aida à retourner dans la chambre pour s'allonger et se reposer.

Lisa planifia le dîner, chargea la machine à laver avec la

lessive sans fin qu'une famille produisait, et prépara de la soupe pour le déjeuner.

Puis elle sortit le nouveau carnet que ses sœurs lui avaient offert et alla surfer sur internet. Elle alla sur Pinterest et Instagram, et surfa d'un site à un autre, écrivant toutes sortes d'idées qui l'intéressaient et attiraient son attention. Des lieux, des options de menu, et des boulots inhabituels. Certains étaient impossibles, parce qu'elle n'allait pas devenir biologiste de la vie marine, même si elle était très intriguée par la photo des poissons-lunes dans l'eau d'un bleu cristal et contre le sable blanc immaculé.

Mais à maintes reprises, elle se surprit à regarder dans le vide, rêvassant tandis qu'elle se souvenait de la sensation des doigts forts de Josiah lui caressant la peau, pensant à ses baisers et à la chaleur qu'ils avaient déclenchée au fond d'elle.

Elle voulait voir le Grand Canyon. Elle voulait visiter Paris. Elle voulait aller à New York juste une fois, et l'idée de faire une randonnée dans le désert lui plaisait.

Mais toutes ces aventures étaient floues dans les détails. Elles se trouvaient quelque part dans le futur, suffisamment loin pour qu'il soit difficile de se concentrer dessus. Pas comme le souvenir clair du contact de Josiah. Son goût. Son rire et la chaleur profondément ancrée qu'elle avait vue dans ses yeux.

Elle voulait terminer de visiter sa maison et explorer sa chambre. Oh, ouais, elle le voulait vraiment.

Lisa abandonna ses recherches et décida que le mieux était de faire directement face à un de ses problèmes. Elle s'habilla chaudement et sortit dans le ranch, espérant trouver son beau-frère.

La dernière chose qu'elle s'attendait à trouver dans l'écurie, c'était Josiah dans un box, sans sa veste et les manches relevées, aidant une jument à mettre bas.

Tous les frères de Caleb étaient entassés dans l'espace.

Luke Stone maintenait la tête de la jument tandis que Walker assistait Josiah. Dustin se tenait à côté de Caleb, le plus jeune et le plus âgé des garçons Stone essayant de ne pas gêner tout en étant à l'évidence réticents à abandonner complètement les autres hommes à leur travail.

Aucun d'eux ne la vit, ce qui lui donna largement l'occasion de lorgner la vision parfaite révélée devant elle. Les muscles des épaules et du dos de Josiah se gonflaient au gré de ses mouvements, alors qu'il guidait une paire de sabots parfaitement formés hors de la jument.

— Et voilà. Les choses devraient se passer rapidement maintenant, leur assura Josiah.

Il avait à peine terminé de parler que la jument dut sentir un changement, terminant le travail calmement. Un instant plus tard, un poulain noir et blanc reposait dans les bras de Josiah, humide et dégingandé, sa tête bougeant en tremblotant.

— Bon sang. Ça ne cesse jamais de m'étonner, dit Caleb en s'avançant avec un tissu.

Josiah le lui prit pour frictionner la petite créature. Lisa s'avança, fixant avec admiration l'homme et l'animal.

— Jolie petite chose. Beau boulot, Josiah.

Il leva des yeux emplis de surprise vers elle et un lent rougissement apparut sur ses joues.

— Merci.

Elle détacha les yeux de son corps, se forçant à se rappeler qu'ils n'étaient pas seuls.

— Tout va bien dans la maison ? demanda Caleb.

— Tamara se repose, lui assura-t-elle.

Il la regarda avec inquiétude, se rapprochant.

— Est-ce que tu avais besoin de quelque chose ?

Derrière eux, les choses se réglaient avec la jument et son poulain. Josiah s'était essuyé et reboutonnait sa chemise. Ce n'était pas le cadre privé qu'elle avait espéré.

Elle fit un geste à quelques pas de là, où ce serait un peu plus calme.

— Je voulais te parler une minute.

Caleb s'écarta avec elle.

— Qu'y a-t-il ?

Elle n'allait pas tourner autour du pot comme elle l'avait fait avec sa sœur.

— Je voulais juste te faire savoir...

Josiah s'approchait d'eux. Tout droit, en fait, comme s'il était d'une importance vitale qu'il la rejoigne avant qu'elle ne dise quoi que ce soit, seulement ses lèvres étaient relevées en une moue amusée.

— Lisa. Je ne m'attendais pas à te voir aujourd'hui.

Caleb lança un coup d'œil par-dessus son épaule, fronçant les sourcils un instant.

— Tout va bien avec le poulain ?

— Tout va bien. Luke a tout sous contrôle. J'ai pensé que je devrais être là pour ça.

Caleb devint plus confus.

— Ici pour quoi ?

Josiah fit le tour et s'arrêta à côté de Lisa. Il baissa les yeux vers elle.

— J'avais prévu d'avoir cette conversation plus tôt, mais Cherry Blossom a décidé d'être prioritaire.

Ne sachant pas si elle devait rouler des yeux ou soupirer d'agacement, Lisa garda une voix régulière alors qu'elle répondait.

— Je ne pensais pas qu'il était de ta responsabilité de le faire. C'est pour ça que je suis venue dans l'écurie.

Un grognement grave d'irritation provint de Caleb.

— Je vous dérange ? Qu'est-ce qui se passe, bon sang ?

Josiah passa un bras autour de Lisa avant de se tourner directement vers son ami.

— Lisa et moi, nous nous voyons, c'est tout.

Il n'avait pas parlé plus fort que d'habitude, mais les mots semblèrent résonner dans le silence inattendu qui était tombé sur l'écurie.

Ce n'était assurément *pas* la manière dont Lisa faisait les choses. Au temps pour sa méthode calme et très discrète.

Elle envisagea de pincer les fesses de Josiah mais choisit de glisser un doigt dans un passant de sa ceinture à la place, tirant gentiment dessus pour lui faire savoir qu'elle était au moins modérément agacée.

Cela signifiait qu'elle était assez près de lui écraser le pied si nécessaire. Elle inspira profondément et sourit aussi gaiement que possible à son beau-frère.

6

C’était comme être lancé sur scène avec un objet d’impro. Josiah ne s’était jamais attendu à voir son meilleur ami le regarder avec quelque chose ressemblant à un sentiment de trahison dans les yeux.

—Josiah ?

Avant que Josiah ne puisse entamer une explication, Kelli James s’avança. Cette femme, dont le corps d’à peine plus d’un mètre cinquante était habillé de jean de la tête aux pieds, affichait une expression glaciale. C’était loin d’être son attitude habituelle, et avec son visage étroit encadré de ses longues nattes, elle ressemblait à une Fifi Brindacier énervée.

C’était une employée de longue date de Silver Stone, récemment fiancée à Luke Stone, ce qui faisait d’elle la future belle-sœur de Tamara. Mais plus important encore, au cours des mois que Lisa avait passés ici, il semblait que les deux femmes avaient sympathisé.

Tandis que l’ouvrière menue du ranch dépassait à pas lourds les hommes présents, stupéfaits, Josiah garda un œil sur Kelli au cas où il devrait protéger certaines parties de son corps.

Seulement, elle l'ignora, avançant droit sur Lisa. Kelli croisa les bras alors qu'elle foudroyait son amie du regard.

— Tu sors avec *lui* ?

— Il semblerait, répondit Lisa d'une voix traînante.

Kelli fit la grimace, secoua la tête avant de hausser les épaules.

— Bien, fit-elle avec un grand sourire avant de tendre une main, paume en l'air. Tu me dois vingt dollars.

Lisa roula des yeux.

— Espèce d'idiote.

— Hé, c'est toi qui adores faire des paris. Il se trouve simplement que cette fois j'ai gagné, expliqua Kelli en lançant un grand sourire à Josiah. Bon boulot, mec. Elle avait juré qu'elle ne sortirait avec personne pendant qu'elle serait ici. Je commençais à penser que j'allais devoir soudoyer un des ouvriers du ranch si je voulais gagner.

— Je l'ai fait rien que pour toi, dit Josiah, aussi sincèrement que possible.

Kelli ricana avant de ramener son attention sur Lisa avec un regard d'avertissement.

— À plus tard.

Josiah présuma que cela signifiait qu'elle prévoyait de soutirer tous à Lisa à un autre moment.

— Passe à la maison quand tu seras en pause. Je vais préparer des chaussons aux pommes, dit Lisa.

— Est-ce que cette offre est ouverte à tout le monde, ou seulement à Kelli ? Parce que, bon sang, j'aurais bien besoin d'un chausson aux pommes, déclara Dustin tandis que Kelli posait les mains sur son dos et poussait son plus jeune futur beau-frère vers la porte. Je dis ça comme ça.

— Tes papilles gustatives se contenteront de *popovers*[1] décongelés, le taquina Kelli. Allons, petit gars. Ashton a dit qu'il avait un boulot pour nous. Rester là à bavarder comme de vieilles femmes... nous allons laisser ça aux vieux mecs.

— Qui appelles-tu « petit gars » ? Tu es à peine plus vieille que moi.

Mais Dustin ricanait tandis que tous deux disparaissaient dehors.

Josiah lança un coup d'œil au poulain et à la jument, mais Luke s'en occupait. Cependant, son ami leva les yeux avec un regard de mise en garde, et Josiah poussa un soupir digne d'une scène de théâtre.

— Si l'un de vous trois a quelque chose à dire, ne vous fatiguez pas.

Lisa secoua la tête.

— Je croyais que tu étais censé être charmant, marmonna-t-elle d'un ton amusé.

— Il a une rude journée, suggéra Luke. Lisa, tu es assez grande pour prendre tes décisions. Cela dit...

— Est-ce que c'est là que tu insères une sorte d'avertissement à propos d'une imminente catastrophe physique s'il dépasse les bornes ?

Elle s'était appuyée contre Josiah à qui la chaleur du corps de Lisa était comme une couverture confortable.

— Parce que si c'est le cas, je vais vraiment te regarder de travers, termina-t-elle.

— C'est une tradition, avança Walker en guise d'excuse.

Il tapota les naseaux de la jument, puis passa à côté d'elle.

— Tu n'as pas de frères, et tous tes cousins sont à quelques heures de voiture d'ici, continua-t-il avant de se tourner vers Luke. De quoi as-tu besoin ?

Luke répondit, et tous deux plongèrent dans leur propre conversation, tout en continuant à s'occuper du nouveau-né et de sa maman.

Ne laissant que Caleb.

Il regardait fixement Josiah, le visage indéchiffrable.

Puis, à sa grande surprise, Caleb se tourna vers *Lisa*.

— Traite-le comme il faut.

Il tourna les talons et rejoignit ses frères. Tous trois continuèrent à s'affairer comme si Josiah et Lisa ne se trouvaient pas là.

Il fallut un instant avant que Lisa ne réussisse à remettre sa mâchoire en place, puis elle leva les yeux vers Josiah, les clignant vivement.

— D'accord, alors.

— Les meilleurs amis, dit-il en haussant les épaules avant de continuer : Je ne sais pas du tout ce qu'il voulait dire.

Les lèvres de Lisa s'incurvèrent.

— Il semble que la terre entière soit déterminée à s'assurer que tout ce qui t'implique est assez alambiqué pour me forcer à rester sur le qui-vive.

— Nous ne voudrions pas que la vie devienne ennuyeuse, n'est-ce pas ?

— Dieu nous en garde.

Ils échangèrent un grand sourire. Josiah lança un coup d'œil vers les autres qui s'en allaient vers différentes tâches. Il prit un instant de plus, entraîna Lisa sur le côté du couloir et leur fit faire volte-face jusqu'à ce que son corps la cache.

— Tu vas préparer assez de chaussons aux pommes pour pouvoir en garder un pour moi ?

— Peut-être.

Elle se pencha, regardant derrière son épaule. Puis elle l'attrapa rapidement le col de sa chemise et l'attira à elle alors qu'elle levait le visage en offrande.

Il devait vraiment retourner au travail, mais il devait *vraiment* accepter encore plus ce petit moment de plaisir. Il passa les bras autour d'elle et pressa leurs bouches l'une contre l'autre pendant un bref et intense contact qui le laissa haletant quand ils se séparèrent à peine quelques secondes plus tard.

Lisa lui tapota la chemise puis replaça ses cheveux derrière son oreille alors qu'elle s'en allait avec un geste de la main.

— Appelle-moi.

— Entendu.

Il la regarda jusqu'à ce qu'elle ait quitté l'écurie, puis se retourna pour découvrir Caleb à seulement quelques pas de lui.

Son ami le regardait sans rien dire.

— Je sais. Je sais, dit Josiah rapidement. Ça donne l'impression que je te cachais quelque chose, mais toute cette affaire est arrivée un peu vite.

— À l'évidence.

— Ce n'était pas comme si je le savais dimanche, parce que ce n'était pas le cas.

Caleb ne répondit pas. Il affichait de nouveau un visage inexpressif.

Génial. L'absence totale et complète de commentaire lui venant à l'esprit à ce moment-là aurait fait que sa famille, tous des maîtres de la scène, se serait moquée de lui impitoyablement. Josiah *devait* trouver les bons mots à dire.

— Je l'apprécie. Et elle a besoin d'une chance de se détendre.

Rien. Pas une seule réaction en dehors du regard de la mort.

— Allez, supplia Josiah. Dis quelque chose. Je te jure que je n'ai rien d'autre que ses intérêts à cœur.

Puis, bon sang, les lèvres de Caleb tressaillirent une fois avant qu'il ne passe une main sur son visage, se détournant pour cacher son expression.

Des jurons surgirent dans l'esprit de Josiah lorsqu'il se

rendit compte que son ami était à deux doigts d'être franchement amusé, peut-être carrément d'éclater de rire.

— Tu es un fumier, marmonna Josiah.

Caleb posa une main sur son épaule et la serra.

— Ce n'est pas souvent que je peux t'embobiner. Je devais saisir l'occasion qui se présentait. Je ne suis pas contrarié. Tu as raison... Lisa a besoin de temps pour se détendre, et tu es mon meilleur ami. Si tu n'es pas assez bien pour elle, personne ne l'est.

Il hésita, marchant à côté de Josiah vers la jument.

— Mais... ? l'encouragea Josiah.

Parce qu'il y avait à l'évidence davantage dans cette conversation.

Caleb haussa les épaules.

— Je suis sérieux. Tu es mon ami, et je veux ce qu'il y a de mieux pour toi. Je ne veux pas que tu sois blessé. Aux dernières nouvelles, il n'y avait aucune garantie que Lisa prévoyait de rester.

— Elle n'a pas encore de ticket en poche qui dise qu'elle s'en va non plus, signala Josiah.

— Je sais. Je suis quand même inquiet.

Ils s'arrêtèrent juste devant le box, et avant que Josiah ne puisse se remettre au travail, Caleb le regarda droit dans les yeux.

— Prends soin de toi.

Josiah ne pouvait pas se plaindre que son ami le soutienne.

— De moi, et d'elle aussi. Tu verras.

Parce que cette situation avait trop de potentiel pour battre en retraite sans avoir essayé à cent pour cent.

Il se glissa dans le box et retourna au travail, les pensées de rendez-vous, d'amis et d'avenirs se mélangeant toutes.

La vie était belle. Elle pouvait devenir encore meilleure.

~

Bien sûr, maintenant qu'elle et Josiah avaient révélé leur relation, la semaine de celui-ci devint compliquée. Un appel d'urgence l'entraîna dans la région sauvage de Highwood Pass[2].

Lisa découvrit que le temps se volatilisait dans le travail et les sorties, et plus encore quand la famille se rendit compte que Sasha et Emma avaient des activités pendant le week-end qui requerraient qu'elles aillent dans des directions totalement différentes.

La solution à cette étrange organisation fut parfaitement orchestrée par la petite Emma.

— Tu dois rester près de la maison pour protéger le bébé, dit Emma à Tamara.

Elle avait abordé Lisa et Tamara dans la cuisine pendant que Sasha était hors de vue. Emma se pencha en avant, ses cheveux blonds bouclés s'agitant tandis que ses yeux bleu vif prenaient un air sérieux.

— Sasha veut que papounet vienne la voir jouer. Est-ce que tu peux m'emmener au camp 4-H[3], tata Lisa ? Pour que mamounette et papounet puissent rester avec Sasha ?

Tamara hocha la tête vers Lisa avec approbation, et celle-ci s'empressa d'acquiescer.

— Tu es une très bonne sœur, lui dit Lisa doucement en déposant un baiser sur la joue de la petite fille. J'aimerais beaucoup venir avec toi.

Alors, plutôt que de trouver du temps pour retrouver Josiah, Lisa emmena sa plus jeune nièce à l'activité du 4-H organisée à Crownset Pass pour du week-end, pendant que Caleb et Tamara restaient dans les environs de la maison avec Sasha.

On était donc de nouveau lundi sans que la moindre possibilité ne se soit présentée pour aller retrouver Josiah. Oh, ils s'étaient envoyé quelques textos, mais la conversation était restée très générique et superficielle, et vraiment *pas* comme Lisa le voulait.

Trouver des gens avec qui discuter en ligne était bien plus simple que d'avoir des liens à apprécier dans la vraie vie.

Les filles étaient parties à l'école, et elle s'était plongée dans les corvées de la maison quand Caleb entra et la regarda avec surprise.

— Qu'est-ce que tu fais ?

Les mains de Lisa étaient plongées dans un évier plein de vaisselle savonneuse.

— Est-ce une question piège ?

Caleb lança un coup d'œil dans la pièce.

— Tamara ne te l'a pas dit ? Peu importe. Tu es encore de repos aujourd'hui.

Elle s'appuya d'une hanche contre le plan de travail tandis qu'elle le regardait avec confusion.

— Je dois trouver le livre *La Manière moderne d'être un rancher* que tu as lu et en envoyer une copie à mon père. Un jour de repos, deux semaines de suite ? Je pense que c'est illégal.

Elle lui arracha enfin un petit rire.

— J'ai passé bien trop d'années à travailler vingt-quatre heures sur vingt-quatre, sept jours sur sept. Il y a toujours du boulot... tu le sais. Mais puisque les choses tournent beaucoup plus calmement à Silver Stone, nous nous sommes tous engagés à faire quelques changements.

Il posa ses bottes sur le casier près de la porte et accrocha son chapeau. Un doux sourire apparut.

— Ce n'est pas vraiment la question que tu prennes un jour de repos, honnêtement. C'est moi qui vais passer plus de temps avec ma femme et ma famille.

— Mon temps de repos est un bonus ? Sympa, dit-elle en lui

lançant un clin d'œil. Je suis contente que tu passes du temps avec les gens qui sont importants pour toi.

Ce qu'elle ne pouvait pas se résoudre à dire, c'était combien elle aurait voulu que profiter de tels choix quand elle grandissait, mais elle pensait qu'il le savait. Tamara avait dû lui faire part de ce à quoi ressemblaient les années avec George Coleman comme père.

Jamais affreuses, jamais bonnes. C'était un étrange milieu marécageux où elle aurait culpabilisé de se plaindre parce que cet homme ne leur avait jamais fait de mal ni ne les avait ouvertement négligées, mais elle aurait aimé qu'elles soient arrivées à lui faire comprendre à quel point elles avaient eu besoin de plus.

— Je vais terminer mes corvées puis je vous laisserai tranquilles, dit Lisa en se remettant au travail.

— Josiah est de retour en ville, avança Caleb.

Elle fixa l'eau de la vaisselle alors qu'elle frottait énergiquement une poêle.

— C'est sympa.

— Au cas où tu voudrais entrer en contact avec lui.

Lisa se fit violence pour ne pas trahir son amusement.

— Je pense que je vais aller faire une promenade à cheval.

— Il voudrait peut-être venir avec toi.

Lisa roula des yeux mais fit en sorte que son visage soit fixé sur « innocent » quand elle se tourna vers lui. Elle s'essuya les mains sur un torchon tandis qu'elle l'examinait.

— Est-ce que tu sais ce que tu veux ? Enfin, l'autre jour on aurait dit que tu me déconseillais de sortir avec ton ami, mais maintenant il semblerait que tu essaies de nous rapprocher. Tu veux quoi ?

— Je t'ai déconseillé de lui *faire du mal*, mais j'aimerais beaucoup vous voir vous mettre ensemble.

C'était un rebondissement inattendu après son commentaire de l'autre jour dans l'écurie.

— Vraiment ?

Caleb haussa les épaules.

— S'il est assez bien pour être mon ami depuis toutes ces années, il est assez bien pour être avec toi.

Elle ne savait pas quoi répondre.

— Merci. Enfin, je crois.

Il leva son téléphone en l'air.

— Tu veux que je l'appelle ?

Un rire résonna dans la pièce alors que Tamara s'avançait et s'installait sur une des chaises de la cuisine. Le renflement de son ventre était couvert par un pull rose vif assorti à la monture de ses lunettes.

— Caleb ? Est-ce que tu organises un rencard pour ma sœur ?

— Elle ne semble pas le faire toute seule, grommela-t-il.

— *Elle* a les mains à peine sorties de la vaisselle sale, signala Tamara avant de lancer un coup d'œil à Lisa. Bien sûr, je pourrai l'appeler à sa place.

Lisa souffla moqueusement. C'était hilarant.

— Vous savez quoi ? Je détesterais vous priver de ce qui vous amuse, alors pourquoi est-ce qu'on ne lui enverrait pas *tous* un texto ? Pour voir qui obtiendra une réponse le plus vite. Dix dollars à la personne qui...

Caleb avait déjà sorti son téléphone. Tamara tâtait ses poches, cherchant le sien, ce qui était vraiment drôle jusqu'à ce que Lisa se rende compte qu'elle avait laissé son téléphone en bas.

Elle fila, descendant les marches deux à deux, écoutant leurs rires.

Son téléphone était posé près du lit, et elle s'assit sur le matelas alors qu'elle tapait un rapide message.

Lisa : « J'ai une journée de repos. Qu'est-ce que tu manigances ? »

Elle remonta, annonçant son retour avec un gloussement de rire lorsque son téléphone vibra avant qu'elle n'arrive sur le palier.

— Prenez ça, les pigeons, dit-elle avec joie.

Seulement, quand elle baissa les yeux sur son téléphone, le message ne venait pas de Josiah.

Sonora : « Je dois te parler. »

Lisa avança, tapant une réponse : « Vous pouvez m'appeler ? »

Sonora : « Je n'ai pas une assez bonne réception. Tu te souviens du grand érable ? Quand peux-tu être là-bas ? »

Lisa était vraiment intriguée, et un peu inquiète. Son téléphone vibra lorsqu'un message arriva de Josiah, mais elle l'ignora, entrant dans la cuisine pour découvrir que Caleb et Tamara levaient tous les deux leur téléphone en l'air vers elle.

— Mettez ça de côté, les gars. J'ai un autre rencard sur le feu.

Elle tapa un rapide message à Sonora : « Trente minutes si je prends un cheval. Quinze si j'utilise un quad. »

Sonora : « Je pense que tu devrais prendre un cheval. Ne te précipite pas, mais s'il te plaît viens aussi vite que possible. »

Eh bien, voilà une contradiction. Lisa envoya une dernière confirmation, puis leva la tête vers Tamara et Caleb.

— Je dois y aller.

— Quelque chose ne va pas ? demanda Tamara alors que l'amusement sur son visage s'effaçait.

Lisa haussa les épaules avec gêne.

— Je ne sais pas. Sonora Fallen a demandé à me voir, et on dirait qu'elle est sur le sentier. Quelque chose cloche.

Caleb se dirigea vers la porte.

— Tu veux que je vienne avec toi ?

— Je ne pense pas. Il se pourrait qu'elle m'ait donné une impression plus abrupte par texto qu'en personne, tu vois ce que je veux dire ? Ça m'embêterait qu'on se pointe et qu'elle pense que nous avons réagi de manière excessive.

Caleb enfila quand même son manteau.

— Tu sais quoi ? Prends ce dont tu as besoin. Je vais seller Licorice pour toi.

— Merci.

Elle tourna les talons et retourna en bas, se changea rapidement pour enfiler des vêtements plus chauds. Tandis qu'elle se précipitait à travers la cuisine, Tamara lui tendit un sac.

— Pas grand-chose de plus que des barres granola. Désolée.

Lisa l'étreignit rapidement et l'embrassa.

— Dis-moi plus tard à qui je dois dix dollars. Mais en attendant, peux-tu envoyer un texto à Josiah ? Je vais retrouver Sonora près de l'érable le long de la limite sud. Celle à côté de l'endroit où le sentier se sépare en trois. Je l'appellerai dès que je pourrai.

— Pas de problème.

Elle se dirigea vers l'écurie et trouva Caleb menant Licorice à sa rencontre. Il maintint la jument immobile pendant qu'elle montait, lui passa les rênes et hocha la tête avec approbation.

— Ne te précipite pas. Sonora a la tête sur les épaules. Je m'attends à ce qu'elle cherche simplement un peu de compagnie.

— J'espère que tu as raison. Si c'est le cas, alors je continuerai à profiter de ma journée de repos. Passez du bon temps, Tamara et toi. Je vous enverrai un texto dès que j'en saurai plus.

La sensation qui planait au-dessus d'elle n'était pas la même qu'une semaine auparavant. Le ciel n'était pas tout à fait aussi clair, et la température était un peu plus pénétrante. La morsure de l'hiver s'intensifiait, sans aucune chance de réchauffement dans les prévisions météo. Ajoutez à cela qu'elle ne se promenait pas pour explorer tranquillement, et soudain la journée lui sembla périlleuse.

Lisa faisait progresser Licorice à un rythme régulier. Pas trop vite, et en prenant toujours soin de s'en tenir à des sentiers bien balisés pour permettre des appuis plus sûrs.

Presque vingt-cinq minutes après le premier texto de Sonora, Lisa repéra Rainbow attachée à un arbre sur le côté du sentier. Elle descendit de cheval et attacha Licorice, suivant les empreintes de pas qui menaient plus loin sous les arbres.

— Madame Fallen ? Je suis là.

Un sifflement léger traversa dans l'air, et Lisa se dépêcha d'avancer et découvrit Sonora qui regardait par-dessus un empilement de bûches, secouant la tête tandis qu'elle pressait un doigt contre ses lèvres.

— Baisse d'un ton, chérie.

Elle fit signe à Lisa de se rapprocher.

Juste au-delà des arbres qui avaient été abattus se trouvait une petite clairière. Un hangar surdimensionné avec deux ailes latérales avait été construit du côté ouest. Une camionnette de livraison descendait la route cahoteuse, disparaissant presque immédiatement entre les arbres.

— Que se passe-t-il ? demanda Lisa en chuchotant.

— Je croyais avoir vu quelque chose l'autre jour, alors je suis revenue parce que ça m'a rendue curieuse, expliqua Sonora en pointant un doigt vers le hangar. Elle est censée être vide. Cela faisait partie de la propriété du docteur Carter, et ses enfants se battent sur l'héritage depuis des années. Quelqu'un loue la maison principale, mais aucune des dépendances n'était utilisée, ou en tout cas elles ne l'étaient pas la dernière fois que j'ai parlé à quelqu'un. Il n'y a aucune raison pour qu'un véhicule comme *ça* soit là. Pas en plein hiver.

Lisa lança un coup d'œil autour d'elle, mais il n'y avait pas d'autres personnes ni de véhicule en vue.

— Vous pensez que quelqu'un se sert du hangar comme entrepôt ?

— C'est exactement ce que je pense, confirma Sonora. Je ne connais pas ce véhicule, et je ne vois aucune bonne raison pour que quelqu'un vienne avec un van ici, d'abord.

Lisa pensa immédiatement à des biens volés. C'était assez loin en pleine campagne pour que cela soit pratique pour des voleurs, mais cela signifiait aussi que la cachette était beaucoup plus difficile à trouver.

Un instant plus tard, tout changea.

Elles l'entendirent toutes les deux. Dans le silence qui s'était installé après que le vrombissement bruyant du moteur avait disparu, un son bien trop familier brisa la quiétude glacée.

Des aboiements vifs. Des glapissements perçants. Des hurlements mélancoliques.

Lisa et Sonora échangèrent un coup d'œil et la consternation les gagnait alors qu'elles disaient en même temps :

— Des chiens.

7

———

Quel pétrin ! Lisa devait convaincre Sonora de rester en sécurité entre les arbres avant de se précipiter pour découvrir exactement ce qui se passait.

La femme d'âge mûr sembla lire dans ses pensées parce qu'elle fronça les sourcils et agita un doigt devant le visage de Lisa.

— N'essaie même pas de penser à y aller toute seule. Pas d'héroïsme.

Entrer en douce toute seule était bien différent d'entraîner la grand-mère de quelqu'un dans un danger potentiel.

— Je ne vais rien faire de plus que regarder par la fenêtre, promit Lisa.

— Alors je vais venir avec toi pour te donner un coup de main.

Ce n'était pas la réponse que Lisa attendait.

— Je vais juste *regarder*. Si quelque chose d'illégal se passe, nous n'irons pas fouiner sans renforts.

Sonora plissa le nez.

— Qui allons-nous appeler ? Enfin, nous ne savons même pas s'il y a de quoi déranger la police montée.

Lisa leva une main lorsque son téléphone vibra. Elle vérifia et trouva un message de Josiah.

Josiah : « Je vois vos chevaux. Où êtes-vous ? »

Une immense sensation de soulagement l'envahit.

— Je ne sais pas comment il est arrivé aussi vite, mais nous avons du renfort. Josiah Ryder est juste à côté, dit-elle en levant le doigt vers le visage de Sonora, l'agitant à son tour en avertissement. Restez ici. Pas d'héroïsme.

Elle le déclara avec force. Les lèvres de la femme d'âge mûr tressaillirent en un sourire avant qu'elle acquiesce d'un hochement de tête.

— Josiah est un homme bien.

Lisa repartit péniblement dans la neige profonde, se disant que c'était plus facile que de répondre.

Elle était à peine sortie des arbres quand elle le rejoignit, l'inquiétude qui se lisait sur son visage s'adoucissant lorsqu'il la repéra.

— Il fait un peu froid pour jouer à cache-cache, non ?

— C'est une sorte de chasse au trésor, mais pas forcément du genre agréable. Sonora a trouvé quelque chose, expliqua-t-elle, faisant un signe de tête vers l'endroit où l'autre femme les attendait. Elle jure que la grange là-bas devrait être vide, mais nous avons vu une camionnette partir il y a cinq minutes.

Un pli se forma entre les sourcils de Josiah.

— Elle a raison. Viens, allons voir ce qui se passe.

Ils avancèrent lentement à l'extrême limite des arbres, veillant à laisser la neige visible intacte jusqu'à ce qu'ils puissent suivre des empreintes de cerf jusqu'aux ornières compactées laissées par le van.

La zone était clairement abandonnée. La quiétude

silencieuse de l'étendue sauvage hivernale reculée n'était brisée que par le bruit de chiens qui aboyaient.

Lisa et Sonora restèrent en arrière pendant quelques instants alors que Josiah regardait par la fenêtre.

Il secoua la tête avec dégoût et leur fit signe d'approcher.

— Nous n'allons pas nous faire tirer dessus, mais c'est une surprise désagréable.

Il ramassa un morceau de métal appuyé contre un mur et l'utilisa pour forcer la serrure. Lorsque la porte s'ouvrit et que la lumière se déversa à l'intérieur, les aboiements et les geignements devinrent plus forts.

Lisa suivit Josiah avec précaution dans le bâtiment et les effluves putrides dans l'air la frappèrent comme une flaque de boue au visage.

Les aboiements devinrent plus frénétiques.

Sonora émit elle-même un son de détresse lorsqu'elle entra près de Lisa.

— Ma parole, combien y a-t-il de chiens ? Oh, les pauvres petites choses.

Des parcs avaient été construits avec des morceaux de bois qu'on avait cloué en forme de cubes grossiers. De plus, des caisses et des parcs pour bébés étaient pressés les uns contre les autres en rangées étroites avec à peine assez de place pour qu'une personne y passe. Chaque espace contenait trois chiots ou plus, certains avec des chiennes qui montraient les dents, mais n'avaient pas assez d'énergie pour faire plus que gronder d'un air menaçant tandis qu'ils passaient devant.

— C'est une usine à chiots, dit Josiah doucement. Une satanée usine à chiots mal dirigée, mal gérée et illégale.

Il s'arrêta près du parc le plus proche. La maman chien était allongée sur le flanc, allaitant quelques petits qui geignaient piteusement. La chienne ne bougea pas lorsque Josiah passa la main derrière sa tête, la caressant prudemment.

— Elle est tellement déshydratée qu'elle n'a plus de lait à donner.

Sa voix était un grondement colérique.

Sonora avait sorti son téléphone.

— J'appelle qui ? demanda-t-elle à Josiah. La police montée ?

— Oui. Je vais appeler la clinique, répondit Josiah en se levant, une tension furieuse dans le corps alors qu'il regardait autour de lui. Quel bazar !

Lisa s'avança à ses côtés et lui attrapa le bras.

— Que puis-je faire pour t'aider ?

Les geignements autour d'elle lui brisaient le cœur, mais elle redressa le dos et chercha de la force jusqu'à pouvoir croiser son regard aussi directement que possible.

Il lança un rapide coup d'œil à Sonora avant de se tourner, attirant Lisa plus près pour pouvoir parler à voix basse.

— Il y a plein de choses que tu peux faire pour aider mais, quand ce sera le moment, pourras-tu t'assurer que Sonora s'en aille ? Elle n'a pas besoin d'être là pendant que...

La prise de Josiah sur ses bras se resserra, et Lisa déglutit péniblement.

— Certains ne vont pas s'en sortir, n'est-ce pas ?

Josiah hésita, puis secoua la tête.

— À la vérité, trouver autant d'animaux à la fois crée une situation infernale.

Il s'excusa, et appela la clinique vétérinaire de Heart Falls. Il tourna le dos et parla doucement.

Lisa ne voulait pas le forcer à le dire, mais elle avait déjà compris le problème. Elle avait géré ça assez souvent quand une des chattes ou des chiennes au ranch de Whiskey Creek avait une portée inattendue. Placer quatre ou cinq animaux dans de nouveaux foyers quand vous connaissiez la lignée de l'animal était une chose.

Là, c'était tout un bâtiment rempli de chiots, de races indéterminées, aucun d'eux vaccinés...

Il n'y avait pas beaucoup de gens qui prendraient ce genre de risque, introduire des animaux inconnus auprès de leurs propres animaux de compagnie bien soignés.

Sonora donna l'adresse à la police montée. Elle rangea son téléphone et alla droit vers Lisa. L'endroit puait le chien humide, les excréments et l'urine. Quelque part, quelque chose pourrissait.

Ignorer la multitude de plaintes qui résonnaient autour d'eux était difficile. C'était constant, imprégnant leurs oreilles et vibrant à travers leurs corps.

À l'avenir, quand Lisa penserait au désespoir, ce son serait celui dont elle se souviendrait.

— Venez, dit Lisa. Voyons s'il y a une alimentation en eau quelque part.

Il fallut plus d'une heure avant que quelqu'un d'autre n'arrive pour aider, mais finalement il y eut une véritable foule dans le bâtiment. Lisa avait appelé Caleb, et il avait contacté leur contremaître.

Ashton passa la porte quelques instants après que l'équipe de Josiah était arrivée.

Josiah donna sèchement des ordres.

— Tous les chiens qui sortent d'ici doivent rester en quarantaine. Nous avons de la place dans les chenils à la clinique, mais je ne peux pas en prendre plus d'une douzaine là-bas et chez moi.

Ashton eut l'air contrit lorsqu'il parla.

— Les hommes et moi pouvons te donner un coup de main pour déplacer les animaux, mais nous ne pouvons en emmener aucun à Silver Stone. Je suis désolé.

— Inutile de t'excuser, lui assura Josiah. Nous avons seulement besoin de...

— Vous pouvez tous les emmener chez moi.

La proclamation arriva avec une clarté surprenante, transperçant le chaos gémissant.

Tout le monde se retourna pour regarder Sonora. D'un air provocateur, elle fixait Ashton plus que tout autre. Comme si elle le défiait de protester.

Josiah lança un bref coup d'œil à Lisa avant d'inspirer profondément.

— Sonora, c'est une offre généreuse. Mais même si vous avez la place, il est impossible que vous puissiez vous occuper d'autant d'animaux. Pas sans aide.

— Alors j'en engagerai, répondit-elle. Je ne suis pas une enfant crédule. Je sais ce qui va arriver aux animaux que je ne recueillerai pas.

— Cela va coûter de l'argent en plus du temps, l'avertit-il. Je vous suis immensément reconnaissant de vouloir changer les choses, mais vous devez savoir dans quoi vous vous engagez.

— C'est trop, grommela Ashton. Tu vas te tuer à la tâche.

Sonora se raidit.

— Je pense que je suis la mieux placée pour savoir comment je dois passer mon temps et dépenser mon énergie. Ce sera bon pour moi. Et ça ne me dérange pas que ça coûte cher.

Ce dernier commentaire était dirigé vers Josiah.

— En fait, continua-t-elle, je pensais à des moyens d'utiliser ma propriété plus efficacement. Je ne veux plus de bétail, mais c'est un peu solitaire sans animaux. Je pensais à créer un refuge pour animaux.

— Un refuge pour animaux... ?

La protestation d'Ashton fut coupée brutalement lorsque Sonora le foudroya froidement du regard.

Lisa s'avança pour passer un bras autour d'elle.

— Je ne peux pas m'engager sur le long terme, mais si c'est

un projet qui vous tient à cœur, je vous aiderai autant que possible tant que je serai ici.

La tension qui quitta le corps de Sonora fit comprendre que le soutien de Lisa était apprécié, aussi inattendu qu'il ait été.

Sonora leva le menton d'un air de défi vers Ashton.

— Alors ?

Il ne dit rien, mais il hocha la tête.

Elle se tourna vers Josiah.

— C'est à ton équipe de décider quels animaux sont en assez bonne condition pour penser qu'ils vont s'en sortir. Je ne t'envie pas cette tâche, alors je vais te laisser continuer ton travail et je vais me mettre au mien. Je vais rentrer pour commencer à préparer le terrain.

— Merci, dit Josiah doucement.

Il regarda la grange autour de lui, faisant un signe vers une des membres du personnel de la clinique pour qu'elle se joigne à eux.

— Pam va aller avec vous. Avec son aide, et peut-être quelques ouvriers de Silver Stone, vous devriez pouvoir mettre les choses en place pour les premières arrivées.

Lisa serra le bras de Sonora.

— Je veux rester pour aider Josiah, alors quelqu'un d'autre va devoir ramener Licorice à Silver Stone. J'apprécierais si vous alliez avec eux.

Parce qu'elle ne voulait absolument pas que Sonora s'en aille seule. Mais il lui était impossible de quitter Josiah aussi. Il avait l'air de se transformer en granit.

Sonora hocha la tête, puis souffla avec agacement.

— Alors je pourrais aussi bien emmener la plus grosse épine que j'ai dans le pied. Ashton Stewart, appela-t-elle d'une voix forte. Tu me ramènes chez moi. Bouge-toi, mon gars. Je n'ai pas toute la journée.

Elle tapota Lisa fermement sur le bras, jeta encore un

regard dans la grange et secoua tristement la tête. Elle ajusta son chapeau et se dirigea vers la porte, laissant Ashton se précipiter entre les parcs avant de pouvoir la rattraper.

Lisa se tourna vers Josiah.

— Mets-moi au boulot.

～

C'était le pire enfer possible. Alors qu'ils se tenaient au centre de la grange, Josiah se rappela toutes les raisons pour lesquelles il avait choisi le métier de vétérinaire. C'était agréable de pouvoir tendre la main et trouver un petit chiot en bonne santé se tortillant d'excitation, sa langue léchant ses doigts avec enthousiasme.

Le travail de Josiah était d'aider les animaux à se sentir mieux. Pas de les sauver de souffrances qu'ils n'auraient jamais dû subir.

Deux équipes avaient été constituées et s'affairaient dans différentes sections de la grange. Les chiots en bonne santé étaient d'âges différents, allant du nouveau-né au petit de plusieurs semaines et déjà sevré. Avec les chiennes qui étaient en assez bonne condition, Josiah veillait à bouger prudemment, les laissant le renifler et sentir son doux contact avant de les déplacer, elles ou leurs petits.

La moitié du temps, il pouvait les placer dans une des caisses bordées d'une couverture qu'on avait été apportées. Lisa proposait des briques de liquides hautement concentrés... une sorte de boisson énergétique pour les chiens. Pendant ce temps, Josiah se concentrait sur les chiots, séparant ceux qui étaient trop faibles pour survivre de ceux qui avaient une vraie chance.

Il donnait à Lisa ceux en bonne santé, travaillant côte à côte avec elle. Sa voix douce s'enroulait autour de lui tandis qu'elle parlait doucement aux animaux, les calmant avant de les placer près de leurs mamans.

La gentillesse dans le ton de sa voix lui permettait de rester calme et de garder son sang-froid tandis qu'il gérait la triste tâche d'aider des chiots mourants à partir.

Mais à l'intérieur de lui, il jurait, furieux contre les gens responsables de cette horrible situation. Ce n'était pas pour ça qu'il était devenu vétérinaire. Il détestait piquer les animaux, mais c'était mieux que de les laisser souffrir.

Chaque fois qu'il devait appuyer sur le piston, c'était comme si une corde supplémentaire se resserrait autour de lui. Il avait de plus en plus froid, et il lui était difficile de respirer. Tellement de créatures innocentes souffraient à cause de l'avidité et de la stupidité de quelqu'un !

Les bruits chaotiques dans la grange s'estompaient au fur et à mesure qu'on transportait les animaux en bonne santé dehors pour les emmener au ranch de Sonora.

Les ouvriers de Silver Stone avaient amené une camionnette au plateau arrière doublé d'une lourde bâche. Ils enterreraient les pauvres bêtes qui n'avaient pas pu s'en sortir dans un endroit où ils pourraient utiliser une pelleteuse pour creuser un trou dans le sol gelé.

Lisa revint après avoir transporté les derniers chiots qui n'aboieraient plus jamais. Le bâtiment était enfin vide.

Elle s'installa près de Josiah, et il marqua une pause, pressant leurs corps l'un contre l'autre.

— Tu n'étais pas obligée de rester, dit-il doucement. Je sais que c'était dur.

— J'ai déjà eu à le faire, dit-elle, la tristesse figeant ses mots telles des stalactites. Pas à ce point, mais tous ceux qui grandissent à la campagne gèrent la mort à un moment ou à un autre.

Il passa un bras autour d'elle et la rapprocha de lui. Ils

puaient tous les deux, leurs corps étaient tendus de colère et de chagrin, mais cela avait été plus facile pour lui parce qu'elle était là.

— Merci.

Elle leva les yeux, ses cils humides de larmes contenues. Elle ne dit rien. Elle inclina brièvement le menton, déglutissant péniblement.

Ils restèrent là un instant à s'étreindre, s'appuyant contre le mur derrière eux pour rester debout.

Soudain, un grattement derrière eux rompit le quasi-silence. Puis un autre, suivi d'un doux geignement.

Lisa cligna des yeux.

— Il y a un autre chien quelque part.

Elle se dépêcha de se mettre à genoux et poussa la surface en bois derrière eux. Celle-ci craqua mais ne bougea pas.

Josiah commença aussi à chercher. Ce ne fut pas long.

— Là. Il y a des gonds.

— Ça ne ressemble pas à une porte, protesta Lisa.

Mais son regard fila rapidement sur la surface. Elle pointa le doigt :

— Là. Quelqu'un a entassé ces cages devant la poignée.

Ils déplacèrent le tout aussi rapidement que possible. En l'absence de tous les autres animaux, les petits reniflements et jappements déclaraient clairement : « Ne m'oubliez pas. »

Josiah saisit une planche et la cala en bas de la porte pour pouvoir l'ouvrir prudemment sans que l'animal ne s'échappe.

Il s'avéra qu'il n'avait pas à s'inquiéter, parce que même si les grattements et les aboiements continuaient, rien ne se précipita à leur rencontre.

Lisa passa la tête dans l'entrebâillement.

— Oh mon Dieu !

Elle passa à côté de Josiah avant qu'il ne puisse dire quoi que ce soit. Il lui attrapa le bras pour la ralentir, et ils arrivèrent tous les deux en même temps devant la source du bruit.

C'était un terrier de couleur crème, aux yeux vifs, les oreilles redressées. Certainement pas un des animaux de l'usine à chiots. Cet animal avait un collier autour du cou.

Lorsque Lisa s'agenouilla et tendit la main, la petite créature s'assit et pencha la tête, les regardant l'un et l'autre comme si elle attendait.

Un aboiement vif résonna puis ce fut le silence. Comme pour dire : « Bonjour, pourriez-vous me sortir de là beaucoup plus vite, s'il vous plaît ? »

Mais le chien ne s'avança pas, et ce fut alors que Josiah repéra le problème.

— La patte arrière. Elle est coincée dans quelque chose, dit-il en posant un bras sur l'épaule de Lisa pour s'assurer qu'elle ne bouge pas alors qu'il s'approchait lentement. Cet animal semble avoir un tempérament doux, mais s'il a mal, impossible de dire comment il pourrait réagir. Donne-moi une seconde.

Il enfila son épaisse paire de gants en cuir, s'agenouilla alors qu'il croisait le regard de l'animal. Il lança un coup d'œil sur son corps. Les côtes étaient un peu plus saillantes qu'elles n'auraient dû l'être, mais l'animal était en bien meilleur état que beaucoup de ceux dont ils venaient de s'occuper.

— Mâle ou femelle ? demanda Lisa derrière lui.

— On dirait que c'est une femelle, lui répondit Josiah. Hé, chérie. Donne-moi une chance de venir t'aider.

Il tendit une main, et le terrier la renifla. Sa queue tronquée s'agita avant qu'elle ne tende la tête en arrière et ne dirige ses dents vers son jarret, triturant ce qui la piégeait.

Josiah se glissa plus près, se déplaçant prudemment, mais comme la chienne ne fit rien de plus que de lui jeter un coup d'œil, puis de retourner à sa tentative de se libérer, il se détendit.

Il passa une main sur sa tête et lui attrapa la peau du cou.

— C'est à mon tour d'essayer de t'enlever ça, dit-il en l'examinant une minute, le terrier le regardant mais restant remarquablement immobile. Lisa, approche-toi. J'ai besoin d'aide.

Elle se pencha à côté de lui, émettant de doux sons.

— Hé, jolie fille. Dans quoi t'es-tu fourrée ?

— Ça ressemble à un accident stupide. C'est un piège à taupe.

Lisa enfila ses gants.

— Comment t'es-tu retrouvée coincée dans ce bazar ? demanda-t-elle doucement à la chienne avant de lancer un coup d'œil rapide à Josiah. Tu as une bonne prise ? Parce qu'elle ne va probablement pas aimer ça quand je vais l'enlever.

Josiah entoura la chienne d'un bras, la clouant contre son corps pour qu'elle ne puisse pas se débattre pendant que Lisa se mettait au travail.

— Je te tiens, petite. Accroche-toi. Lisa va t'aider.

Il ne fallut qu'un instant à la jeune femme pour détacher le piège et le poser sur le côté.

— Sa patte ne semble pas brisée, mais ce n'est pas moi le véto.

Josiah desserra sa prise et positionna bien la chienne pour examiner sa patte. Pendant ce temps-là, Lisa lui grattait les oreilles tout en la tenant.

— Elle n'a rien de cassé, mais elle est restée piégée un moment. Elle a essayé de se libérer, constata Josiah avant de retourner la plaque sur le collier. « Ollie ». D'accord.

La chienne se tortilla, et Lisa relâcha suffisamment sa prise pour qu'Ollie puisse changer de position et lécher sa patte arrière.

— Elle n'est pas de la même race que les autres, remarqua Lisa.

— Non. Elle m'a l'air d'être un terrier pure race, et elle n'était certainement pas ici pour la reproduction. Dieu merci, parce que je ne pense pas qu'elle ait plus d'un an.

— Elle semble être bien dressée pour une chienne aussi jeune. Elle doit appartenir à quelqu'un.

Lisa passa une main sur la tête d'Ollie, qui se redressa et se rapprocha jusqu'à se retrouver pratiquement assise sur Lisa et Josiah. Sa queue s'agitait alors qu'elle les regardait l'un et l'autre.

— C'est une race intelligente, mais oui. C'est certainement l'animal de compagnie de quelqu'un.

Il ramassa Ollie, se leva et entraîna Lisa avec lui.

— Viens. Il est temps de sortir d'ici.

— Est-ce que tu vas envoyer Ollie chez Sonora aussi ? demanda Lisa.

C'était probablement la chose la plus intelligente à faire, mais alors qu'il tenait la chienne contre lui, et qu'elle posait la tête contre son biceps, il fut trop facile de céder à la tentation.

— Je pense que je devrais la ramener chez moi. Je vais me renseigner pour voir à qui il manque une pure race. Elle a l'air d'être du genre à avoir participé à des compétitions. Je ne l'aurai probablement que pendant environ une semaine avant que ses propriétaires ne se pointent.

Lisa jura doucement alors qu'ils retournaient dans le hangar principal, où l'odeur avait à peine diminué bien que tous les animaux aient été emmenés.

— Je pense que nous étions dans un bureau. J'espère qu'il y a quelque chose là-dedans pour identifier ceux qui ont fait ça. J'espère qu'on les attrapera et qu'ils seront punis.

Il ressentait la même chose, pourtant ce n'était plus là-dessus qu'il devait concentrer son énergie.

— Faisons ce que nous pouvons pour que Sonora soit opérationnelle. Je pense qu'elle a eu les yeux plus gros que le ventre. Mais si elle peut faire de ce refuge une réalité, cela signifiera beaucoup non seulement pour ces animaux, mais aussi pour toute la communauté.

Ils étaient presque à la porte quand Lisa se frappa le front.

— Je n'ai pas réfléchi, dit-elle en se retournant et grimaçant lorsque leurs regards se croisèrent. J'ai renvoyé Ashton à la maison sur ma monture avec Sonora. Je me suis dit que je rentrerais avec toi, mais tu es venu à cheval aussi. Et nous avons Ollie à gérer.

Il attrapa une couverture supplémentaire laissée par un des ouvriers de Silver Stone, puis enroula étroitement Ollie dedans.

— Nous allons y arriver. Attache ta veste, ordonna-t-il. Il va faire froid dehors.

Il attendit qu'elle soit emmitouflée, puis lui passa la chienne emmaillotée. Ollie en profita pour lui lécher le visage de bas en haut.

Lisa se détourna, riant tout en poussant un son de dégoût.

— Non. Pas de bisous, dit-elle fermement.

— Bon sang. Ce n'est pas ce que je voulais entendre, déclara Josiah en passant un bras sur ses épaules et la guidant dehors.

— Je ne m'attendais pas à ce que tu puisses me taquiner, dit Lisa.

— Il y a des moments où si tu ne ris pas, tu pleures, admit Josiah. Viens. Il y a de la place pour nous tous sur mon cheval.

8

Lisa grimpa en selle. Josiah lui tendit Ollie, puis monta derrière elle.

Ils ne parlèrent pas beaucoup pendant la première partie de la chevauchée vers sa maison. Ils étaient tous deux perdus dans leurs pensées, supposa-t-elle. La terrible situation qu'ils avaient dû gérer, elle non plus n'avait pas envie de passer beaucoup de temps à parler.

Dans ses bras, Ollie se tortilla jusqu'à ce que sa tête soit libérée de la couverture, la petite chienne regardant autour d'elle avec curiosité avant de poser le menton sur le bras de Lisa. Dans cette position, elle avait un point de vue parfait pour pouvoir les fixer, elle et Josiah.

Ollie prit une profonde inspiration qu'elle la laissa sortir. Un parfait soupir de chiot.

Josiah émit un petit rire, tenant les rênes d'une main alors que de l'autre il taquinait d'un doigt la chienne entre les oreilles.

— Elle est mignonne.

— Avec un caractère doux aussi, signala Lisa. Sa patte arrière doit lui faire mal, mais elle ne se plaint pas du tout.

— Malheureusement, il ne lui reste peut-être pas beaucoup d'énergie pour se plaindre. Mais nous allons arranger ça quand nous serons rentrés, dit-il en prenant un sentier latéral que Lisa n'avait jamais emprunté. J'ai ce qu'il faut à la maison. Je pourrai la soigner, pas de problème.

Lisa observa les alentours alors qu'ils se dirigeaient à travers la campagne, coupant à flanc de coteau en direction de la rivière.

— Tu connais un chemin secret. Soit ça, soit nous allons nous retrouver à nager dans une minute.

— Très secret. Mais il traverse le Bois Hanté. Tu risques de devoir bien t'accrocher.

Elle se retourna pour examiner son visage. Son commentaire devait avoir quelque chose à voir avec son passé théâtral.

— Le bois Hanté ? Comme dans *Anne de Green Gables*[1] ?

— C'est un classique.

— Dis-moi que tu as joué Gilbert et qu'une jeune femme a pu te frapper sur la tête avec une ardoise d'écolier.

Son visage se tordit avant que son sourire ne revienne.

— Non, pas Gilbert, mais une fois j'ai été la doublure de Diana. C'était le sommet de ma gloire.

Oh Seigneur. Elle lui lança un grand sourire, puis se sentit coupable d'éprouver de l'amusement étant donné ce qu'ils venaient de gérer.

— Hé. Arrête ça, ordonna-t-il. Tu peux sourire.

— Est-ce que tu lis dans mes pensées ?

— Peut-être, mais seulement parce que l'expression sur ton visage est familière. C'est en gros ce que je ressens dans mes tripes, expliqua-t-il en ajustant sa prise, l'attirant plus près de lui pour pouvoir poser le menton sur son épaule. Quand je dois affronter la mort, que ce soit une tragédie au travail ou un animal à piquer à la fin d'une longue vie, voici ce qui se produit. Une incroyable tristesse apparaît, avec raison. Puis quelque chose arrive qui me fait rire, et je me sens mal, en tout cas jusqu'à ce que je me souvienne qu'être triste et malheureux n'est pas sain. Et ce n'est certainement pas ce que voudrait un bon ami comme un chien, ou un chat, ou quel que soit l'animal qui avait fait partie de ta famille pendant des années.

Les yeux d'Ollie s'étaient fermés. Sa respiration était régulière. Elle se sentait parfaitement bien, semblait-il.

Josiah continua :

— Crois-tu qu'un être que nous appelons « le meilleur ami de l'homme » voudrait que nous passions ne serait-ce qu'une journée à pleurer ? Bon sang, la plupart des chiens se précipiteraient pour essayer de te redonner le sourire. Ils voudraient que tu penses à tous les bons moments que vous avez passés ensemble.

Il avait raison.

— Nous avions un vieux chien au ranch de Whiskey Creek. Nous l'appelions Papy parce qu'chaque fois qu'une nouvelle portée de chats ou de chiens arrivait il finissait au milieu d'eux. Les reniflant et leur faisant la toilette s'il en avait l'occasion. Chaque fois que nous perdions l'un d'eux, il venait et posait sa tête sur le genou de l'un de nous et avait l'air très triste pendant un moment. Puis il repartait et allait retrouver un de ses « petits-enfants » pour les immobiliser et les toiletter qu'ils le veuillent ou non.

Un autre rire échappa à Josiah, celui-ci un peu plus éclatant. Un peu plus robuste, comme s'il s'en donnait la permission et que, ce faisant, il prouvait qu'il pensait ce qu'il avait dit. On pouvait ressentir de la joie.

— Ouais, ce sont les chiens.

— Les chats, par contre...

Elle sentit un grondement de rire dans le torse de Josiah cette fois, profond et intense.

— Tu sais que leurs esprits fonctionnent complètement différemment, termina-t-elle.

— C'est vrai. Les chats préféreraient que nous leur installions des effigies et que nous passions le reste de nos vies à vénérer leur mémoire. C'est probablement comme ça que ces croyances égyptiennes ont commencé.

Ils étaient au milieu d'un sentier presque envahi par la végétation, les branches d'arbres se rejoignant au-dessus de leurs têtes en une arche parfaite.

Lisa leva les yeux, regardant autour d'elle avec étonnement. Sous les sabots du cheval, le sol était presque dégagé de toute neige grâce à l'épaisseur des arbres au-dessus d'eux. L'herbe brunie apparaissait à travers les quelques centimètres qui recouvraient le sol au lieu des dizaines de centimètres qui s'étendaient partout ailleurs.

— Est-ce le Bois Hanté ?

— Oui. Et là-haut il y a un lac aux Eaux Étincelantes[2].

Cette fois, il marqua une pause lorsqu'elle se mit à rire doucement.

— Je ne peux pas m'attribuer le mérite pour tous ces noms. Quand j'ai acheté la maison, mes sœurs sont venues ici peu de temps après, et elles se sont bien amusées à nommer tout ce qu'elles voyaient. Je pense qu'elles ont dessiné une carte... Elle est probablement dans la grande salle.

Ils se turent de nouveau lorsque les arbres s'écartèrent. Le sentier devint plus raide, coupant à flanc de la montagne, avec l'énorme pente des montagnes Rocheuses sur le côté droit. C'était magnifique et Lisa regardait fixement, se sentant en sécurité dans les bras de Josiah.

— Avant que Sonora ne me contacte, je t'avais envoyé un message. Je voulais te voir aujourd'hui.

C'était plutôt un rencard pourri, et pourtant en même temps, elle était contente d'avoir été présente pour l'aider.

— Nous considérerons simplement ça comme le début de notre rencard, dit-il. Au fait, j'ai reçu un message de toi, de Caleb *et* de Tamara. Une idée de ce qui se passait ?

Oups.

— J'ai peut-être suggéré un petit défi.

— Ah, ah. La vague de paris tristement célèbres de Lisa continue.

La maison de Josiah approchait rapidement, et il se dirigea vers les écuries.

— Je ne fais pas tant de paris que ça.

— Et Kelli qui a demandé son paiement il y a juste une semaine ? Ou le fait que Caleb se soit plaint que tu t'es fait de l'argent sur son dos parce qu'il ne savait pas qu'un de ses frères tombait amoureux ? demanda-t-il en frôlant sa joue de la sienne, émettant un léger « hum ». Les gens me parlent, chérie. J'entends toutes sortes de choses.

Il s'arrêta près des portes de l'écurie et les ouvrit. Lisa fit avancer le cheval en le guidant des genoux. Une fois à l'intérieur, Josiah lui prit Ollie, puis Lisa glissa au sol.

Josiah l'envoya vers la maison.

— Je vais m'occuper de la patte d'Ollie et la nourrir. Il n'y a aucune raison que tu restes et plein de raisons pour que tu sautes dans la douche.

Ils reniflèrent tous les deux involontairement.

Lisa hocha vivement la tête.

— Si tu en es sûr. Mais ça ne me dérange pas de t'aider.

Il pointa la porte du doigt.

— Utilise la douche contiguë à ma chambre. Il y a des vêtements propres dans la commode. Dans le tiroir du bas, il y a des trucs que mes sœurs ont laissés une fois, si quelque chose te va, indiqua-t-il avant de marquer une pause. Ou si tu veux, tu peux utiliser ma camionnette et rentrer. Je ne devrais pas être trop cavalier en présumant que tu veux rester.

Lisa l'examina, lentement et d'un air assuré.

— Ça me convient de sauter dans ta douche. Si ce n'est pas trop cavalier, tu pourras me rejoindre quand tu en auras terminé ici.

Les joues de Josiah rougirent avant qu'il ne se retourne, parlant à Ollie d'un ton doux et égal.

Elle souriait encore lorsqu'elle entra dans la maison pour déposer ses bottes dans le débarras extérieur. Il ne lui fallut qu'une seconde pour se déshabiller entièrement et laisser ses vêtements empilés à peu près convenablement à côté. Impossible qu'elle remette ces choses avant qu'elles n'aient été stérilisées à fond.

Nue, elle traversa rapidement l'espace de vie en direction du couloir menant à la chambre. Elle ralentit une fois à l'intérieur mais comme elle avait trop froid, elle jeta un bref coup d'œil à la pièce. Elle était propre et nette, avec beaucoup de bleus et de marrons, mais l'espace qui l'intéressait à ce moment-là était à l'ouest.

Lisa poussa la lourde porte et découvrit une douche assez grande pour accueillir une fête. Elle tourna le robinet et entra avant que l'eau n'ait eu le temps de chauffer.

Une seconde plus tard, une chaleur bienvenue se précipitait sur sa peau, et elle soupira de soulagement. Se tournant vers la fenêtre, elle secoua la tête, ébahie. La salle de bains donnait sur les montagnes et la vue était presque aussi impressionnante que celle de la grande salle.

Elle utilisa le shampooing et le savon de Josiah. La pensée d'avoir envahi aussi intimement son espace envoya au fond d'elle des pulsations de chaleur qui n'avaient rien à voir avec l'eau revigorante. La mousse à la senteur boisée effaça la puanteur de la grange, la remplaçant par une odeur bien plus agréable. Et même si elle s'attarda un moment dans l'espoir que Josiah la rejoigne, elle ne se sentait pas à l'aise d'attendre trop longtemps au cas où il patienterait pour prendre une douche séparément.

Le tiroir du bas contenait quelques pantalons de jogging et tee-shirts pour femmes. Lisa enfila une paire de chaussettes en laine épaisse et un jogging rouge vif, mais elle ignora les tee-shirts. À la place, elle se dirigea vers le tiroir à tee-shirts de Josiah pour en prendre un. Elle posa le tissu contre son nez et inspira profondément, l'odeur qu'elle commençait à associer à lui provenant du tissu traversa son corps. La senteur vive de propreté effaça encore un peu plus la déprime qui s'attardait après le travail auquel ils avaient dû faire face ce jour-là.

Elle cligna des yeux d'un air coupable puis passa rapidement le tee-shirt par-dessus sa tête. Josiah allait penser qu'elle était une stalkeuse psychopathe si elle ne faisait pas attention.

Lisa retourna dans la partie principale de la maison, très surprise de voir que Josiah était arrivé avant elle dans la cuisine et se tenait devant la cuisinière. Ses cheveux étaient humides et il avait aussi enfilé des vêtements propres. Il portait un jean usé et une chemise à carreaux rouges et blancs en flanelle.

Il se retourna pour l'examiner, un sourire étirant ses joues.

— Mon tee-shirt te va bien.

— Merci, monsieur.

Lisa tourna un peu sur elle-même, ravie de voir que les yeux de Josiah s'attardaient sur son corps. *Tente le tout pour le tout. Sois honnête.*

— Je suis contente que tu aies déjà pu te laver, mais j'étais sérieuse, Josiah. Tu aurais pu te joindre à moi.

Il referma la distance entre eux, posant les mains sur ses hanches pour l'attirer contre lui.

— Je t'ai entendue. La prochaine fois.

Josiah baissa la tête, et l'instant d'après, leurs bouches étaient unies. Il l'embrassait de nouveau...

Seigneur, cet homme savait embrasser.

Il n'y manquait pas d'enthousiasme. Contrairement aux gars qui semblaient avoir une liste à cocher... non pas que Lisa ait eu tendance à passer beaucoup de temps avec ces gars-là une fois qu'elle s'était rendu compte qu'ils étaient de piètres amants, mais il y avait des hommes qui agissaient comme si les préliminaires étaient des corvées à écarter pour pouvoir arriver à l'objectif principal.

Josiah embrassait comme si c'*était* l'objectif principal. Sa langue la taquinait, ses dents la mordillaient, et quand il la souleva et la fit tourner dans l'air, elle était suffisamment enflammée pour ne pas se soucier d'où il l'emmenait.

Pas loin. Ses hanches atterrirent sur quelque chose de solide, et elle ouvrit les yeux pour découvrir qu'elle était assise sur l'îlot de la cuisine.

Josiah passa un doigt sur le col de son tee-shirt, lui caressant la peau.

— Je ne restais pas à distance parce que tu n'es pas attirante. Tu es exactement mon genre.

Il lui fallut un instant pour se rappeler ce dont ils parlaient. Ou même qu'ils étaient en train de parler.

— Je dis juste que tu as le feu vert de ma part, déclara Lisa en lui défaisant le premier bouton de sa chemise. Je te trouve très attirant aussi.

— Fantastique...

Le mot disparut dans un gémissement essoufflé.

Elle s'était penchée en avant pour embrasser sa mâchoire. Il aurait été dommage de reculer trop vite, alors elle passa sur son cou, le mordillant et l'embrassant. Puis elle recommença, cette fois juste au-dessus de sa clavicule.

Elle s'activa sur les boutons jusqu'à ce qu'elle puisse glisser les doigts sur son torse. Un léger amas de poils titilla ses articulations et un autre grognement essoufflé échappa à Josiah alors qu'elle écartait assez le tissu pour pouvoir poser les paumes contre son torse.

— Est-ce que tu as quelque chose qui cuit sur la cuisinière ? chuchota-t-elle, regardant ses propres mains, savourant la texture de sa peau sous le bout de ses doigts. Quelque chose qui va brûler ?

— Qui s'en soucie, bon sang ? grommela Josiah.

Il attrapa le bord du tee-shirt qu'elle lui avait emprunté et le passa sèchement au-dessus de sa tête. Une seconde plus tard, le tissu roulé en boule fut jeté automatiquement sur le côté, s'agrippant à l'abat-jour près du canapé avant de tomber sur le sol.

Le regard de Josiah se fixa sur sa poitrine nue. Ses yeux bleus passèrent sur elle alors qu'un sourire grandissait sur ses lèvres.

— J'ai faim, chuchota-t-il. Excuse-moi pendant que je profite de mes amuse-bouche.

Josiah avait essayé d'être patient. S'occuper de la patte d'Ollie, puis faire une petite toilette à l'animal et lui donner à manger avait pris moins de temps que prévu, et il avait été à deux doigts de rejoindre Lisa dans la douche quand l'ancienne réticence s'était fait sentir. Malvenue, gênante mais indéniable.

Il savait que les raisons derrière *cette* hésitation en particulier étaient infondées... il était maintenant en bonne condition physique, et Lisa avait dit clairement qu'une relation charnelle n'était pas la seule chose qui l'intéressait.

Les démons du passé étaient difficiles à vaincre, quelle que soit la force de sa motivation actuelle.

Au lieu de ça, il s'était rapidement nettoyé dans la salle de bains d'invités et avait commencé à préparer le dîner.

Voir Lisa arriver avec son tee-shirt ? Ça lui avait donné une érection si forte qu'il n'était plus sûr que son cerveau tournait à pleine capacité. Et quand elle l'avait touché... cette douce taquinerie avait fait fondre toutes les inquiétudes restantes, et il maudissait son moi du passé pour avoir été idiot et avoir raté l'occasion de se retrouver nu sous la douche avec elle.

Heureusement, un mouvement rapide avait corrigé une partie de son erreur, et elle était assise devant lui avec ses mamelons rouge foncé et ses courbes douces et rondes, et toute chance de réfléchir disparut complètement.

— Oui ? demanda-t-il.

Sa voix tremblait. Il ne savait même pas ce qu'il demandait, sauf qu'elle devait dire oui.

Lisa se pencha en arrière, se cambrant alors qu'elle posait les mains derrière elle sur le plan de travail. Son regard croisa le sien, effronté et déterminé.

— Oh, oui.

Il passa une main derrière elle, sa paume devenant chaude alors qu'il la touchait et lui écartait les genoux de l'autre main pour pouvoir faire glisser Lisa jusqu'au bord du plan de travail. Il se rapprocha, l'attirant contre son corps pour reprendre ses lèvres. Il dévorait sa bouche tandis que la chaleur grimpait entre eux. Leurs peaux nues se caressaient brièvement à chaque contact. Josiah recula assez pour remonter la main et prendre un de ses seins, taquinant son mamelon du pouce alors qu'il pointait.

Quelque part au loin, un long hurlement triste résonna.

Lisa se tendit.

— Ollie ?

Ce devait être elle. Ils restèrent tous deux immobiles un

instant, leurs cœurs s'emballant assez pour que celui de Lisa vibre contre son torse.

Une seconde plus tard, le son s'interrompit.

Ils écoutèrent, intensément.

Le silence.

Lisa attrapa Josiah par la tête, se pencha comme pour reprendre là où ils s'étaient arrêtés... quand le hurlement résonna de nouveau. Un son déchirant plein de détresse et de désespoir complet. Si cela avait été un rôle, ses parents auraient critiqué l'acteur pour l'avoir joué exagérément.

Elle jura. Il jura.

Aucun d'eux ne pouvait ignorer l'appel. Pas après ce que cette pauvre créature avait vécu.

— Reste là, ordonna Josiah. S'il te plaît.

Il sprinta à travers la pièce puis dans le couloir, se glissant dans le garage qui avait été réaménagé en salle de clinique.

À l'instant où il ouvrit la porte, Ollie se leva, sa queue s'agitant à un million de kilomètres heure tandis qu'elle s'approchait au bord de l'enclos dans lequel il l'avait laissée.

— Tu es un formidable tue-l'amour, marmonna Josiah. Mais peu importe. Je vais te pardonner pour cette fois. Essaie juste de ne pas recommencer.

Il ouvrit la porte du chenil, et Ollie en sortit, s'équilibrant délicatement sur trois pattes. Il attrapa une couverture sur l'étagère, suivant la chienne qui semblait déterminée à faire comme chez elle.

Elle se dirigea infailliblement vers la cuisine, s'arrêta devant les pieds de Lisa, la fixant avec adoration tandis que sa queue heurtait le placard et que son postérieur s'agitait assez fort pour qu'elle manque de basculer.

Lisa avait les bras croisés sur sa poitrine nue. Elle se pencha et tendit la main aussi loin que possible pour offrir ses doigts à Ollie afin qu'elle les renifle.

— Tu es en sécurité, ma puce. Va te coucher.

Josiah prit la couverture et se dirigea vers le coin de la pièce. Ollie le suivit, rampa sur la surface douce puis la gratta pour s'y nicher.

Il recula, espérant que cela allait suffire à la petite créature.

— Elle va bien ? demanda Lisa.

— Oui. Elle est contusionnée, et un peu mince, mais en bonne santé. Et aussi, bon sang, elle est bien éduquée.

Lisa se mit à rire.

— Sauf quand elle hurle assez fort pour qu'il soit impossible de l'ignorer.

— Ouais, en dehors de ça.

Il lui lança un coup d'œil et découvrit qu'Ollie s'était esquivée de la couverture assez longtemps pour attraper son tee-shirt... celui que Lisa avait porté. La chienne le ramena sur sa couverture, tourna sur elle-même puis s'installa, le musée lové sous sa queue.

Fermement au-dessus du tee-shirt volé.

— Oh mon Dieu, elle est adorable, chuchota Lisa.

Ils la regardèrent un instant, mais il était clair qu'Ollie n'avait rien de plus à son programme que de dormir.

— C'est un chien de famille, dit Josiah en lançant un coup d'œil à Lisa. Est-ce que ça te dérange de l'avoir dans la pièce ?

L'expression de Lisa se transforma en un sourire narquois, sexy et salace.

— Du moment qu'elle ne poste pas de photos sur l'Instagram des chiens, ça me convient.

Dieu merci.

Josiah lui attrapa les poignets, éloignant ses bras de sa poitrine. C'était comme déballer le plus sexy des cadeaux.

— Où en étions-nous ?

Lisa écarta les genoux, inspirant profondément. Le mouvement souleva ses seins, et Josiah se rapprocha sans hésitation. Il l'embrassa de nouveau, se déplaçant contre elle. Sa main se leva instinctivement, taquinant son mamelon pour le refaire durcir. Éloignant ses lèvres des siennes, il changea de position pour couvrir le téton avec sa bouche, le suçant énergiquement pendant un instant avant de le lécher.

Elle gigota tout en se pressant contre lui et enroula les jambes autour de ses hanches alors qu'elle s'arquait contre sa bouche.

— Oui. Oh *oui*. Mon Dieu, c'est bon.

La tourmenter, c'était se tourmenter. Josiah tendit la main et ajusta son pantalon sur sa verge douloureuse du mieux qu'il pouvait tout en faisant plusieurs choses à la fois. Puis, il remonta ses mains le long du dos de Lisa, se rapprochant jusqu'à ce qu'elle penche le buste en arrière et qu'il se retrouve au-dessus d'elle. Son érection se pressait étroitement contre son intimité brûlante alors qu'il lui mordillait les seins l'un après l'autre.

Il était incapable de s'arrêter. Il passa les dents le long de ses côtes, se dirigeant vers le bas. Il déposa des baisers le long de son nombril, plongeant brièvement la langue à l'intérieur.

Il l'allongea complètement sur le plan de travail en granit, et elle frissonna.

— C'est impossible d'avoir la chair de poule. J'ai tellement chaud que je suis sur le point de fondre, murmura-t-elle.

— Je vais finir de te réchauffer, promit-il.

Il passa les doigts sous le bord de son pantalon de jogging et le lui retira.

Quelle vue splendide ! Une femme complètement nue étendue comme un festin. Douce et magnifique, les yeux brillants de passion alors qu'il changeait de place jusqu'à pouvoir la contempler entièrement et s'assurer qu'elle était toujours d'accord pour être ravagée.

Lisa remonta les talons sur le bord de l'îlot, et écarta les genoux. Difficile de recevoir une invitation plus claire... une invitation dorée, décorée et illustrée.

Il posa la bouche sur elle. D'une main, il écarta ses poils frisés pour la lécher tranquillement. Sa douce odeur flotta dans l'air, emplissant ses narines et pénétrant son corps. Son plaisir enduisait sa langue alors qu'il goûtait avidement chaque côté de ses replis, avant de porter une grande attention au point le plus sensible qui se trouvait au milieu.

Un lent chuintement de plaisir se fit entendre, s'échappant des lèvres de Lisa comme s'il faisait chauffer une bouilloire... les anciens modèles qui sifflaient quand ils étaient prêts. Lisa ne sifflait pas, mais elle était vraiment bruyante. Parfaitement bruyante, le genre de sons qui poussaient un homme au bord du gouffre.

Il glissa un doigt en elle, et cette fois, une palpitation de désir parcourut la peau de Josiah. Une chaleur humide qui promettait qu'un plaisir parfait l'attendait. Mais tout ça n'était que pour Lisa. Il déplaça lentement sa main, allant et venant, caressant l'avant de son corps du bout de ses doigts. Il utilisa toutes les astuces possibles pour s'assurer que ces sons incroyables continuent à monter en volume.

— Josiah, hoqueta-t-elle.

Une série de petits halètements essoufflés suivit alors qu'il augmentait la vitesse de ses caresses, utilisant ses doigts et sa langue jusqu'à ce qu'elle en tremble. Il utilisa son bras libre pour qu'elle ne bouge pas, la main étendue sur son ventre chaud qui frissonnait à son contact.

Il entoura son clitoris de ses lèvres et le suça.

Elle partit comme un feu d'artifice, explosant dans un tressaillement tandis que son corps se tendait contre lui, son intimité tremblant, alors qu'elle émettait des bruits inarticulés.

Une bourrasque glacée traversa la pièce lorsque la porte d'entrée s'ouvrit, et que ses invités s'annoncèrent.

— Hé, Josiah. Nous sommes rentrés. Tu es là ?

Lisa se releva à demi, la panique dans le regard alors qu'elle agrippait le bras étendu sur son ventre.

Josiah libéra sa main du paradis, prit Lisa dans ses bras et s'avança vers le seul endroit sûr auquel il pouvait penser.

Il avait ouvert la porte du cellier et tous deux y étaient entrés avant que la voix de Finn ne finisse de résonner à travers la maison.

Ils se tinrent là pendant une brève seconde, complètement immobiles.

Le regard paniqué de Lisa se transforma rapidement en air de stupéfaction.

— Mes vêtements sont dehors, chuchota-t-elle.

Il retirait déjà sa chemise.

— Si je t'avais emmenée ailleurs, ils t'auraient vue. Fichu concept à aire ouverte.

Lisa rit, se couvrant la bouche des deux mains alors qu'elle attendait qu'il termine.

Il lui tendit sa chemise, et elle l'enfila, la boutonnant avant de faire un geste vers la porte.

— Tu dois te débarrasser d'eux. Oh mon Dieu, ou au moins va ramasser mon jogging.

Elle gloussa doucement, et Josiah découvrit qu'il souriait bien trop.

— Je te préviendrai quand tu pourras sortir, promit-il en se penchant pour déposer un rapide baiser sur les lèvres souriantes. Je devrais pouvoir les distraire un petit moment.

— Josiah ?

La voix de Finn était plus forte, et plus proche.

Josiah leva un doigt vers sa bouche pour que Lisa ne dise rien, puis s'avança, se glissa hors du cellier et referma fermement la porte derrière lui alors qu'il affichait son plus beau sourire d'acteur.

— Hé, les gars. Je ne m'attendais pas à vous voir aussi tôt.

Finn et Zachary se trouvaient dans la cuisine. Tous deux le regardèrent avec confusion alors qu'ils lançaient un coup d'œil calculé autour d'eux.

Ouais, cela n'allait pas leur prendre bien longtemps avant de comprendre. Josiah se tenait là, sans rien porter d'autre qu'un jean, après être sorti du cellier. Il n'y avait pas d'explication valable, alors il ne se donna pas la peine d'essayer.

Zachary donna un coup de coude à Finn alors que leurs deux regards tombaient sur le jogging qui gisait au sol.

La distraction arriva d'un coin inattendu : Ollie s'était levée et approchait, sa queue agitée par son habituelle imitation d'un métronome.

Les deux nouveaux colocataires de Josiah se retournèrent pour lui dire bonjour, le jogging féminin temporairement ignoré. Dieu bénisse les chiens.

— Attention, les avertit Josiah. Elle semble être un animal au caractère doux, mais nous l'avons sauvée d'une fosse d'élevage aujourd'hui. Je ne sais pas grand-chose sur elle.

Zach s'accroupit et tendit une main à Ollie pour qu'elle la renifle.

— Quelqu'un au café nous a parlé de l'usine à chiots. Vous avez tout réglé ?

— On a commencé, répondit-il en leur lançant un coup d'œil. Si vous voulez prendre une douche, je vais m'occuper de mettre le dîner sur la table, proposa-t-il dans une tentative désespérée de les faire sortir de la pièce pour pouvoir aider Lisa à s'échapper.

Finn se pencha, ramassa le jogging sur le sol avec un amusement visible.

— Ça m'a l'air d'un bon plan. N'est-ce pas, Zach ? Nous pouvons parfaitement laisser Josiah tranquille pendant... quoi, une demi-heure ? Une heure ?

Josiah pouvait supporter la taquinerie. À demi nu, clairement interrompu...

— Génial. Peu importe. Ouais, génial.

— Toujours content d'aider, dit Finn en lui lançant un clin d'œil.

Juste au moment où Josiah pensait qu'ils allaient s'en sortir, la porte du cellier s'ouvrit brusquement derrière lui, et Lisa en sortit, le poussant avec son épaule.

Elle dévisagea les deux hommes qui la fixaient sans la moindre honte alors qu'elle ne portait rien d'autre qu'une chemise d'homme en flanelle.

— Finn Marlette ? demanda-t-elle d'une voix empreinte de surprise. Oh mon Dieu, c'est bien toi !

9

La gêne qu'elle aurait pu ressentir avait totalement disparu au son de cette voix familière. Il lui avait fallu un instant pour la replacer... cinq ans avaient passé depuis qu'elle avait vu cet homme pour la dernière fois.

Elle remarqua à peine quand Josiah glissa un bras autour d'elle et l'attira contre son corps d'un geste protecteur. Lisa était trop occupée à examiner Finn avec une totale stupéfaction.

Il se reprit plus vite qu'elle, un sourire lent s'étirant sur son beau visage.

— Lisa Coleman. Quelle surprise de te voir ici !

Elle ne savait pas si elle devait le taquiner ou rire d'avoir choisi ce commentaire si ambigu. Ici à Heart Falls ? Ou ici, presque nue, dans la cuisine de Josiah Ryder ?

Mais elle n'eut pas le temps de décider laquelle des deux parce que Finn s'avança, la main tendue...

L'instant d'après, Ollie se retrouva entre eux. La chienne s'était placée contre la jambe de Lisa, les pattes avant largement écartées. La petite bête baissa la tête et montra les crocs. Un grondement protecteur digne d'un animal de cinq fois sa taille résonna en direction de Finn.

Il recula immédiatement sa main.

— Doucement petite. Je disais simplement bonjour, dit-il en lançant un coup d'œil à Josiah. Tu n'as jamais dit que c'était un rat d'attaque.

Le troisième homme dans la pièce se mit à rire doucement, inclina la tête vers Lisa, son amusement évident. Il garda les yeux fermement concentrés sur son visage alors qu'elle agitait rapidement la main vers lui.

Étant donné la prise possessive que Josiah avait sur elle, ce nouveau venu avait de bonnes compétences de survie.

— Donc c'est toi, Lisa Coleman. J'ai beaucoup entendu parler de toi. Je m'appelle Zach. Finn et moi logeons chez Josiah. Alors nous allons peut-être beaucoup te voir.

Il toussa.

Lisa rougit alors qu'on la charriait pour la seconde fois en moins d'une minute, mais elle lui rendit son sourire.

— Joli. Mais si ça ne te dérange pas, je vais prendre ça.

Elle prit dans la main de Finn le jogging qu'elle avait emprunté, s'approchant lentement du couloir alors même qu'elle agitait un doigt vers lui :

— Ne pense même pas à t'enfuir avant que je n'aie eu l'opportunité de t'interroger.

— Ça va nous prendre une minute, ajouta Josiah.

Puis sa main se retrouva au creux de ses reins, et il l'escorta hors de la cuisine, dans le couloir vers sa chambre.

Il attendit que la porte se referme derrière eux avant de se tourner brusquement vers elle.

— Tu connais Finn ?

Elle défaisait les boutons de la chemise tout en se retournant vers le tiroir pour prendre un autre de ses tee-shirts.

— Lui et ses frères sont venus à Whiskey Creek pour nous

aider un été. C'était un enquiquineur, mais aimable et avec de bonnes intentions. Que fait-il à Heart Falls ?

Josiah se tenait derrière elle, les mains sur ses épaules et il la tourna vers lui avant qu'elle ne puisse retirer sa chemise et se changer.

— Nous allons découvrir ça dans une minute, mais d'abord...

Il glissa une main le long de sa joue jusqu'à sa nuque, et l'instant d'après, il l'embrassait intensément. Pas le genre de baiser qui disait « nous commençons quelque chose », mais du genre doux et épicé « merci, j'ai hâte d'être à la prochaine fois ».

Elle reprit son souffle quand il s'écarta d'elle, juste assez pour la regarder dans les yeux, posant son front contre le sien alors qu'il parlait doucement :

— Je suis loin d'avoir eu assez de temps pour jouer, mais merci.

Les lèvres de Lisa tressaillirent.

— Tu me dis merci de m'avoir donné un orgasme ? De rien. Quand tu veux, honnêtement.

Le sourire de Josiah était sincère, son regard nettement chaleureux.

— Je me suis amusé, et je vais te prendre au mot pour cette offre. Mais aussi, merci de ne pas avoir flippé quand nous avons été envahis.

— Tu as réagi beaucoup plus vite que moi, admit Lisa avant de le regarder. Est-ce que nous devons vraiment y retourner ?

— Ne me tente pas, dit-il en la dirigeant vers le placard, lui retirant sa chemise et déposant un baiser sur le dessus de son épaule. Prends un tee-shirt et un pantalon de jogging. Puis remets ça, ajouta-t-il en lui tendant la chemise.

— Il ne fait pas si froid dans ta maison, dit-elle alors qu'elle suivait ses instructions.

Il chercha dans le placard.

— Je ne veux pas qu'ils puissent voir à travers le tee-shirt que tu ne portes pas de soutien-gorge, admit-il.

— Et pas de bas non plus, le taquina-t-elle, enfilant les vêtements alors qu'elle souriait à son grognement torturé.

Elle pivota et découvrit qu'il avait enfilé une chemise en flanelle, celle-ci avec de minces lignes rouges qui se croisaient sur le noir.

Il lui lança un regard noir.

— Fais attention ou je vais te faire porter un des miens.

Lisa sourit et lui tendit la main. Elle lança un coup d'œil vers le côté de la pièce où Ollie s'était installée après les avoir suivis. Le chiot était roulé en boule, mais les regardait attentivement.

— Ça semble étrange qu'elle ait décidé de me défendre comme ça.

— Elle est d'une race protectrice. À l'évidence, elle pense que tu as besoin qu'on veille sur toi, la railla-t-il.

— Dit l'homme qui m'avait étalée comme un buffet sur l'îlot sans se rappeler que ses colocataires allaient arriver à tout instant, murmura-t-elle alors qu'ils avançaient dans le couloir.

Ollie trottait sur leurs talons.

Josiah foudroya Lisa du regard tout en murmurant :

— Tiens-toi bien.

— Tu ne le penses pas, le taquina-t-elle encore.

Il secoua la tête.

— Non, tu as probablement raison. Viens. Je vais te laisser lui faire subir un contre-interrogatoire en premier.

Lisa entrelaça ses doigts à ceux de Josiah alors qu'ils retournaient dans la cuisine. Le lien était très normal.

Mais ce qui semblait bizarre, c'était de voir Finn Marlette. C'était comme retourner dans le passé quand lui et ses frères, Levi et Duncan, étaient venus au ranch de Whiskey Creek.

Prendre des nouvelles de ce qui s'était passé depuis la

dernière fois qu'ils s'étaient vus n'était pas une conversation qu'elle avait imaginé avoir un jour sans sous-vêtements.

Ollie marchait près de leurs pieds, suffisamment près pour les défendre, suffisamment loin pour qu'on ne trébuche pas sur elle. Elle se débrouillait incroyablement bien même si elle boitait sur trois pattes. Ce ne fut qu'une fois que Lisa fut assise sur un tabouret devant l'îlot qu'Ollie retourna à sa couverture et s'installa pour pousser un autre de ses énormes soupirs.

Finn et Zach s'étaient mis à la tâche pendant qu'elle et Josiah s'habillaient, et une casserole d'eau bouillait sur la cuisinière. Zach coupait des légumes dans un énorme saladier et l'odeur de l'ail flottait lourdement dans l'air.

Finn, qui écrasait les clous de girofle odorants sous son couteau, leva les yeux.

— Ne le prends pas mal, mais tu présentes bien.

Il n'avait pas souri en le disant.

Lisa se mit à rire.

— Merci. Comment va ta famille ?

Il haussa les épaules.

— Aussi bien que possible. Duncan travaille dans une société de transport, et Levi a repris le ranch quand mes parents ont décidé qu'ils en avaient assez.

— Et toi ?

Lisa en avait un peu entendu parler par les rumeurs et par Tamara, mais elle se demandait ce que Finn répondait quand on lui posait la question.

— Tantôt ceci, tantôt cela.

— Si tu te mets à chanter, je vais te frapper, l'avertit Zach.

Finn lui lança un coup d'œil, son visage devenant inexpressif.

Zach souffla moqueusement.

Finn se tourna vers Lisa.

— Je spécule sur la prospection pétrolière, entre autres

choses. J'étudie différentes activités lucratives dans la région de Heart Falls. Et toi ? Josiah n'a pas mentionné ton nom l'autre jour.

Elle aurait pu jurer qu'il avait lancé un regard de réprimande à Josiah.

— Tu n'avais pas besoin de le savoir, répondit Josiah. De plus, vous avez battu la campagne pendant presque toute la semaine.

— Avec succès, ajouterais-je, avança Zach. Et la seule raison pour laquelle nous nous posons des questions sur vous deux, c'est pour éviter des situations embarrassantes à l'avenir.

Il sourit sans honte.

Lisa n'était pas encore prête à arrêter de cuisiner Finn.

— Je croyais que tu étais censé reprendre ton ranch familial. Ce n'était pas là que tu allais quand tu as quitté Whiskey Creek ?

— Changement de plan.

Ce fut tout ce que Finn répondit alors qu'il mélangeait une bonne quantité d'ail finement haché avec un morceau de beurre et commençait à l'étaler méthodiquement sur d'énormes morceaux de pain français.

— À l'évidence.

Elle le regarda fixement. Il était beau, mais il avait toujours été trop sérieux à son goût. Elle s'était beaucoup plus amusée avec Levi, même s'il n'y avait rien eu de sexuel. C'était comme si on avait ajouté instantanément trois frères dans sa vie. Des frères qui avaient été loin d'être aussi protecteurs que ses cousins Coleman, surtout parce qu'ils n'avaient pas tous grandi et n'étaient pas allés à l'école ensemble pendant des années.

Elle avait apprécié la compagnie de Finn, mais pendant cet été-là, quelque chose s'était passé entre lui et Karen, et elle n'avait jamais pu comprendre quoi.

Tous ses instincts protecteurs s'étaient emballés, mais ce

n'était ni le lieu ni le moment d'insister pour glaner plus d'informations.

Elle lança un coup d'œil à Josiah.

— Je devrais probablement rentrer.

— Tu n'es pas obligée. Reste pour le dîner, proposa-t-il. Je te ramènerai en voiture plus tard.

Zach sortit tout le contenu d'une boîte de spaghetti et les cassa en deux avant de les lâcher dans l'eau bouillonnante.

— Juste un rappel, Josiah. Tu as laissé un message il y a quelques jours pour dire qu'il y avait une soirée poker ce soir.

Josiah lâcha un juron grave.

— Tu as raison. Ça aurait dû être la semaine dernière, mais j'ai dû la reprogrammer, se rappela-t-il en levant des yeux pleins d'espoir vers Lisa. À toi de voir. Il nous restera encore assez de temps après le dîner pour que tu puisses t'échapper avant que nous soyons envahis par d'autres personnes.

Elle resta.

En un rien de temps, elle avait rempli son assiette avec la sauce savoureuse et le pain à l'ail puissant, appréciant énormément la discussion tandis que Finn et Zach se charriaient à la manière de vieux amis.

À ses côtés, Josiah avait glissé une main sur sa jambe, la posant là pendant qu'il mangeait de l'autre. Son pouce frottait doucement sa cuisse, comme s'il n'était pas conscient du mouvement.

Par contre, Lisa en était consciente. Chaque centimètre de sa peau était enflammé, même à travers l'épaisseur du coton. Cette journée avait été un tel ascenseur émotionnel, et même si les mauvais moments commençaient à s'effacer, ils avaient un peu jeté un froid sur les incroyables moments étincelants.

Ollie était assise à ses pieds.

Josiah avait averti la chienne de ne pas mendier, mais elle n'était pas là pour mal se comporter. Elle s'était installée dès le début du repas, le poitrail solidement appuyé contre le tibia de Lisa, la croupe sur le pied de Josiah, mais elle avait levé la tête et posé son menton sur le genou de Lisa, les yeux clos alors qu'elle respirait à un rythme régulier.

Quelle soirée étrangement réconfortante et pourtant scandaleusement *atypique.*

Les gars déclinèrent l'offre de Lisa pour les aider à laver la vaisselle, alors Josiah l'habilla chaudement. Ses vêtements sales avaient gentiment été entassés dans un sac-poubelle bien fermé.

Il la reconduisit à Silver Stone, le chauffage soufflant par les bouches d'aération.

— On dirait que les températures vont sérieusement chuter. Nous ne pourrons pas monter à cheval dans les prochains jours.

— Tu veux venir à Silver Stone durant la semaine ? demanda Lisa avant de réfléchir et de faire la grimace. Mais tu vas te faire attaquer par des mini-personnes.

— Ça ne me dérange pas, dit-il. Je sais que tu es occupée à aider Tamara, et nous nous sommes tous les deux engagés à aider Sonora, alors que nous risquons bien de finir par y passer beaucoup de notre temps libre.

Elle était contente d'avoir promis de les aider, pourtant elle se sentait un peu attristée.

— Je veux passer du temps avec toi. Seule, si ce n'est pas trop exiger.

— Fais-moi confiance. Nous trouverons un moyen.

Josiah attrapa la main de Lisa et la porta à ses lèvres. Il lui embrassa doucement les doigts et fit sortir sa langue pour suivre la ligne de ses jointures, et un frisson si fort la traversa qu'il était impossible qu'il l'ait raté.

— Oh, ouais, nous trouverons un moyen, répéta-t-il.

∾

Ils étaient cinq à table ce soir-là. Finn et Caleb avaient tous les deux des visages impossibles à déchiffrer. Zach avait l'air d'avoir prévu de passer toute la soirée à sourire d'une oreille à l'autre, ce qui était un moyen aussi bon qu'un autre de cacher des informations, supposa Josiah.

Luke, le frère de Caleb, était aussi venu. Tous les deux étaient de bons amis pour Josiah depuis de nombreuses années.

Finn et Zach avaient été bien accueillis, même si leur présence ajoutait de l'imprévu dans l'air, maintenant qu'une certaine information que Josiah ignorait auparavant avait été révélée.

— Alors tu connais la famille Coleman.

Il distribua les cartes autour de la table, fixant Finn pendant qu'il parlait.

Luke et Caleb se redressèrent tous les deux.

— Nous le savions, dit Luke. Ce sont des amis de la famille ou quelque chose comme ça.

Il lança un coup d'œil à Finn puis revint sur Josiah.

— On nous aurait menti ? continua-t-il.

— Si tu le dis, répondit Josiah en ramassant ses cartes et en les fixant attentivement.

Zach brisa le silence avec un long petit rire.

— La fête est finie, Finn. Pour dire la vérité, ça a duré presque une semaine. Je suis impressionné.

Caleb cachait prudemment ses cartes lorsqu'il posa les coudes sur la table, se penchant vers Finn d'une manière que la plupart des gens auraient trouvée terriblement intimidante.

— Pourquoi est-ce que Josiah fait tout un plat de ce que tu connaisses les Coleman ?

— Tu devrais le lui demander, répondit Finn en déplaçant le cure-dents qu'il avait dans la bouche comme s'il n'avait pas le moindre souci.

— Je vais le faire, dit Caleb en lançant un coup d'œil à Josiah. Pourquoi est-ce que tu joues les enfoirés ?

Zach et Luke soufflèrent tous les deux moqueusement, et Zach s'interrompit en toussant alors qu'il essayait d'avaler la bière dont il venait de prendre une gorgée.

Josiah haussa les épaules.

— Quelque chose que Lisa a dit quand elle a vu Finn cet après-midi m'a rendu curieux.

— Pourquoi tu ne nous en dirais pas plus sur Lisa et cet après-midi, suggéra Finn d'un ton pince-sans-rire.

Oups. Bon sang, ce n'était pas un chemin qu'il avait envie d'emprunter.

— Je voulais simplement dire que ça m'a donné l'impression qu'il s'est passé quelque chose entre la famille Marlette et les Coleman. C'est tout. Ça me semblait un peu étrange que tu te sois retrouvé soudainement là, à prévoir d'investir dans leur nouvelle communauté.

— La nouvelle communauté de qui ? Pour autant que je sache, Tamara est la seule Coleman qui ait emménagé à plein temps à Heart Falls, déclara Caleb en posant ses cartes sur la table avant de croiser les bras sur son torse, son agacement n'étant qu'en partie simulé. Pourquoi est-ce que tu fais toujours ça, Josiah ? Comment un homme est-il censé se concentrer sur la partie quand tu ne cesses de babiller ?

— Bois donc encore un coup, suggéra Luke en échangeant la bouteille vide de Caleb contre une pleine. Je trouve que c'est divertissant. Finn connaît vraiment les Coleman. Si je me souviens bien, c'est Karen qui nous a mis en relation avec toi.

C'était agréable d'avoir des renforts, qu'ils sachent que c'était ce qu'ils étaient ou pas. Parce que, soudain, Caleb, Luke et lui fixaient tous Finn.

L'expression de celui-ci devint indéchiffrable.

— Pas que ce soit vos affaires...

Zach pointa Caleb du doigt.

— Lui est marié à Tamara.

Il dirigea son doigt vers Josiah.

— Et lui semble être dans une relation avec Lisa.

Finn se carra sur sa chaise.

— Bien. Je ne m'attendais pas à devoir dévoiler mes intentions aussi vite, mais puisqu'une certaine personne est une pipelette et plus prompte aux ragots qu'une vieille femme…

Il lança un intense regard noir à son ami.

Au contraire, le sourire de Zach s'élargit.

— Je prévois de convaincre Karen Coleman qu'il est temps qu'elle revienne à la raison et accepte de sortir avec moi.

Finn le prononça directement et pourtant simplement, comme s'il annonçait qu'il allait déneiger la route le lendemain matin.

Franc, et absolument *pas* ce à quoi Josiah s'était attendu.

— Elle ne vit pas ici, tu sais, signala-t-il.

— Et Lisa ne séjourne ici que pour un temps, ajouta Luke, tout en lançant un coup d'œil à Josiah et en haussant les épaules. En tout cas c'est ce que j'ai entendu de Kelli. Désolé.

— J'y travaille, marmonna Josiah doucement.

Finn inclina fermement le menton.

— Je sais que Karen ne vit pas ici. Mais je sais qu'elle va venir vous rendre visite souvent. Ça me semble être un endroit aussi bien qu'un autre pour passer à l'action. Je ne prévois pas de rester ici pour toujours, juste aussi longtemps qu'il le faudra.

— Avoir beaucoup d'options est en tête de la liste des priorités de Finn.

Zach fit part de cette information d'un air absent, sans aucune inflexion. Il était impossible de dire s'il le critiquait ou s'il déclarait simplement un fait.

— Et comment.

Caleb regarda Finn. Son habituelle expression indéchiffrable était devenue dangereuse.

— Tu fais attention à la manière dont tu t'y prends pour la convaincre. C'est compris ?

Finn resta silencieux pendant un instant avant de hocher nettement la tête. Puis il ramassa ses cartes et les secoua en l'air.

— Tous ceux qui sont disposés à perdre un peu d'argent, je suis prêt à jouer.

Après qu'ils eurent joué quelques mains, les questions restantes dans les esprits de chacun avaient été écartées par la nécessité de se concentrer complètement pour éviter d'être détroussé par un Zach souriant. Il avait beaucoup trop de chance... il devait compter les cartes.

Les rires et la camaraderie se renforcèrent alors que la soirée s'écoulait, et, quand celle-ci prit fin, Josiah alla se coucher bien plus satisfait qu'il ne l'aurait jamais imaginé après les montagnes russes émotionnelles des événements de la journée.

C'ÉTAIT INTÉRESSANT comme un petit changement dans les informations pouvait rectifier l'état d'esprit d'un homme.

Les jours suivants, Josiah travailla comme d'habitude, partageant son logement le soir avec Finn et Zach. Que Finn ait publiquement déclaré ses intentions de courir après la sœur de Lisa... cela ajoutait un imprévu à la sympathie grandissante de Josiah avec les deux hommes. Ce n'était pas nécessairement plus stressant, mais étant donné que Finn n'était pas un colocataire temporaire mais un potentiel beau-frère à venir...

Parce qu'entre Lisa et lui... ce n'était pas une relation éphémère et n'était-ce pas un énorme changement dans l'ordre des choses ? Penser à l'avenir en des termes concrets et solides, et pas simplement « un jour je me rangerai ».

Ce qui le mena à réfléchir à la manière de persuader Lisa durant les jours et semaines à venir de trouver une occupation permanente dans la région de Heart Falls.

Elle était occupée à prendre soin de ses nièces et à travailler avec Tamara, qui devenait de plus en plus gênée mais pas moins nauséeuse alors que sa grossesse progressait.

Durant les moments où ils pouvaient faire une pause, Lisa et lui allaient chez Sonora où les chiots avaient été transportés. C'était agréable de voir les petits animaux qu'ils avaient sauvés commencer à s'épanouir. Ce qui avait été une pagaille piteusement emmêlée était désormais une ribambelle de boules de poils. Le groupe était principalement composé de bichons, tous trouvant leurs marques et leurs voix.

Le ranch de Sonora était parfois un peu bruyant.

Un autre changement qui devenait de plus en plus normal alors que les jours passaient... Ollie.

Josiah l'avait gardée la première nuit. Elle avait passé toute la soirée assise sur ses pieds, soupirant souvent alors qu'elle se levait pour aller à la porte, comme si elle attendait le moment où Lisa reviendrait.

Il l'avait emmenée à Silver Stone quelques jours plus tard après s'être assuré que ses vaccins étaient tous à jour. Depuis, ils alternaient. Quelques jours avec Lisa, quelques jours avec lui.

Ils n'avaient reçu aucune réponse aux demandes qu'ils avaient postées sur les sites d'animaux trouvés à travers la province où à ses contacts.

Des semaines plus tard, une fois qu'il se fut enfin échappé après une longue journée de travail, il avait filé à Silver Stone. Il était déjà plus de vingt heures, et le soleil s'était couché quelques heures avant qu'il n'arrive. Le vent se levait, et le froid dans l'air faisait redescendre la température en dessous de zéro. Le mois de mars tenait à se faire remarquer.

Peu lui importait. Il voulait voir Lisa, et le seul moyen d'avoir de l'intimité à Silver Stone était de faire preuve de créativité.

Alors ils s'emmitouflèrent et s'assirent sur la balancelle du porche, et ils s'embrassaient et se touchaient autant qu'ils le pouvaient avec deux doudounes et une épaisse couverture recouvrant chaque centimètre de leurs corps.

Le seul côté positif était que la balancelle était extra-large, et suffisamment rembourrée pour que Josiah jette enfin les coussins du dossier sur le sol et s'étire sur la base plus large. Les yeux de Lisa s'illuminèrent, et elle se faufila à côté de lui, tirant la couverture au-dessus d'eux alors qu'ils se mettaient à réchauffer l'extérieur de quelques degrés.

Quand ils arrêtèrent de se bécoter pour reprendre leur souffle, Lisa passa les doigts sur la mâchoire de Josiah, le regardant dans les yeux.

— C'est comme si nous étions de nouveau au lycée à devoir filer en douce. Je ne pense pas qu'il y ait un endroit dans le ranch où nous puissions être seuls. Pas sans que quelqu'un ne vienne voir ce qu'on fait.

Chez lui, ils pouvaient être seuls. Personne ne les interrompait s'il fermait la porte de sa chambre, mais Josiah n'avait toujours pas l'impression que c'était le moment de passer à l'étape suivante.

— C'est bon. J'aime bien t'embrasser.

Il se penchait pour appuyer son argument quand ils remarquèrent enfin le bruit. Le hurlement juste de l'autre côté du mur.

La porte du porche s'ouvrit brusquement, et le ton pince-sans-rire de Caleb résonna dans les ténèbres.

— Je sais que vous êtes là parce que cette créature démoniaque insiste sur le fait qu'elle a besoin de vous.

— On s'occupe d'elle, lança Lisa alors qu'Ollie apparaissait, utilisant sa quatrième patte avec hésitation. Merci, Caleb.

— Il fait assez froid pour que vous attrapiez des engelures. Vous êtes fous, dit Caleb. Mais de rien.

Ollie arriva ensuite à la balancelle, posant ses pattes avant sur le bord alors qu'elle les regardait, pleine d'espoir. Non seulement les enfants et les adultes étaient déterminés à les interrompre, mais la chienne aussi... plus d'une fois.

— Tu crois vraiment que tu as le droit de monter ? demanda Josiah.

Lisa s'était déjà élancée, roulant sur le côté pour prendre Ollie.

— Lisa ! la réprimanda Josiah.

Un instant plus tard, il était paré sur le torse d'un ornement sous forme d'une bouillotte poilue de couleur crème.

— Elle nous apprécie, dit Lisa d'un ton contrit tout en se pelotonnant contre lui, mais elle garda une main libre pour caresser le dos d'Ollie. Elle nous apprécie peut-être même un peu trop.

— C'est un peu comme un culte du héros, acquiesça-t-il.

— Hier soir, je suis sûre qu'elle a compris chaque mot que j'ai dit quand je lui ai annoncé que tu ne venais pas. Nous devrions envoyer une photo de sa tête et obtenir du dictionnaire Merriam-Webster qu'il fasse d'elle un exemple de ce que signifient « des yeux de chien battu ». C'était comme si elle voulait désespérément me dire quelque chose, et que je ne pouvais tout simplement pas comprendre.

— Est-ce qu'elle t'a laissée dormir ? demanda-t-il. C'est ce que j'aimerais savoir, parce que les jours où je l'avais, le seul moyen que j'avais de l'empêcher de faire les cent pas était de lui donner ce tee-shirt que tu as porté. Je l'ai mis au pied du lit, parce que sinon elle ne cessait de se lever et d'aller à la porte, comme si elle attendait que tu apparaisses.

Lisa se mit à rire et se tourna vers lui.

— Arrête. J'ai dû mettre cette deuxième chemise que tu m'as prêtée avant qu'elle ne se calme hier soir.

Merveilleux. Ils avaient une chienne stalkeuse à gérer en plus des problèmes d'absence d'intimité.

— Comment est-ce que ça va sinon ? Tu as ajouté d'autres idées à ton carnet d'aventures ?

— J'aurais dû ajouter « se tripoter sur une balancelle ». Et je l'aurais fait, si j'avais su à quel point c'était amusant.

Josiah remua prudemment, donnant le temps à Ollie de se replacer au pied de la balancelle. Il attira Lisa au-dessus de lui, grogna doucement lorsque son poids se posa sur sa verge douloureuse.

— C'est encore plus amusant l'été. Il y a moins de vêtements...

— Plus de moustiques, et le même nombre de visiteurs fouineurs.

Elle prit son visage entre ses paumes et l'embrassa. Un baiser long et succulent, leurs langues s'entremêlaient, et même si ce n'était pas ce qu'il désirait ardemment, c'était agréable de se rendre compte que ce qu'ils faisaient était unique.

Il avait eu sa part de liaisons, de coups d'un soir et de brèves aventures. Il avait toujours bien traité les femmes et toujours essayé d'adopter à la vitesse qui leur convenait.

Pour la première fois de sa vie, il semblait que Lisa et lui auraient été à l'aise pour aller beaucoup plus vite si le temps et les circonstances ne les avaient pas contrariés.

Il baissa la main et lui étreignit le postérieur. Le poids de son corps au-dessus de lui lui faisait tourner la tête.

Ses deux têtes.

— J'aime bien ça, admit-il avec réticence.

Lisa ricana.

— C'est bien, parce que j'y suis assez fermement attachée.

— Pas ton derrière, petite malicieuse, dit-il en levant la main sous la couverture et lui donnant une tape, embrassant ses lèvres boudeuses avant d'expliquer : C'est *ça* que j'apprécie. Passer du temps avec toi, aussi chaotique et imprévisible que ça puisse être. Prendre notre temps. Est-ce que tu t'amuses ?

Elle posa les coudes au milieu du torse de Josiah et plaça son menton entre ses mains, réfléchissant sérieusement un instant.

— Ouais. Je m'amuse, répondit-elle en se penchant, et sa voix devint plus douce et rauque. Même si je dois admettre que je fais un tas de rêves très salaces.

Bon sang.

— Moi aussi. Je ne cesse de t'imaginer dans la douche et je me demande à quoi je pensais en te laissant seule là-dedans.

Les yeux de Lisa s'illuminèrent.

— Alors ce serait méchant de te dire que j'ai vraiment aimé ton pommeau de douche ?

Elle le laissa dérouté pendant un instant avant qu'il ne soit frappé de compréhension. L'image d'elle tenant le pommeau de douche avec l'eau dirigée vers son sexe envoya un éclair le long de sa colonne vertébrale.

— Créature maléfique.

— Je pense que j'ai une autre journée de repos cette semaine, dit-elle en fixant ses lèvres. Est-ce que tes colocataires vont pouvoir rester enfermés dehors à un moment ?

— Ça n'a pas d'importance s'ils sont là, signala-t-il.

Elle fit la grimace.

— Ouais, non. Désolée, mais je ne peux pas me faire à l'idée de hurler pendant une partie de jambes en l'air en sachant que Finn Marlette, qui a l'intention de tenter de séduire ma sœur, est dans la chambre d'à côté.

Le cerveau de Josiah était devenu brumeux.

— Désolé, j'ai un peu perdu le fil de la conversation quand tu as annoncé que tu hurlais pendant le sexe.

— Ce n'est pas le cas de tout le monde ?

Les mots furent prononcés dans un murmure sensuel et il enroula la main à l'arrière de sa tête et rapprocha leurs lèvres, juste pour l'empêcher de parler, parce qu'il avait déjà bien assez d'images grivoises dans la tête qui le tourmentaient.

Mais d'une manière ou d'une autre, c'était très clair. Ses colocataires seraient sortis pour des tâches très importantes le jour où Lisa serait de repos.

S'il devait leur inventer des choses à faire, alors qu'il en soit ainsi.

10

— J'ai laissé des lasagnes pour vous à mettre dans le four. Elles sont dans le frigo, et les instructions sont sur le dessus, expliqua Lisa en se rapprochant de la porte. C'est bon ?

Caleb la regarda avec curiosité.

— Tu es pressée ?

Tamara ricana sans rien dire, se contentant de ricaner.

Lisa était sur le point de faire une remarque cinglante quand le téléphone de Caleb sonna. Il leur tourna le dos pour y répondre, et Lisa se rapprocha de sa sœur.

— Je n'ai pas besoin des commentaires de la galerie.

— Je ne fais que te rendre la monnaie de ta pièce, signala Tamara, avant de fermer les yeux un instant puis de tirer la langue. Mon Dieu. Comment est-il possible que j'aie la nausée *et* de méchantes brûlures d'estomac ? Je te jure que je n'ai rien mangé qui me ballonnerait.

— J'ai entendu dire que la grossesse se passait bien mieux pour le second enfant, dit Lisa gentiment. Ou le troisième. Ou peut-être que tu pourrais avoir des jumeaux la prochaine fois.

Elle s'assura de rester loin de sa sœur quand elle dit ça. Provoquer un ours aurait été moins stupide, mais il y avait des moments qui requéraient simplement de l'amour sororal.

Caleb posa une main sur l'épaule de Tamara, le visage sérieux.

— Je suis désolé. Lisa, je dois y aller. Ashton m'a dit qu'un des vans a cassé un essieu, et qu'il risque de tomber du pont près de Black Diamond.

Oh mon Dieu ! Les plans qu'elle avait échafaudés pour filer et transformer la maison de Josiah en un lieu de plaisir volèrent en éclats.

Lisa poussa Caleb vers la porte.

— Vas-y. Vas-y. Nous allons nous débrouiller.

Caleb partit à toute vitesse.

Elles le regardèrent silencieusement par la fenêtre, perdues dans leurs pensées, alors qu'il sprintait vers sa camionnette et démarrait pied au plancher. Le silence retomba dans la pièce alors que le bruit du moteur de la camionnette disparaissait.

— À quelle distance va-t-il ? demanda Lisa.

— Trente minutes, selon les routes, répondit Tamara en peinant à se lever de sa chaise. Ne t'inquiète pas pour moi. Va passer ta journée avec Josiah. Je vais retourner me coucher.

— Je ne m'inquiétais pas du temps que cela allait prendre à Caleb pour revenir, insista Lisa. Je veux juste savoir si la camionnette n'est pas trop endommagée. Et si le conducteur et les chevaux vont bien.

— Bien sûr. Je sais. Pardon, je suis juste grognon, dit Tamara en pointant la porte du doigt. Maintenant, vas-y. J'insiste.

Lisa était partagée. Ce n'était pas comme si Tamara ne pouvait pas s'occuper d'elle-même. Mais il n'y avait aucune raison pour que Lisa soit *obligée* d'y aller ce jour-là.

Josiah et elle se taquinaient depuis presque un mois, les

textos et les conversations téléphoniques devenaient plus intéressants, mais pas seulement d'une manière sexuelle.

C'était une relation différente de tout ce qu'elle avait jamais connu.

— Tu sais quoi ? Je vais appeler Josiah, et nous allons nous organiser pour aller déjeuner, d'accord ?

Tamara avait l'air d'être sur le point de se mettre en colère, mais elle hocha la tête.

— D'accord. Mais pourquoi tu ne... s'interrompit-elle, les mots se transformant en un grondement bas dans sa poitrine. Oh, mince.

Une flaque s'agrandissait à ses pieds.

Le cœur de Lisa s'emballa.

— Est-ce que c'est ce que je crois ?

Tamara leva les yeux vers elle.

— Appelle une ambulance. Il est beaucoup trop tôt pour que je perde les eaux.

— Caleb...

— Oh...

Tamara flancha, et Lisa se précipita pour la rattraper. Sa sœur jura comme un charretier avant de fermer les yeux et de gémir.

— Je n'ai pas besoin d'avoir une nausée à en vomir maintenant, merci, l'univers.

— Tu veux t'asseoir ou t'allonger ? demanda Lisa, un bras enroulé autour de sa sœur, le téléphone agrippé dans sa main libre.

Tamara posa la tête sur l'épaule de Lisa.

— Oh mon Dieu, je me sens terriblement mal. Je veux juste rester là.

Ce fut ainsi que Lisa finit par soutenir sa sœur et appeler les services d'urgence d'une main.

— Nous allons vous envoyer une équipe aussi vite que

possible, lui répondit la femme. Restez en ligne. Pouvez-vous me dire si elle ressent des contractions ?

Lisa tendit le téléphone à Tamara.

— Désolée, sœurette. Elle a un tas de questions et je ne sais pas y répondre.

Lorsque Tamara prit le téléphone, Lisa lui vola le sien dans sa poche. Elle fit défiler les contacts jusqu'à trouver le numéro dont elle avait besoin.

Le personnel de la réception très efficace auquel Lisa avait été présentée répondit.

— Clinique vétérinaire de Heart Falls. Comment puis-je vous aider ?

— Sharon, ici Lisa Coleman. Peux-tu me transférer directement au portable de Josiah ?

— Bien sûr. Une seconde.

Quand il répondit, ce fut avec une trace d'hésitation.

— Tamara ? Que se passe-t-il ?

— C'est Lisa... il y a une urgence. C'est Tamara qui a mon téléphone, alors j'ai pris le sien. Nous avons un léger changement d'activité pour notre rencard. Encore une fois.

— Pas de problème. Que se passe-t-il ?

— Tamara vient de perdre les eaux. Caleb a pris la route, et je viens de me rendre compte que l'équipe d'urgence pourrait ne pas arriver avant un moment parce que... enfin, peu importe. Le plus important c'est : est-ce que tu peux venir à la maison ?

— J'arrive dans dix minutes.

— Merci Josiah.

Elle ramena son attention sur sa sœur.

Tamara venait également de raccrocher, grimaçant alors qu'elle rendait son téléphone à Lisa.

— Je l'ai convaincue que ce n'est pas ce genre d'urgence. Je n'ai même pas la sensation d'être en train d'accoucher. Peut-être que nous devrions monter dans la camionnette et aller à Black Diamond.

Non. Lisa secoua la tête avec véhémence.

— J'ai regardé trop de séries. À l'instant où nous monterons dans ce véhicule et que nous serons sur la nationale, le travail commencera, et je ne vais *pas* devenir tante sur le bord de la route dans une tempête de neige.

— Bien. Il ne neige pas.

Tamara appuya une main sur l'îlot, les articulations blanchies.

— J'ai peur, admit-elle doucement.

— Je sais. Mais nous allons surmonter ça, promit Lisa en se rapprochant pour l'étreindre.

— Oui.

Tamara semblait sauvagement déterminée à en faire une réalité.

Elles restèrent là un moment, s'étreignant étroitement, ne disant rien alors que le silence de la maison devenait plus lourd. Pas d'une manière effrayante, mais paisible. Quand elles inspirèrent finalement profondément d'une manière parfaitement synchronisée, un doux rire s'ensuivit.

Tamara se frotta le ventre d'une main.

— Gamin, tu m'as donné un sacré boulot, mais ça me convient. Accroche-toi encore un peu là-dedans.

Lisa lui serra les épaules.

— Dis-moi quand tu voudras changer de position. Oh, et nous devons décider quand appeler Caleb.

Tamara pencha la tête vers la table de cuisine.

— Je pense que je peux m'asseoir, et j'aimerais vraiment retirer ce pantalon mouillé. Désolée.

Parmi toutes les choses qui pourraient l'inquiéter...

— Chérie, selon la manière dont les choses vont se passer,

nous pourrions gérer beaucoup plus qu'un peu de liquide amniotique. Pour une infirmière, tu es bien trop délicate.

— Je ne suis pas délicate quand il s'agit de m'en occuper moi-même. Je ne veux simplement pas te forcer *toi* à gérer ça, corrigea Tamara en prenant son téléphone. Je vais appeler Caleb. Il n'aura pas le message avant de s'être arrêté, mais comme ça il pourra décider s'il veut faire demi-tour et revenir immédiatement ou pas.

Lisa lança une serviette sur la chaise avant d'aider Tamara à retirer son pantalon et à s'asseoir.

Elle s'éloigna d'un pas vif pour attraper un gant et une couverture chaude afin d'en recouvrir sa sœur au lieu de s'embêter avec un pantalon. Il lui fallut moins de trois minutes, mais à l'évidence quelque chose avait changé. Tamara avait les yeux fermés, les mains agrippées sur les bords de la chaise alors qu'elle retroussait les lèvres et soufflait.

— Tamara ?

Sa sœur ouvrit soudain les yeux et secoua la tête.

— On peut compter sur la femme qui a une formation médicale pour avoir la grossesse et l'accouchement les plus bizarres de l'histoire de l'humanité. Je te jure que je n'ai *pas* de contractions, mais, oh mon Dieu ! j'ai envie de pousser. J'ai touché et je pense que le bébé pointe la tête.

On frappa d'un coup sec à la porte de derrière et, l'instant d'après, elle s'ouvrit brusquement et Josiah entra.

— Visite à domicile.

Tamara lui lança un coup d'œil confus avant de rouler des yeux en direction de Lisa.

— Bien sûr. Tu appelles le vétérinaire pour l'arrivée du bébé.

— Je suis juste là pour le soutien moral, insista Josiah en retirant ses bottes puis en s'approchant. Hé, Tamara. Comment te sens-tu ?

— Super. Je veux un seau pour vomir, et j'ai vraiment, *vraiment* envie de pousser.

Elle serrait très fort la main de Lisa.

Josiah posa une main sur le bras de Lisa.

— Tu organises des rencards bien plus excitants que moi, marmonna-t-il. Mettez-moi au courant.

Elles le renseignèrent rapidement, précisant qui elles avaient appelé, mais Tamara s'interrompait en serrant les dents et en émettant des bruits de douleur alors qu'elle se tortillait.

— Toute ma pudeur a filé par la fenêtre. *S'il te plaît*, dis-moi que je peux pousser.

Josiah œuvra gentiment alors qu'il la positionnait à l'avant de la chaise, une expression sérieuse sur le visage alors qu'il repoussait la couverture que Lisa avait drapée sur les genoux de sa sœur.

Il écarquilla les yeux.

— Eh bien, je suppose que tu as réussi à éviter le travail et à atteindre quand même la partie où le bébé arrive. Il se présente vraiment. Lisa, j'ai déposé une pile de couvertures devant la porte. Va les chercher.

Le cœur battant, elle fut de retour en moins d'une minute. Josiah écarta les chaises et recouvrit le sol avant de déplacer Tamara pour la positionner par terre.

— Ça ne se passe pas comme prévu, se plaignit Tamara.

Elle baissa le menton et enfonça les doigts dans l'avant-bras de Lisa.

— Respire. *Respire*, ordonna Lisa.

— Tu dois ralentir, l'avertit Josiah.

Il était agenouillé devant elle, et Tamara avait posé sa main libre sur lui.

— Tu le sais, continua-t-il. Tu peux le faire.

Tamara serra les dents avant de haleter péniblement.

Pour la deuxième fois de la journée, un coup fort résonna à

la porte de derrière quelques secondes avant qu'elle ne s'ouvre brutalement. De l'air gelé entra avec l'arrivée de deux personnes. D'abord, le chef des pompiers balèze – le véritable renfort des urgences locales –, Brad Ford.

La deuxième personne...

— Karen ? Qu'est-ce que tu fais ici ? demanda Lisa.

Tamara redressa brusquement la tête, interrompue dans sa tâche.

— Oh mon Dieu ! Tu es là.

Brad se précipita avec une trousse médicale à la main.

— Ce n'est pas Karen. Voici Julia. Tu mets la pagaille dans nos paris d'arrivée des bébés, Tamara ?

Josiah recula volontiers, serra l'épaule de Lisa pendant un instant avant de laisser sa place à Brad et à... *Julia* ?

Lisa ne pouvait s'empêcher de la regarder fixement. La femme qui était entrée dans la maison aux côtés de Brad... c'était comme se regarder dans un miroir. Elle n'était pas identique à Lisa parce que ses cheveux avaient une touche de roux, mais le visage était à cent pour cent Coleman.

Elle s'agenouilla près de Tamara, sans cesser de parler pendant qu'elle travaillait.

— Désolée que nous nous rencontrions comme ça, mais votre bébé est en haut de la liste des priorités du jour. Je m'appelle Julia Blushing. Je viens de commencer mon stage à Heart Falls en tant que technicienne d'urgence. Brad et moi allons bien nous occuper de vous.

Compétente, sûre d'elle.

— Mon Dieu, c'est comme regarder Tamara s'occuper de Tamara, marmonna Lisa.

Un petit gémissement échappa à sa sœur.

— Je préférerais que ce soit *elle* qui fasse sortir la pastèque à ma place.

— Désolée. Je n'ai aucune expérience de ce côté-là, avança Julia d'un ton pince-sans-rire.

— Moi non plus, semble-t-il, hoqueta Tamara.

Elle leva les yeux vers la nouvelle venue entre deux grimaces.

— Je m'excuse si je vomis sur vous.

Les deux urgentistes émirent un petit rire.

— C'est bon. Un lavage et ça repart.

— Je sais, haleta-t-elle. Mais il y a plus de soixante-dix pour cent de risques, alors je suis désolée par avance.

Josiah se pencha, approchant le visage de celui de Lisa.

— Comme je l'ai dit, tes rencards sont beaucoup plus excitants que les miens.

Lisa fixait la scène incroyable devant elle, les doigts entrelacés à ceux de Tamara alors qu'elle essayait de lui offrir du soutien pendant qu'une étrangère au visage de Coleman travaillait aux côtés de Brad...

Ouais. Josiah avait raison.

Durant les minutes perturbées et complexes qui suivirent, Josiah fut content de ne rien rater.

Même s'il y avait du stress, il savait que tout le monde dans la pièce était compétent, bien plus que lui ne l'aurait été pour accueillir un bébé humain. De plus, il y avait quelque chose de très spécial dans le fait de regarder le miracle de la vie sans en être le guide.

Cela prit plus longtemps qu'il ne s'y attendait, puisqu'il avait pensé que le bébé était plus ou moins prêt à sortir.

Mais Brad et Julia guidèrent Tamara dans des exercices de respiration et ralentirent suffisamment le processus pour s'assurer que l'accouchement était sans risques. Au lieu que la pièce soit remplie d'une sensation de panique, une étrange quiétude s'installa.

Bon sang, Lisa avait détaché les doigts de ceux de sa sœur assez longtemps pour lancer un mix musical sur son téléphone.

— Ha, fit Tamara en réussissant à sourire. Maintenant tu peux me lancer « je te l'avais bien dit » puisque tu as préparé ça à l'avance.

— La musique, ça aide toujours, déclara Julia.

La porte s'ouvrit brusquement, et Lisa sursauta.

— Caleb.

L'ami de Josiah avait les traits tendus. Son regard alla droit vers Tamara alors qu'il se pressait de retirer son équipement hivernal.

— Hé, chérie. Je pensais bien que tu ferais quelque chose pour chambouler les choses.

Tamara éclata en sanglots.

— Oh mon Dieu, tu es là.

— Hé. Respire profondément, lui rappela Brad. Retire tes bottes puis viens par ici, Caleb. Mets-toi derrière ta femme et fais office de dossier. Nous sommes prêts à commencer.

Lisa s'écarta pour que Caleb puisse suivre les instructions de Brad.

Un instant plus tard, Caleb avait les jambes de part et d'autre de Tamara, adossée contre son torse, la joue contre la sienne. Il s'accrochait comme s'il tenait son propre cœur dans ses bras.

— Je te tiens. Tu vas y arriver.

Lisa s'éloigna, entraînant Josiah vers la salle de séjour, et, même s'ils se trouvaient toujours au cœur de l'événement, cela leur offrait un sentiment d'intimité. Elle glissa les bras autour de sa taille et posa la tête sur son torse, et quand il passa ses bras autour d'elle, quelque chose de parfait remua en elle.

Ils n'eurent pas le temps de parler. Ils n'eurent pas le temps de faire quoi que ce soit à part observer, émerveillés, alors qu'une nouvelle vie venait au monde.

Quinze minutes plus tard, un tout nouveau petit garçon était enveloppé dans une couverture en coton doux, posé dans les bras de sa maman, qui le regardait avec émerveillement.

Caleb avait l'air stupéfait. Heureux, mais totalement scotché. Il déposa un baiser sur la joue de Tamara, les entourant tendrement de ses bras avant de se pencher pour embrasser son fils.

— Hé, Tyler. Merci d'être arrivé sans problème.

Tamara prit une profonde inspiration et la laissa ressortir lentement.

— Son prénom lui va parfaitement.

— Bien sûr que oui, la taquina Caleb. C'est toi qui l'as choisi.

Ils se sourirent et la pièce fut remplie d'une sorte de magie que Josiah n'avait jamais imaginé pouvoir partager.

Il attendit que l'instant soit interrompu par le nettoyage qui prenait place près des nouveaux parents avant de parler.

— Félicitations, avança Josiah doucement. Il est magnifique.

Deux visages se tournèrent vers lui... de la satisfaction et de la fatigue sur celui de Tamara, de la fierté et de l'inquiétude sur celui de Caleb.

— Merci. Merci d'avoir été nos renforts d'urgence, dit Caleb.

— Merci d'être revenu aussi vite, ajouta Lisa.

Son regard dériva de nouveau vers Julia.

Ce n'était pas l'endroit ni le moment de creuser pour connaître cette histoire, mais oh là, là, il se passait quelque chose.

Julia ne cessait pas non plus de lancer des coups d'œil aux deux autres femmes. Discrètement, entre deux moments à travailler énergiquement avec Brad, mais il était évident qu'elle avait vu la même chose.

Enfin satisfait que tout soit terminé, Brad se leva.

— Je sais que d'après le calendrier Tyler est arrivé en avance, mais je te jure que tes dates étaient fausses. D'après ce que je peux en dire, c'est un nouveau-né en bonne santé arrivé à terme. Je ne vois aucune raison pour que tu ailles à l'hôpital aujourd'hui. Pas à moins que tu ne le veuilles. Tu es d'accord, Julia ?

Elle hocha la tête.

— Prenez un rendez-vous pour voir votre médecin cette semaine. Vous devez y aller pour les premiers vaccins de Tyler, mais vous n'avez aucune raison d'aller vous traîner où que ce soit aujourd'hui sur des routes gelées, confirma-t-elle en lançant un coup d'œil à Lisa. Du moment que vous avez de l'aide pendant les prochains jours.

— C'est une excellente nouvelle, et oui, j'ai de l'aide. Ma sœur est là.

Tamara ferma brièvement les yeux avant de chuchoter quelque chose à Caleb.

Il hésita.

— Si tu es sûre...

— Caleb, dit-elle en ouvrant péniblement un œil pour le réprimander. Deux experts médicaux hautement formés viennent de te donner leur opinion professionnelle, et *cette* experte médicale te dit la même chose. Je me sens bien. Nous irons voir le médecin plus tard dans la semaine.

Caleb avait l'air inquiet.

— D'accord, je suppose.

Tamara l'embrassa sur la joue avant de se tourner vers Lisa.

— Tata Lisa, peux-tu prendre Tyler pendant que Caleb va m'aider à me laver ?

— Et comment ! répondit Lisa en s'approchant pour prendre le bébé.

Elle s'extasia devant lui, le prenant tendrement dans ses bras alors qu'elle le ramenait vers le canapé où Josiah s'était installé.

Lisa lui toucha le genou du pied.

— Pousse-toi.

Josiah se tortilla jusqu'à ce qu'il y ait bien assez de place entre lui et l'accoudoir, puis, bon sang, elle s'assit plus près de lui que nécessaire. Sa jambe toucha la sienne, son bras posé par-dessus le sien aussi tandis qu'elle repositionnait le bébé pour fixer son visage.

— Coucou, Tyler. Bienvenue dans la famille.

— Il est mignon, dit Josiah en caressant la joue du bébé avec un doigt.

Le visage de Tyler se plissa, et ses lèvres tremblèrent.

Lisa l'apaisa doucement avant de répondre.

— Il a le visage trop froissé pour dire s'il ressemble à un Coleman ou un Stone.

Incapables de s'en empêcher, lui et Lisa se tournèrent pour regarder Julia.

Elle les fixait également, mais à l'instant où elle croisa leurs regards, elle retourna brusquement à sa tâche.

Brad fit un geste vers les couvertures.

— Je les reconnais. Tu veux que je les rapporte à ta clinique, Josiah ?

— Dépose-les à l'arrière de la camionnette. Je me suis dit que j'épargnerais à Tamara de salir ses dessus-de-lit. J'en ai toujours un tas avec moi en cas d'urgence.

Brad et Julia rassemblèrent le lot et le reste de leur équipement, œuvrant avec efficacité.

C'était la plus étrange des journées. Surtout quand Brad et Julia s'en allèrent et que la maison familiale de Silver Stone redevint comme il s'en souvenait. Ou en tout cas, comme elle l'était depuis que Tamara était entrée en scène.

Réconfortante, confortable. Un foyer.

L'envie d'avoir toutes ces choses dans sa vie le frappa si fort qu'il pouvait à peine respirer. Peut-être qu'il avait la tête qui tournait parce qu'il avait été assisté à des événements très inhabituels, mais il y avait un bébé qui reposait pratiquement sur ses cuisses et il ne se sentait pas la moindre envie de s'enfuir.

Quelque chose d'énorme et d'important remonta en lui. La constatation d'un changement intérieur qui ne faisait que confirmer ses décisions précédentes au sujet d'un foyer et de trouver une relation éternelle.

Peut-être que c'était une des raisons pour lesquelles il n'était jamais resté avec qui que ce soit avant. Il n'était pas prêt et elles l'avaient su.

Ses petites amies précédentes – avec leur mystérieuse intuition féminine – l'avaient su.

C'était une pensée intrigante, mais il l'écarta pour y réfléchir plus tard parce que la sensation qui tourbillonnait autour de Lisa, du petit Tyler et de lui réclamait son attention complète. Il voulait l'apprécier et s'en délecter, dans cette impression étrangement gênante qui était de se sentir... *à l'aise.*

— Je suis à quelques secondes de flipper, confia-t-il. Parce que je ne flippe pas, si tu vois ce que je veux dire.

Un petit rire échappa à Lisa.

— Crois-moi, je suis dans le même bateau.

Ils restèrent assis dans le calme, Imagine Dragons jouant à l'arrière-plan, un nouveau-né allongé entre eux. Il ne voulait rien dire, de peur de troubler l'étrange magie qui s'était enchevêtrée autour d'eux.

Le silence régna, en tout cas jusqu'à ce que Lisa prenne la parole.

— Cette urgentiste, Julia. Je ne me suis pas imaginé des choses, si ?

Il savait exactement ce qu'elle se demandait.

— Qu'elle a l'air d'un sosie d'un membre de votre famille ? Non, nous l'avons tous vu.

— Il se passe quelque chose de bizarre. Je sais que Tamara va être curieuse, et je ne veux pas que quoi que ce soit l'inquiète, déclara-t-elle en levant de grands yeux marron vers lui. Tu vas m'aider à arranger une rencontre ?

— Bien sûr.

Caleb revint dans la pièce, tournant la tête vers eux. Il laissa échapper un profond soupir.

— *Mon Dieu.*

— Tamara va bien ?

— Elle va bien. Elle va mieux que bien, répondit-il, en plissant les lèvres. Elle m'a dit, et je cite : « Je peux laver mon propre cul, dégage d'ici. » Elle a suggéré que j'aille créer des liens avec notre bébé.

Lisa se releva brusquement, Josiah posa une main sur son postérieur pour l'aider à se mettre debout. Elle rit tout en lui lançant un regard noir, mais elle s'avança vers son beau-frère.

— Créer des liens avec Tyler est une merveilleuse idée. Assieds-toi.

Caleb lui lança un regard impassible.

— J'ai déjà fait ça.

— Non, répondit Lisa. Peu importe de combien de bébés tu t'es occupé, c'est ta première fois avec ce petit bout. Assieds-toi et détends-toi. Je vais m'occuper de tout le reste.

— Mais ta journée de repos...

Lisa leva brusquement un doigt et le pointa vers le fauteuil de Caleb.

Il s'y dirigea rapidement et prit place comme on le lui avait ordonné, lançant un coup d'œil amusé à Josiah.

— J'espère que tu auras plus de chance que moi pour qu'elle t'écoute.

— Aucune chance, répondit Josiah. Soyons honnêtes. Parfois c'est amusant de recevoir des ordres.

Caleb et Lisa ratèrent sa blague parce que Tyler était transféré entre des bras aimants.

Un instant plus tard, son ami était totalement inattentif, perdu dans la contemplation de son fils, dénouant les couvertures pour examiner ses doigts et ses orteils. Le bébé se tortillait et se plaignait, alors Caleb l'emmaillota de nouveau. De manière compétente, comme il l'avait dit.

À l'évidence, il était déjà sous le charme.

Josiah se glissa dans la cuisine. Lisa allumait la bouilloire et mettait une casserole sur le feu. Il s'avança, passa les bras autour d'elle et déposa un baiser sur le côté de son cou.

— À moins que tu n'aies besoin de moi pour quelque chose, je vais remettre notre rencard à une autre fois. Je vais réorganiser les choses et planifier le travail pour pouvoir prendre du repos dans quelques jours.

Elle se retourna entre ses bras, lui souriant.

— Ça me plairait. Désolée pour le rencard bousillé.

— Ça a été une bonne journée, répondit-il en déposant un rapide baiser sur ses lèvres, parce qu'il ne pouvait pas s'en empêcher. Je vais parler à Brad et obtenir les coordonnées de Julia. Je te ferai savoir ce que nous organisons.

Tamara appela depuis la chambre du fond.

— J'arrive, sœurette, lança Lisa avant d'étreindre rapidement Josiah puis de disparaître.

Il lança un dernier coup d'œil à Caleb, assis avec le bébé sur ses cuisses. Son meilleur ami s'extasiait et babillait.

Puis Josiah bloqua ce besoin douloureux dans son ventre, enfila sa veste et ses bottes, et sortit discrètement.

11

———

*L*es heures suivantes passèrent en un éclair.

Lisa aida Tamara à enfiler des vêtements propres puis l'accompagna dans la salle de séjour pour rejoindre Caleb. Elle les laissa tous les deux créer des liens avec leur nouveau-né, se déplaçant aussi silencieusement que possible à l'arrière-plan, passant des coups de fil et envoyant des textos. Tamara faisait des allers-retours entre la salle de séjour et la chambre, Caleb tournant autour d'elle comme une mère poule.

Caleb retrouva Sasha et Emma à l'arrêt de bus avant de les ramener pour faire la connaissance de leur petit frère. Elles furent très impressionnées, en tout cas jusqu'à ce que Tyler grimace et commence à pleurer.

Lisa posa le dîner sur la table puis se prépara pour recevoir un flot régulier de visiteurs. Les frères de Caleb passèrent l'un après l'autre, adressant au nouveau papa des félicitations et des tapes chaleureuses dans le dos.

Tamara fila au lit après avoir allaité Tyler, laissant Lisa répondre aux appels téléphoniques restants de la famille, y compris à celui venant de leur sœur.

Karen ne pouvait pas venir avant quelques jours et elle en était très agacée.

— J'étais en train me débrouiller pour ne rien avoir d'urgent à faire dans un mois. Évidemment, Tamara a fait tomber ça à plat.

L'amusement envahit Lisa.

— Même si l'accouchement silencieux a été une chouette surprise, je doute qu'elle aurait choisi le 1er avril comme date de naissance pour Tyler si elle avait eu le choix.

— Tu as probablement raison. En tout cas, je suis coincée ici à Grand Prairie, mais dès que je pourrais m'échapper, je viendrai.

— Viens quand tu pourras. Tamara aura peut-être rattrapé son sommeil si tu retardes un peu ton séjour.

Lisa garda le silence sur la technicienne d'urgence avec un visage similaire au leur. Si Karen ne pouvait pas arriver avant quelques jours, cela pourrait lui donner l'occasion d'au moins prendre contact avec cette femme.

— C'est un enfant mignon, continua-t-elle. À peine plissé.

Karen se mit à rire.

— Tu es tellement maternelle !

Lisa discuta avec elle encore un petit moment, puis raccrocha avant d'être tentée d'asticoter Karen pour avoir des détails concernant Finn Marlette.

Incroyable comme apparemment, du jour au lendemain, elle gardait toutes sortes de secrets.

Si bien que quand Josiah lui envoya un texto le lendemain matin pour lui demander si elle voulait retrouver Julia pour un café, Lisa était encore plus enthousiaste de réaliser ce projet.

Elle avait passé des années à jongler avec un million de balles en même temps. Elle cherchait la simplicité, mais elle devait résoudre le mystère du sosie, résoudre le mystère de Finn et Karen.

Et bon sang... quelque part là-dedans, découvrir ce qu'elle allait faire ensuite de sa vie, et quelle place y occupait Josiah.

Lisa aborda Caleb, qui était attablé pour le petit déjeuner. Tamara et Tyler dormaient encore tandis que Sasha et Emma filaient à travers la pièce pour rassembler des objets de dernière minute pour leurs sacs à dos.

— Je sais que je te demande ça à la dernière minute, mais ça te dérange si je sors pendant environ une heure ce matin ?

Caleb haussa les épaules.

— Bien sûr que non. Il se peut que je t'y envoie avec une liste de courses, si ça ne te dérange pas. Mais je prends un peu de repos, alors il n'y a pas de raison pour que tu sois là à chaque minute de la journée. En dehors du fait que Tamara adore ta compagnie.

— Des courses, pas de problème. Et je suis contente que tu puisses profiter de ton temps avec Tyler.

Elle se pressa d'aller au café Buns and Roses, où Josiah avait organisé la rencontre.

Il la retrouva devant la porte, l'attira à côté du bâtiment pour lui donner un doux baiser.

Elle glissa les doigts entre les siens.

— C'est vraiment bizarre, dit-elle.

— C'est plus bizarre que tu ne le crois. Tu m'as demandé d'organiser ça, mais Brad Ford m'a téléphoné environ trente secondes avant que je ne puisse l'appeler. Il m'a dit que sa stagiaire était complètement déroutée après vous avoir rencontrées et que tous deux étaient très curieux.

Lisa hocha la tête.

— C'est probablement une de ces étranges coïncidences. Le genre de choses où les gens ne cessent de dire « Je connais quelqu'un qui est ton portrait craché. Est-ce que tu as de la famille en Ontario ? »

Josiah lui lança un grand sourire.

— Quelqu'un a juré m'avoir vu sur le versant d'une montagne en Allemagne.

Elle ricana avant de se forcer à prendre une expression innocente.

— Il y a des bergers allemands dans ta famille ?

— Plutôt des sales cabots, à ce qu'on m'a dit, répondit-il en lui serrant les doigts. Viens. Je vais t'offrir un café.

Il était neuf heures et quart, alors la ruée matinale était passée. Le Buns and Roses n'était pas le lieu de prédilection des gens plus âgés. La plupart des fermiers qui prenaient une pause matinale allaient au Connie's, où ils pouvaient avoir d'infinies tasses de café ordinaire. Ou en tout cas, c'était ce que Kelli avait dit à Lisa. Elle avait entendu des grommellements là-dessus pendant les soirées entre filles auxquelles elle avait participé avec les propriétaires du Buns and Roses.

L'endroit n'était donc rempli qu'au quart, et seule une douzaine de personnes étaient installées à de petites tables. Malgré tout, à l'instant où ils entrèrent dans la salle, des regards interrogateurs commencèrent à aller et venir entre Julia et Lisa.

Josiah et elle se dirigèrent vers le comptoir pour commander leurs cafés, et l'air interrogateur de son amie Tansy se lisait clairement.

Elle fit un rapide geste du doigt entre les deux femmes, cachant le mouvement derrière son autre main.

— Un double *latte* de cinquante centilitres, et je n'en ai aucune idée, admit Lisa.

— Brad a commandé des croissants, alors à moins que tu n'aies plus faim, je vais aussi vous en préparer, à toi et Josiah, les informa Tansy.

— Tu ne t'attends pas vraiment à ce que je refuse de la nourriture, n'est-ce pas ? demanda Lisa.

— C'est toujours bien de vérifier. Josiah fait rarement un

raid sur le comptoir des douceurs, répondit-elle en se tournant vers lui. Un café noir ?

Il hocha la tête, glissant de l'argent sur le comptoir avant que Lisa ne puisse sortir son portefeuille.

Puis il fut impossible de procrastiner. Josiah la conduisit vers la table où Brad et Julia les attendaient.

Ce dernier se leva, indiquant à Lisa d'un geste la place vide à ses côtés, qui la plaça directement en face de l'autre femme, qui la regardait avec une grande curiosité.

Ils s'installèrent tous, puis, Dieu soit loué, Brad prit la direction de la conversation.

Il passa une main sur son crâne rasé, souriant tranquillement à Josiah.

— Tu as fait du bon boulot de remplaçant, hier.

— Hé, aider à mettre au monde des nouveau-nés est un avantage professionnel. Certaines fois sont plus difficiles que d'autres, mais c'était plutôt amusant de préparer un accouchement où je n'avais pas à m'inquiéter d'être projeté accidentellement de l'autre côté de la pièce.

— Était-ce votre premier accouchement humain ? demanda Julia. Parce que c'était agréable d'entrer et de voir que les gens ne flippaient pas.

— La première fois. Et je ne sais pas si le bébé compte vraiment puisque vous êtes arrivés pour la fin, dit-il en passant les doigts sous la table pour attraper la main de Lisa. J'ai perdu le compte du nombre d'autres animaux que j'ai aidé à mettre au monde.

— Je suis contente que vous ayez bien voulu venir, déclara Lisa en se tournant vers Brad. Je craignais que l'ambulance ne réussisse pas à passer l'embouteillage sur le pont.

— Bien réfléchi, parce qu'elle n'aurait pas pu. Mais pendant les six prochains mois, Julia va faire son apprentissage avec les services d'urgences de Heart Falls. Ce n'est pas aussi approfondi qu'avec une ambulance, mais ce sont assurément des premiers intervenants. C'est un programme d'essai et nous espérons qu'il améliorera la couverture des zones rurales à moindre coût.

Julia se mit à parler et c'était la chose la plus étrange, comme écouter une voix familière venant d'un visage familier, mais avec une pause d'une fraction de seconde aux mauvais endroits.

— Je dois faire un stage pour mon diplôme et je veux vivre dans l'Alberta rurale depuis un moment, dit-elle avant de lancer un coup d'œil à Brad et de rougir avant de se redresser et d'adopter un ton entièrement professionnel. Brad a été un de mes formateurs durant ma première année et il parlait toujours de Heart Falls comme d'un lieu magique.

Cela ressemblait à une bonne entrée en matière.

— D'où est-ce que vous venez ? Enfin, si ça ne vous gêne pas de me le dire.

Julia sourit.

— C'est un peu le sujet autour duquel tout le monde tourne, n'est-ce pas ? Essayer de comprendre pourquoi nous nous ressemblons autant ? À l'origine, je viens de Calgary, mais ma mère et moi avons déménagé à Vancouver quand j'avais cinq ans. Chaque fois que je m'agitais, elle disait en plaisantant que les cieux d'Alberta m'appelaient.

Le téléphone de Brad sonna. Il sourit en le sortant.

— Désolé, les gars, je dois répondre.

— Une urgence ? demanda Julia en se redressant comme si elle était prête à bondir dehors.

— Ma fiancée, répondit-il en se levant avec un bonheur évident et tangible. Je reviens.

Lorsqu'il quitta la table, Josiah se pencha vers Lisa.

— Je reste si tu veux, mais si ça ne te dérange pas de rester seule... ?

Elle lui serra les doigts.

— Ça ira. Mais merci. Pour tout.

Josiah glissa les doigts sous son menton et lui leva le visage pour l'embrasser. Une ardeur digne d'une marque d'affection en public, mais suffisamment douce pour faire remonter un frisson le long de son échine.

Il lui tapota le nez.

— Appelle-moi.

Elle le regarda s'éloigner avant de revenir à Julia.

— Nous avons été abandonnées.

La jeune femme l'examinait attentivement.

— Est-ce que ça vous va si nous discutons seules ? Parce que, je dois l'admettre, je suis follement curieuse, mais je ne veux pas que vous vous sentiez mal à l'aise ou sur la sellette. Si vous préférez attendre que...

— Vous parler seule ne me pose aucun problème, lui assura Lisa.

Même si c'était très prévenant de la part de Julia de s'inquiéter.

— Je viens de Rocky Mountain House, une assez petite communauté au nord-ouest de Calgary. Ma mère est décédée il y a plus de vingt ans, mais s'il y a des liens familiaux entre nous, je doute que ça vienne de son côté. Vous ressemblez terriblement à une Coleman.

L'expression de Julia devint triste.

— Ma mère est décédée il y a un an.

Lisa fut saisie de l'envie de tendre la main par-dessus la table pour lui serrer la sienne avec compassion.

— Je suis désolée.

Julia secoua la tête.

— Ça a été rapide... un cancer du sein. Elle l'a vaincu une fois, mais la deuxième, rien n'y a fait.

— Maudit cancer.

Julia acquiesça en hochant fermement la tête, ses yeux brillants de larmes qu'elle fit disparaître en les clignant.

— Elle me manque terriblement. Mais je suis désolée, je ne voulais pas faire dérailler notre conversation.

Et puis zut. Lisa se pencha en avant et attrapa la main de Julia, la serrant brièvement avant de la lâcher.

— Il n'y a jamais de mauvais moment pour parler des gens que nous avons perdus. Honnêtement, ça ne me dérange pas du tout.

Julia hocha de nouveau la tête.

— Merci. En attendant, je ne veux pas occuper toute votre journée, mais je suis curieuse. Vous vivez à Rocky Mountain House et vous avez mentionné que vous avez encore de la famille... Vous et votre sœur, vous vous ressemblez beaucoup.

— Il y a Tamara, moi et notre sœur aînée, Karen. Mais il y a aussi le reste de la famille, beaucoup de personnes présentent un visage très similaire à celui-ci, déclara Lisa en dessinant un cercle devant le sien.

Julia leva les yeux vers le plafond, réfléchissant intensément.

— Il n'y avait que ma mère et moi. Elle était enfant unique, et sa famille venait d'Ontario. Je ne l'ai jamais rencontrée.

— Et votre père ?

Cela lui attira une grimace.

— Je n'en avais pas. Enfin, à l'évidence il y a eu un donneur de sperme, mais il n'était pas présent dans ma vie.

Il devait y avoir du sang Coleman là-dedans, parce qu'il était impossible qu'elle regarde quelqu'un qui pourrait lui servir de miroir sans que la génétique n'y ait quelque chose à voir.

Julia prit une gorgée de son café et sourit.

— Mais je vous assure, même si je veux comprendre tout ça, je n'essaie pas de m'imposer là où je ne suis pas la bienvenue.

Ma mère me désirait. Je le sais, et elle a été très claire là-dessus. Être mère était important pour elle et elle m'aimait beaucoup.

Lisa agita une main au début de son commentaire.

— Chérie, si nous sommes d'une manière ou d'une autre liées par le sang, ce que je pense être obligé, il ne sera pas question de t'imposer. Tu pourrais bien plutôt vouloir t'enfuir pour ne pas être submergée par les masses du clan Coleman qui voudront t'assimiler.

Julia rétorqua instantanément.

— Toute résistance est inutile.

Un souffle moqueur échappa à Lisa.

— Oh mon Dieu, tu sais citer *Stark Trek Nouvelle Génération*. Tu es vraiment une Coleman.

Julia se pencha en avant sur ses coudes.

— O.K., nous n'avons pas besoin d'enquêter sur tout ça aujourd'hui, et je ne veux certainement pas provoquer du stress dans ta famille. Parce que je n'arrive pas à imaginer qu'avoir quelqu'un qui se pointe sur le seuil de votre porte sans y être invité puisse être autre chose que stressant.

Lisa était d'accord, et pourtant pas tout à fait.

— Nous avons un oncle qui a déménagé il y a des années. Enfin, bien avant que la plupart d'entre nous soient nés. Il n'est plus là depuis longtemps. Peut-être que c'est ton père, mais si c'est le cas, il n'y a pas grand-chose que je puisse te dire sur lui.

— Alors ne t'en inquiète pas. Parle-moi de toi et de chez toi, suggéra Julia. Je ne suis à Heart Falls que pour six mois, mais j'attends ça depuis des années. Peut-être plus longtemps, si je suis honnête. J'étais sérieuse tout à l'heure. Ma mère avait l'habitude de me dire que j'étais possédée par un « esprit des contreforts » qui désirait rentrer. J'ai la sensation d'être chez moi, même après seulement quelques jours.

— C'est un bel endroit, acquiesça Lisa. Mais je ne vis pas ici.

L'expression de Julia passa par toute une série d'émotions. La confusion, puis son visage s'éclaira, puis reprit aussitôt un air confus.

— Ta sœur vit ici, et tu es ici pour l'aider avec le bébé. Et Brad a dit que ton petit ami est un des vétérinaires du coin.

— Waouh, tu es plutôt douée, Sherlock Holmes, dit Lisa avec admiration. Je suis venue pour aider Tamara en décembre. Quand elle sera de nouveau sur pied, je ne sais pas encore ce que je ferai.

— Mais c'est ton petit ami ?

C'était étrange de dire ça.

— Oui, je suppose.

Julia se mit à rire, le son déferlant sur elles joyeusement.

— Désolée, mais c'est la plus réticente des approbations que je puisse imaginer pour un si beau mec.

— C'est compliqué, déclara Lisa d'une voix traînante.

— Ça l'est en général, répondit Julia en souriant. Tu veux marcher pendant que nous parlons ?

— C'est une bonne idée.

Lisa agita la main pour dire au revoir à Tansy, qui faisait toujours des gestes hautement interrogateurs. Puis Julia et elle sortirent, marchant dans l'air frais et parlant au hasard de ce qui leur venait à l'esprit.

Étrangement à l'aise, tout bien considéré.

De plus, Julia avait raison. Peu importe qui s'avérerait être son père, quelqu'un dans la famille Coleman était sur le point d'avoir une énorme surprise.

Se mettre à ses tâches de la journée demanda à Josiah toute sa concentration, puisqu'il aurait aimé rester aux côtés de Lisa au cas où elle aurait besoin de lui.

Même si « besoin » semblait un mot trop fort en ce qui concernait Lisa. Plus il apprenait à la connaître, plus il l'admirait. Elle était intelligente, compétente et attirante, et rien de ce qu'ils faisaient ensemble ne semblait se passer normalement.

Il devait l'accepter.

Dans les prochains jours, elle aurait besoin d'une distraction, alors pendant qu'il faisait sa tournée et s'occupait des animaux et des ranchers, il prépara un plan du mieux qu'il put.

Quand elle aurait du temps libre, il serait prêt.

En attendant, il avait beaucoup de choses à faire. Non seulement son travail habituel, mais il était allé un certain nombre de fois au refuge pour animaux récemment remis sur pied, travaillant avec Sonora.

Étrangement, elle avait réussi à faire parquer, soigner mais aussi toiletter les cinquante créatures poilues survivantes. L'amélioration rien qu'au niveau de l'odeur était stupéfiante.

Sonora était peut-être petite, mais elle était une force de la nature.

Elle posa les poings sur les hanches et le foudroya du regard. Josiah se raidit pour s'empêcher d'accéder immédiatement à sa requête.

— C'est le mieux que je puisse faire, dit-il aussi gentiment que possible mais d'un ton qui ne tolérait aucune protestation. Pas parce que je ne veux pas vous aider, mais c'est une des choses sur lesquelles nous avons reçu un cours spécial à l'école. Donner de notre temps à une bonne cause... ça dépend de nous. Mais faire don de matériel, c'est la manière la plus rapide de tuer un commerce. Et pas d'entreprise signifie qu'aucun des animaux de la région ne reçoit les soins qu'il mérite. Je ne peux pas baisser davantage le prix du matériel médical.

Elle roula des yeux.

— Je ne te demandais pas de déposer le bilan pour les animaux. Je comprends... j'ai travaillé la terre pendant de nombreuses années, et déshabiller Pierre pour habiller Paul finit toujours mal.

Josiah secoua la tête.

— Alors je ne comprends pas.

— J'ai besoin d'aide pour trouver comment pouvoir diriger cet endroit, et n'essaie même pas de répéter ça à Ashton, dit-elle en lançant un coup d'œil par-dessus l'épaule de Josiah comme si le concerné allait surgir de nulle part. J'ai de l'argent, mais la vérité est que si je veux que cela fonctionne correctement, même si *ces* animaux sont adoptés, je vais finir par en avoir encore plus sur les bras. À un certain moment, ma famille va protester. Même si je pioche dans mes économies, je veux faire ça de manière intelligente.

Cela était très logique. Josiah hocha la tête.

— Je n'ai pas de réponse immédiate pour vous, mais laissez-moi y réfléchir un peu, et nous verrons ce que nous pouvons trouver.

— J'apprécierais, dit Sonora en se baissant pour gratter Ollie derrière les oreilles. Elle semble aller bien.

— En dehors du fait qu'elle boude quand elle n'est pas près de Lisa, dit Josiah avec un sourire tolérant. J'ai posté ses informations sur tous les forums que je connais, mais je n'ai eu aucune nouvelle pour l'instant.

— Tu avais besoin d'un chien, dit Sonora simplement.

Il émit un petit rire, mais il n'y avait pas grand-chose à ajouter.

Ils rentrèrent chez eux. Josiah avait la tête remplie de projets bancals pour aider Sonora, mais aucun n'était brillant ou valable sur le long terme. Ollie bondit dans la cabine avec lui comme si la hauteur n'était rien, courant du tableau de bord au sol, puis au siège. Elle se tenait sur le siège passager, regardant dehors avec intérêt.

De retour chez lui, il vit que Finn était dans la salle de séjour, les pieds sur la table basse, les doigts pianotant rapidement sur un ordinateur portable.

— Comment se passe la guerre ? demanda-t-il sans détourner les yeux de l'écran.

— J'ai gagné une nouvelle bataille, répondit Josiah en s'installant dans son fauteuil et en relevant le repose-pieds. Si on considère que c'est une bataille que de convaincre une truie que tu ne vas pas lui retirer ses porcelets pour toujours.

Finn hocha la tête.

— Elle est protectrice.

— Je suis heureux que les truies n'aient pas de cornes comme les taureaux.

Finn sourit, puis referma son ordinateur.

— Qu'as-tu à l'esprit ?

— Suis-je si transparent ?

Finn haussa les épaules.

— Je suis là depuis un mois. Tu n'es pas si difficile à déchiffrer.

Josiah croisa les mains derrière sa tête.

— Zach a dit que tu étais le trésorier. Que tu avançais l'argent pour les idées des autres.

— Il ne ment pas, répondit Finn en examinant Josiah. Tu cherches à agrandir ta clinique ?

Josiah repoussa la suggestion d'une main.

— Pas moi. Je pense au nouveau refuge pour animaux que Sonora Fallen veut installer. Elle est dans un bon endroit, et elle peut probablement obtenir quelques subventions, mais ça ne va pas suffire. Pas pour se lancer.

— La plupart des start-up échouent durant la première année, acquiesça Finn. Qu'est-ce qui rend celle-ci différente ?

C'était une question franche.

— Je n'en suis pas sûr. Ça pourrait être un des mille endroits qui essaient de faire ce qui est juste. Récupérant les animaux qui ont été maltraités ou abandonnés, espérant leur donner une chance de profiter de la vie.

— Ah, ah, alors tu fais appel à l'amoureux des animaux au grand cœur en moi, dit Finn.

Josiah le regarda.

— Il y en a un ?

— Bon sang, oui. Être un rancher, j'ai ça dans le sang. J'adore la terre, et j'adore les créatures qui vivent à la campagne... celles à quatre pattes beaucoup plus que la plupart de celles à deux pattes pour être honnête, répondit-il en écartant son ordinateur pour se pencher en avant, les coudes sur les genoux. Encore une fois : qu'est-ce qui rend ce refuge différent ?

Josiah creuse un peu plus.

— Une implication de la communauté ? Des formations extrascolaires ?

Finn hocha la tête.

— Tu as saisi l'idée. Ces projets impliquent de pouvoir diriger le refuge d'une année sur l'autre pendant longtemps.

— S'il peut tenir assez longtemps pour pouvoir mettre l'un d'eux en place, signala Josiah.

Finn tapota ses lèvres du doigt.

— Je travaille moi-même sur deux ou trois projets qui pourraient bien se relier à ça. Tu sais quoi ? Laisse-moi poser quelques questions avant de m'engager à quoi que ce soit. Cela ne devrait prendre que quelques jours.

Une réponse pour bientôt, c'était mieux qu'aucune idée du tout.

— J'apprécie.

— Est-ce que tu as vu Lisa dernièrement ? demanda Finn.

Voilà un autre nœud à dénouer.

— Ce matin.

Le sourire de Finn apparut pendant une brève seconde avant de s'effacer.

— Vous avez été discrets.

Josiah ramassa le coussin le plus proche et le lança tranquillement au visage de Finn.

Celui-ci se mit à rire.

— Tu sais quand Karen va arriver en ville ?

— J'imagine qu'elle va bientôt venir pour voir le bébé, répondit-il en regardant Finn, sentant sa curiosité et son instinct protecteur batailler. Tu prévois de passer ?

— Non. Pas quand elle fera la connaissance de son neveu, répondit Finn en secouant la tête. J'ai été direct au sujet de mes projets de la poursuivre de mes assiduités, mais je ne vais pas arriver comme un bulldozer. Déjà, ça ne servirait à rien.

— Je ne pense pas que tu puisses cacher que tu es dans la région, dit Josiah. Ce n'est pas le genre de secret que Lisa garderait, même si tu le lui demandais.

— Je vais laisser le destin décider de ce qui sera dit. Je ne suis pas inquiet à ce sujet, déclara Finn en regardant par la fenêtre. Je dois mettre tout en place avant de passer à l'action. Comme ça m'a été signalé, Karen ne vit pas ici. Elle pourra m'éviter pendant aussi longtemps qu'elle le voudra jusqu'à ce que je sois prêt.

Josiah l'examina.

— Tu deviens trop louche, et je te promets que les preuves se seront volatilisées avant que quiconque ne remarque ta disparition.

— D'abord Caleb, et maintenant toi ? souffla Finn, avant de lever une main. Je jure solennellement que je ne toucherai pas à un seul de ses cheveux. Nous devons simplement éclaircir quelques vieux malentendus et nous remettre sur pied pour pouvoir prendre la bonne voie.

À peu près satisfait, Josiah lui adressa un dernier avertissement :

— Je vais quand même garder un œil sur toi.

Finn lui lança un autre bref sourire.

— Je ne m'attendais pas à autre chose.

12

---

*E*lle avait dû hâter son voyage parce que, deux jours plus tard seulement, Karen arriva à Heart Falls. Elle se glissa dans la maison de Silver Stone et passa les bras autour de Tamara, la serrant fort.

Une seconde plus tard, elle reculait et regardait autour d'elle.

— Bon, ça suffit. Où est mon neveu ?

Un rire traversa la pièce alors qu'elle fondait sur sa proie et volait Tyler directement des bras de Caleb.

— Bonjour à toi aussi, Karen.

Ce fut prononcé d'un ton pince-sans-rire, sans vraie critique. Caleb se releva et l'étreignit, l'embrassant sur la joue.

— Quoi ? Tu sais que tu es tombé loin dans la liste des politesses.

Mais elle passa un bras autour de son cou et le serra fort.

— Félicitations, mon beau-frère préféré. Tu as fait du bon boulot.

— Je suis ton seul beau-frère. Et Tamara a tout fait, répondit-il en faisant quelques pas à travers la pièce pour rejoindre sa femme et l'attirer dans ses bras. Je suis si heureux qu'ils soient tous les deux en sécurité !

— De plus, je ne vomis plus mes tripes, ajouta Tamara. Un bonus.

Caleb l'embrassa avant d'aller vers la porte.

Karen l'attrapa par la manche.

— Papa devrait arriver dans l'heure. Je l'ai convaincu de rester pour la nuit, mais il voulait venir avec sa camionnette. Il a dit un truc à propos de matériel à prendre à Calgary en rentrant.

— Je resterai à l'affût, alors, dit-il en examinant de nouveau Tamara, son regard dérivant sur elle. Si tu as besoin de quoi que ce soit, appelle.

— Je vais bien, insista Tamara. J'ai mes deux sœurs avec moi au cas où je voudrais leur donner des ordres, ce dont je n'aurai pas besoin parce que je me sens bien.

Caleb sourit, mais cela ne se refléta pas dans ses yeux.

— Appelle-moi.

Il sortit.

Tamara gronda pratiquement derrière lui après que la porte se fut refermée.

— Cet homme est un *âne* frustrant, têtu et attentionné.

Karen porta Tyler dans la salle de séjour et s'installa sur le canapé, caressant sa joue d'un doigt alors qu'elle l'examinait.

— C'est bien de voir que tout va bien à Tamaraland. Tu as fait un joli bébé. Beau travail, sœurette.

Lisa s'installa à côté de Karen, résistant à l'envie de lui voler son neveu. Elle avait déjà eu deux jours pour le câliner, mais c'était loin de suffire.

— Il est joli. Mais ne te laisse pas trop embobiner. Même s'il se fait passer pour un bébé calme et adorable, il a des poumons qui rendraient fière une alarme incendie.

Tamara prit place à côté de ses sœurs, plaça les jambes sous elle et s'appuya contre les coussins.

— Après neuf mois, on pourrait croire que je serais fatiguée d'être assise dans ce coin, mais c'est devenu plutôt confortable, dit-elle avant de soupirer. Je suis contente que tu sois venue.

— Bien sûr, grosse bêtasse. Où serais-je sinon ? fit Karen qui démaillota suffisamment Tyler pour lui attraper la main, glissant le petit doigt dans son petit poing. Qu'est-ce qui arrive à Caleb ?

— Tu veux parler de son hyperparanoïa ?

Lisa souffla moqueusement.

— C'est une analyse officielle ?

— Ça n'a pas besoin de l'être. Mon Dieu, je l'aime, et je veux simultanément le pendre dans un coin et lui demander de se calmer, bon Dieu, dit Tamara en soufflant moqueusement. Tu devrais voir tes expressions. Ce n'est pas comme si tu ne m'avais jamais entendu jurer.

— Pourquoi est-il paranoïaque ? demanda Karen.

— Parce que sa première épouse a souffert de dépression post-partum, deux fois, alors il ne cesse de se demander quand Tamara va basculer dans la morosité, répondit Lisa en levant les yeux pour les découvrir toutes les deux en train de la regarder fixement. Quoi ? Ce n'était pas un immense secret. Tu m'as parlé de tes soupçons à un moment, et ce doit être horrible à gérer. Le fait qu'elle n'était pas une personne sympa ne signifie pas que je ne peux pas compatir. Cette femme avait un vrai problème chimique et émotionnel provoqué par une expérience hautement traumatisante.

— L'expérience traumatisante étant l'accouchement, dit Tamara d'un ton pince-sans-rire à Karen. Merci, docteur Lisa, pour ce merveilleux diagnostic débutant. Mais tu as raison. Caleb marche sur des œufs comme si un faux pas pouvait tout faire exploser. Ce serait mignon si ce n'était pas si agaçant.

— Il est juste inquiet pour toi, dit Karen.

— Bien sûr, mais je ne me suis pas sentie aussi bien depuis longtemps. Je vais développer une maladie psychosomatique à le regarder m'observer comme s'il attendait que quelque chose se passe mal.

Tyler commença à s'agiter, remuant d'abord le nez et la bouche et, en moins de trente secondes, il se mit à crier.

— Passe le flambeau, ordonna Lisa. C'est un cri d'affamé.

— Bon sang, tu as déjà tout compris, dit Karen en soulevant Tyler, le passant à Tamara, qui se tortilla jusqu'à ce qu'elle réussisse à le faire téter.

Elles se turent pendant une minute alors que Tyler buvait bruyamment.

Lisa repoussa le picotement dans ses tripes, trop évident pour l'ignorer. Il semblait qu'elle devait ajouter quelques lignes à son journal. Des choses qu'elle aimerait vivre *un jour*.

Peut-être que sa liste de souhaits n'impliquait pas des aventures loin de chez elle ou du schéma classique, mais elle tournait assurément autour de construire quelque chose à l'avenir.

Toutes trois discutèrent discrètement pendant un moment de tout et de rien. À l'aise, comme elles l'avaient toujours été.

Ce fut Tamara qui aborda le sujet.

— Nous n'avons pas eu l'opportunité de te le dire avant, Karen. L'urgentiste qui est venue m'aider pour l'accouchement de Tyler ressemble tellement à une Coleman que c'en est effrayant.

— Je l'ai rencontrée pour un café, annonça Lisa. Je l'ai déjà dit à Tamara, elle est sympa. Ce n'est certainement pas une détraquée effrayante. Sa mère vivait à Calgary quand elle est née. Nous nous demandions elle ne serait pas la fille d'oncle Mark.

C'était logique.

Six frères avaient vécu à l'origine sur les terres des Coleman. L'un était décédé, quatre avaient établi des foyers dans la communauté et le sixième avait quitté la ville. Pour autant que Lisa le sache, il vivait quelque part dans le sud de l'Alberta. Il avait été mentionné quelques fois pendant les deux dernières années, mais oncle Mark n'était jamais passé à Rocky Mountain House pour rencontrer la nouvelle génération.

Karen avait l'air confuse.

— Il y a quelqu'un ici qui ressemble à une Coleman, mais vous n'êtes pas sûres qu'elle soit de notre famille ? Comment a-t-elle fini à Heart Falls ? C'est une sacrée coïncidence.

— Oui et non, admit Lisa. Elle fait son stage de technicienne d'urgence, qui comme pour les professeurs et les infirmières a tendance à se passer dans les zones rurales. Un de ses formateurs vit dans le coin et je suppose qu'elle a posé sa candidature pour venir ici spécifiquement afin qu'il soit son mentor.

— Bizarre, fit Karen en se levant pour faire brièvement les cent pas. Eh bien, si nous avons une sorte de cousine perdue depuis longtemps qui se pointe, nous gérerons ça. En attendant, papa sera là dans deux heures. En fait, il a été plutôt correct ces derniers jours. Même s'il a failli me rembarrer quand tu as accouché en avance, pour je ne sais quelle raison.

— Ouais, parce que j'imagine tout à fait que *ça* puisse être ta faute, dit Tamara avant d'inspirer profondément, puis de soupirer. Désolée que tu aies dû le supporter.

— Ouais, peu importe. Ça n'a rien d'extraordinaire. Je suis simplement contente que Tyler et toi vous alliez bien, répondit Karen en se réinstallant sur le canapé alors que Tamara écartait Tyler, qui s'était endormi en plein milieu de son repas. Il est vraiment minuscule. Ils ne pensent pas qu'il est prématuré ?

— Le médecin pense qu'il y a eu confusion quand nous avons calculé la date d'accouchement. Il est possible qu'il ait été en avance de deux semaines, donc parfaitement dans la fourchette normale, répondit Tamara en tapotant le dos de Tyler doucement pour lui faire faire son rot. Je n'ai plus l'impression d'être dans un brouillard chimique.

— Je l'avais bien dit, annonça Lisa. J'avais dit que tu allais avoir un garçon parce que c'est toujours la testostérone qui est à blâmer.

Tamara se mit à rire.

— Enfin, j'ai entendu tout aussi souvent parler de personnes qui avaient la nausée quand elles avaient des filles. Mais je vais te dire, je suis en train de vraiment réfléchir pour savoir si je veux retraverser ça un jour. Le seul avantage a été que l'accouchement n'était pas trop nul. Si seulement nous pouvions choisir quel genre de grossesse nous allons avoir...

— Neuf mois de nausée contre vingt-quatre heures ou plus de douleur, déclara Karen en faisant la grimace. Une décision difficile.

— Tais-toi.

— Je suis sérieuse, insista Karen.

L'après-midi passa rapidement. Les petites filles rentrèrent de l'école et rejoignirent la bande. Lisa savoura chaque minute du temps qu'elle passait avec ses sœurs, marquant une pause dans la préparation du dîner quand on gratta à la porte de derrière.

Emma fila à travers la pièce et regarda par la fenêtre.

— C'est Ollie.

Quoi ? Lisa se sécha les mains sur un torchon et se dirigea vers la porte.

— Que fait-elle ici ?

— Peut-être que Josiah est dans le ranch, suggéra Tamara. Je croyais que tu avais dit qu'il s'occupait d'elle.

— Je ne pensais pas qu'il l'emmènerait s'il travaillait, dit Lisa.

Elle lança un coup d'œil dehors pour vérifier la présence de la camionnette de Josiah. Ne voyant rien, elle lui envoya un message.

Lisa : « Où es-tu ? »

Josiah : « Chez Steven. Quoi de neuf ? »

Lisa : « Ollie vient d'arriver. Elle est à la maison avec moi, mais je ne voulais pas que tu t'inquiètes pour elle. »

Josiah : « Bon sang. Comment a-t-elle donc fait ça ? »

Josiah : « Peu importe. J'ai presque terminé. Je vais passer la prendre. »

Lisa : « Tu veux rester pour le dîner ? »

Josiah : « Bien sûr. Ou je peux t'emmener au resto. »

Ce fut à ce moment-là que Lisa se rendit compte qu'elle venait de parachuter Josiah au milieu d'une *rencontre avec le parent*. Voulait-elle faire ça ? Il lui était difficilement possible de retirer son invitation à ce moment-là, mais il n'y avait pas moyen qu'elle ne soit pas là quand son père arriverait.

Il semblait qu'elle allait braver les chutes du Niagara dans une coquille de noix, et elle ne pouvait pas changer de direction.

Elle allait le laisser décider.

Lisa : « Impossible. Papa arrive pour rencontrer Tyler, et si je ne suis pas là je serai sur la liste des vilaines filles. »

Elle s'attendait à ce que Josiah prenne un instant pour répondre, mais quelques secondes plus tard, il écrivait déjà.

Josiah : « Ça ne me surprend pas. Je m'attends tout à fait à ce que tu sois en haut de n'importe quelle liste de vilaine fille. J'aimerais beaucoup rester. Je vais passer au Buns and Roses après ma douche et je prendrai quelque chose pour le dessert. »

Elle se pencha et gratta fermement Ollie sur le dos.

— Je ne sais pas comment tu m'as trouvée, mais je suis contente que tu ne te sois pas perdue quelque part dans la neige. Stupide créature.

Lisa remplit un bol d'eau, attrapa de la nourriture, puis mit Ollie dans la buanderie. Elle laissa la porte entrouverte pour qu'Ollie puisse les voir sans être dans leurs jambes. Caleb était dans le camp « les chiens n'ont pas leur place dans la maison » et Lisa ne voulait pas insister. Pas quand son père serait bientôt là et partageait très fermement cette opinion.

Puis elle courut après les petites filles et leur fit sortir leurs devoirs. La même routine que pendant les mois passés. Mais alors qu'Ollie la regardait attentivement avec ses grands yeux marron, de là où elle s'était installée dans le couchage que Lisa lui avait préparé, cela lui semblait différent.

Non seulement il y avait une nouvelle petite vie dans la maison, mais Lisa se tenait à un embranchement sur la route. Elle ne prévoyait pas de fuir et de quitter Tamara dans la minute, mais le changement était proche. Très proche. Elle allait devoir prendre une décision sur quoi faire ensuite.

Mais elle était loin d'être prête.

Les repas au ranch de Silver Stone n'étaient jamais embarrassants. Ils étaient bruyants, ils étaient assourdissants. Il y avait habituellement suffisamment de nourriture tentatrice pour donner envie à Josiah de faire des excès jusqu'à ce qu'il doive ajuster sa ceinture... ce qu'il essayait vraiment de ne pas faire.

Les deux choses qu'il n'était pas habitué à croiser quand il se joignait à la famille Stone pour le dîner, c'étaient les bébés et les parents, et ce soir-là il avait les deux.

À quatre jours seulement, Tyler Stone produisait un puissant impact sur la douzaine de membres de la famille qui s'étaient rassemblés. Pour quelqu'un qui n'était pas beaucoup plus grand qu'une boîte de Kleenex, ce petit faisait bondir tout le monde quand il ne faisait ne serait-ce que couiner.

En d'autres termes, c'était un bébé typique... le monde tournait autour de lui, et cela ne posait aucun problème à Josiah.

La partie « parent » de l'équation, alias le père de Lisa, prenait mentalement beaucoup plus de place et, contrairement à Tyler, personne ne semblait vraiment savoir comment traiter cet homme.

Il était déjà chez les Stone quand Josiah arriva, et Lisa s'était empressée de les présenter.

George Coleman s'était avancé, la main tendue pour le saluer.

— Ravi de vous rencontrer.

— Moi de même. Félicitations d'être devenu grand-père. Encore une fois, ajouta Josiah rapidement, au vu des filles que Tamara avait adoptées.

George bredouilla pendant une seconde, comme s'il n'y croyait pas complètement. Un petit sourire traversa son visage.

— J'apprécie.

— Papy George a déjà été raccourci en Gygy, l'informa Lisa. J'ai gagné vingt dollars en l'annonçant, au fait.

— Bien sûr.

Elle lui adressa un grand sourire en le soulageant du sac qu'il avait dans la main gauche.

— Salut.

— Salut, répondit-il en lançant un coup d'œil à George, puis aux sœurs de Lisa et à son beau-frère qui circulaient dans la pièce, pas complètement certain d'être assez courageux pour l'embrasser devant tout le monde.

Les lèvres de Lisa tressaillirent.

— Va sauver Ollie. Elle se plaint depuis que nous avons fermé la porte.

Il suivit son doigt qui pointait la buanderie.

— Est-ce qu'elle a fait des siennes ?

Lisa secoua la tête.

— Je t'expliquerai plus tard.

Il dit bonjour à Ollie et lui donna une friandise qu'il sortit de sa poche avant de l'avertir d'être gentille et de refermer la porte.

Josiah se lava les mains, puis rejoignit la famille, et après que tous se furent installés à table, il attendit que son ami suive la tradition et serve le repas.

Les petites filles discutaient, les adultes racontaient leurs histoires. Tyler passait de main en main comme un ballon dans un match de rugby pour donner à tout le monde une occasion de manger.

Josiah se retrouva fréquemment fixé par George Coleman. Il n'arrivait pas à se rappeler exactement ce que Lisa avait dit quand elle l'avait présenté, et maintenant que l'instant était passé, il lui semblait gênant de revenir en arrière et d'annoncer officiellement qu'ils sortaient ensemble.

Gênant. Très gênant.

— Julia veut savoir si elle peut passer demain. Elle a son après-midi, déclara Lisa en lançant un coup d'œil à Karen, qui tenait Tyler appuyé contre sa poitrine et mangeait d'une main comme une pro. Tu prévois de rester pendant quelques jours ?

— Oui, répondit Karen en se tournant vers leur père. Du moment que ça te convient.

George agita une main.

— Bien sûr que oui. Je m'occuperai de tout. Les garçons Moonshine m'ont proposé de venir et de m'aider à arranger la grange sur poteaux qui doit être consolidée.

Le visage de Karen se tendit, mais elle hocha fermement la tête.

— Bien. Alors je serai clairement là jusqu'au sept. J'ai hâte de voir cette Julia. Je pense que les probabilités que quelqu'un comme elle soit ici à Heart Falls sont de l'ordre de gagner à la loterie.

Leur père fronça sévèrement les sourcils.

— Qui est cette personne ? Tamara, tu ne laisses pas entrer une parfaite étrangère chez toi, n'est-ce pas ?

— Si, papa. J'ai publié des annonces, demandant à quiconque voulant venir nous envahir...

— Julia fait partie de l'équipe d'urgence qui a aidé à mettre au monde Tyler, l'interrompit Lisa.

C'était bien joué pour essayer d'apaiser la tension qui existait clairement entre George et ses filles.

Non pas que Josiah en veuille à Tamara d'avoir été désobligeante.

George se hérissait et regardait Caleb comme s'il portait un jugement.

— Eh bien, je suppose que c'est bon.

Le père de Lisa était un peu borné, mais en même temps, ça servirait toujours de faire ce qu'il pouvait pour aider à apaiser la situation.

— Elle ressemble beaucoup à votre famille. C'est pour ça que les filles trouvent ça tellement intéressant.

— Nous nous demandons si oncle Mark a des enfants dont il ne nous aurait jamais parlé, dit Karen.

George secoua la tête.

— Il est parti depuis longtemps, mais nous avons repris contact récemment. Pour autant que je sache, il est resté célibataire toute sa vie.

— La mère de Julia a habité à Calgary pendant un moment. Il est possible qu'elle soit sortie avec lui à un certain moment. Ou peut-être l'autre oncle avant qu'il ne décède... John ?

Il secoua de nouveau la tête.

— John n'est jamais sorti de Rocky Mountain House. Certainement pas sans Mark.

— Il faudra creuser, mais nous trouverons la réponse, si Julia est intéressée, dit Tamara. J'ai dû faire des tests ADN pendant que j'étais à l'université. Si elle veut, nous pourrons lever la confidentialité dessus pour voir si nous sommes réellement parentes avant de nous soucier de quoi que ce soit d'autre.

Lisa hocha la tête, puis grimaça.

— C'est dommage que nous ne puissions pas demander à sa mère, mais Sharon Blushing est décédée il y a un an.

La fourchette de George lui échappa et tomba bruyamment sur la table. Les pommes de terre et la sauce qu'il avait été sur le point de porter à sa bouche se répandirent à moitié à côté de son assiette.

Il attrapa une serviette et se tamponna la bouche, mais son visage était devenu blême.

— Papa ? demanda Tamara en se levant et reculant de la table. Tu vas bien ?

George secoua la tête en attrapant son verre d'eau.

— Je vais bien. Je vais bien.

Mais il n'allait pas bien. Josiah posa une main sur la jambe de Lisa pour qu'elle ne bouge pas avant de se tourner pour attirer le regard de George.

Il était devenu blanc comme un linge, comme s'il était en état de choc. Quelque chose durant les derniers instants l'avait suffisamment troublé pour lui faire perdre son sang-froid.

— Respirez profondément, ordonna Josiah. Bloquez pendant une seconde, puis expirez aussi lentement que possible.

Tamara était là, tirant la chaise de son père.

— Il a raison. Concentre-toi sur ta respiration. Est-ce que tu sens une douleur ? C'est ton cœur ?

— Non. Arrête.

George avait posé la main contre son torse, mais il lança un rapide coup d'œil de l'autre côté de la table vers Sasha et Emma, qui le regardaient toutes les deux les yeux écarquillés d'horreur.

— Gygy va bien, leur dit-il. J'ai juste avalé de travers. Retournez à votre dîner. Vous tous.

Leur père l'avait dit énergiquement. Il se détourna de sa fille et se rapprocha de la table. S'il était en train de faire une crise cardiaque, il le cachait bien.

Quand il ramassa délibérément sa fourchette et l'enfonça dans son pain de viande, tout le monde recommença à bouger.

— Lisa. Mon frère a trouvé une autre guitare pour toi. Tu disais que tu voulais t'entraîner.

Caleb gardait volontairement le regard détourné de son beau-père, mais il ne trompait aucun des adultes. Ils faisaient tous de leur mieux pour arriver à la fin du repas et pouvoir éloigner les petites filles.

À ce moment-là, George Coleman devrait soit cracher le morceau, soit mentir comme un arracheur de dents. Parce qu'il était tout à fait clair *à quel moment* il avait réagi.

Le combat ou la fuite ? De ce que Lisa avait confié plus tôt sur son père, et d'après la tension dans la pièce avant que tout n'explose... Josiah ne savait pas quelle direction cela allait prendre.

Il resta aux côtés de Lisa, lui attrapa les doigts et s'y accrocha, s'offrant comme point d'ancrage.

Il n'avait pas su que sortir avec elle impliquerait autant de péripéties. Qu'il en soit ainsi... Il était le roi des familles dramatiques, en définitive. Rien de tout ça ne lui ferait peur. Et si, d'une manière ou d'une autre, il pouvait rendre la nuit un peu moins traumatisante pour elle, il était pour.

Ils terminèrent enfin le repas, et avec un timing impeccable, Kelli James apparut à la porte.

— Toc, toc. J'ai besoin de deux petites filles dans l'écurie, immédiatement.

Sasha et Emma regardèrent les adultes avec suspicion, mais Kelli était une énorme tentation.

— Pourquoi ? demanda Sasha.

Kelli lui lança un grand sourire.

— Je vais vous donner un indice. Qu'est-ce qui a vingt pattes et qui ronronne ?

— Des chatons ! s'écrièrent les filles en filant vers leurs manteaux et leurs bottes.

— C'est pratique, chuchota Josiah à Lisa.

Elle poussa son téléphone vers lui et le laissa lire ses messages.

Lisa : « Urgence familiale. Pas de problème avec Tamara ou le bébé, mais nous avons besoin que tu kidnappes les filles dans quinze minutes. »

Kelli : « Je m'en occupe. »

Pendant qu'ils attendaient que les filles quittent la pièce, Lisa se leva et alluma la bouilloire pour le café, mais en dehors de ça, personne ne fit semblant de débarrasser la vaisselle et d'aller dans la salle de séjour.

Tamara fixait son père.

— Maintenant que les filles sont parties, qu'est-ce qui ne va pas ?

George ouvrit la bouche, puis la referma sèchement.

— Je n'apprécie pas d'être interrogé par mes filles devant mon beau-fils et un parfait inconnu.

— Je n'irai nulle part, répondit Caleb en se carrant sur sa chaise avant de proposer une belle imitation d'un rocher. Il semble que vous ayez quelque chose d'important à éclaircir et, si ça doit affecter Tamara, je ne la laisserai pas seule. Ni maintenant. Ni jamais.

George lança un bref coup d'œil à Josiah.

— Vous pouvez faire comme si je n'étais pas là, Lisa me racontera tout de toute façon, ajouta Josiah platement.

S'inspirant de Caleb, il se renfonça sur son siège et croisa les bras sur son torse. Il n'allait pas annoncer qu'il n'allait *pas la laisser seule*, même s'il était extrêmement tenté.

Karen parla doucement :

— Papa. Qu'est-ce qui ne va pas ? Est-ce que tu connais Julia ?

— Non.

Un déni instantané. Sincère, fort et un peu... blessé ?

George s'éloigna de la table et alla vers la cuisine, avant de revenir brutalement et de faire les cent pas dans la salle de séjour comme si ses pensées emmêlées l'empêchaient de rester immobile.

— Connais-tu le nom de Sharon Blushing ?

Lisa n'exigeait pas, ne rugissait pas. Elle serrait les doigts de Josiah comme si elle était sur le point d'exploser.

George se tourna vers eux, la détresse peinte sur le visage. Il hocha la tête d'un mouvement vif et direct, comme si c'était tout ce qu'il pouvait faire.

Puis il prit une profonde inspiration, tout comme Josiah le lui avait dit. Il la laissa lentement sortir, son regard croisant celui de chacune de ses filles. Il marqua une pause sur son beau-fils et une autre sur Josiah. Clairement confus sur la raison de *sa* présence.

George redressa les épaules.

— Je ne connais pas Julia. Je n'ai jamais entendu parler d'elle, mais il y a longtemps j'ai eu une brève... s'interrompit-il pour déglutir. Ah, bon sang. J'ai été avec cette femme pendant environ une semaine. Elle s'appelait Sharon Blushing, et quand je lui ai dit au revoir, je n'ai plus jamais eu de ses nouvelles. Je vous le jure.

On aurait pu entendre une mouche voler dans la pièce alors que les trois femmes comprenaient exactement ce que l'aveu de leur père signifiait.

Caleb se leva de sa chaise et rejoignit son beau-père au milieu de la pièce. Il lui posa une main sur l'épaule, et Josiah ne savait pas exactement ce qui allait se passer.

Puis, comme le rocher qu'il était, Caleb mit fin à la tension et prit les choses en main.

— Vous avez subi un choc. Nous ne savons pas exactement ce qui se passe, mais vous méritez un peu de temps pour digérer ça avant que qui que ce soit vous pose d'autres questions.

Caleb ramena son regard vers la table, un avertissement dans les yeux. Mais Tamara hocha la tête en réponse, tenant tendrement Tyler contre elle.

Caleb poussa son beau-père vers la porte.

— Venez. Je vais vous accompagner à votre chambre.

Aucune des femmes ne protesta lorsqu'ils enfilèrent leurs vestes et leurs bottes avant de quitter la maison.

C'était la plus étrange des situations. En dehors de la réalité, et pourtant elle se produisait vraiment et était réelle, et cela changerait leur vie d'une manière que personne ne pouvait encore comprendre. Une petite partie de Josiah souhaita à cet instant être lui aussi dans l'écurie, à poursuivre innocemment des chatons.

Mais la plus grande partie de lui était vraiment contente d'être là lorsque Lisa lui serra les doigts et s'accrocha comme si elle n'allait jamais le lâcher.

13

———

— Est-ce que ça veut dire... ? commença Karen avant de secouer la tête. Bien sûr, ça veut dire que Julia est probablement notre sœur. Ce n'est pas ce que je demande.

— Quel âge a Julia ? demanda Tamara.

— *Voilà* ma vraie question, dit Karen.

— Vingt-cinq ans, répondit Lisa en comptant avec les doigts sur le plan de travail.

Quand elle leva les yeux, ils se sentaient soulagés.

— Suffisamment jeune pour que Julia ait été conçue quand notre mère était déjà décédée.

Toutes trois se détendirent comme des ballons qui se dégonflaient.

À côté de Lisa, Josiah remua jusqu'à ce que sa main puisse glisser autour de sa taille.

— Est-ce que vous allez bien ? Enfin, aussi bien que possible ? Et si vous voulez que je m'en aille, dites-le-moi.

Karen agita la main dédaigneusement devant cette suggestion.

— Oublie ça. Ce n'est pas comme si tu recevais des informations qui ne se répandront pas dans la rue dans peu de temps. Sérieusement, papa a eu une *aventure* ?

— Pas que mon cerveau veuille s'approcher de ça du tout, mais c'est un homme. Maman devait être morte depuis au moins un an, déclara Lisa en lançant un coup d'œil à Josiah. Maman s'est retrouvée sous un tracteur. J'avais environ un an, alors je ne me souviens pas vraiment d'elle.

— Aucune de nous ne se souvient très bien d'elle, dit Tamara. Enfin, les souvenirs que nous pensons avoir sortent peut-être de notre imagination ou des histoires que les autres nous ont racontées.

Le silence retomba, toutes fixant la table, perdues dans leurs pensées.

Josiah bondit sur ses pieds.

— Vous avez reçu un choc, vous devez donc faire ce qui vient ensuite. Je vais débarrasser la table, mais quelqu'un va devoir probablement m'aider ou vos restes vont finir dans des endroits bizarres.

Lisa était près de lui, lui donnant un léger coup de poing sur l'épaule alors qu'elle le menait vers la cuisine.

— Tu as raison. Ce n'est pas une situation de vie ou de mort. Julia semble être une personne assez gentille.

— Une assez gentille personne qui est sur le point d'halluciner, dit Tamara.

Elle se déplaça vers le canapé et Tyler choisit cet instant pour s'agiter.

— Tu dois l'avertir, dit-elle à Lisa.

— Je suis d'accord, acquiesça Karen en se joignant à eux, s'affairant avec aisance pendant qu'ils laissaient Tamara s'occuper du bébé.

Ils nettoyèrent la pagaille dans la cuisine et la salle à manger.

— Je sais que c'est rapide et que nous devrions demander à papa ce qu'il en pense, continua-t-elle, mais s'il peut le gérer, ça pourrait être bien de nous retrouver tous ensemble dans une pièce.

Josiah resta silencieux pendant que les filles continuaient à discuter. Il gardait un œil sur chacune d'elles, vérifiant leurs expressions, mais observant surtout Lisa.

En dehors de son air parfois complètement perplexe, elle semblait s'être remise. Comme les filles l'avaient dit, ce n'était pas un drame. Peut-être même rien d'aussi choquant pour elles que pour Julia. Elle avait admis qu'elle n'avait pas une grande famille. Être propulsée dans une nouvelle famille serait peut-être plus qu'elle ne le souhaitait.

Lisa était plus silencieuse que d'habitude.

Ollie était revenue en douce dans la pièce et ricochait entre Lisa et lui, les regardant de travers comme pour se plaindre de la porte fermée qu'elle avait dû endurer pendant les deux dernières heures.

Quand Caleb revint dans la pièce, Josiah se prépara à prendre la fuite.

Cela ne fonctionna pas. Lisa lui mit la main dessus et s'accrocha étroitement pendant qu'ils attendaient tous.

— Ton père est plutôt secoué, mais il va bien, assura Caleb à Tamara. Je l'ai mis dans une des chambres vides du dortoir. Nous dirons aux filles qu'elles pourront aller le voir pour qu'il leur raconte une histoire avant d'aller dormir, mais comme ça Gygy aura un peu de calme au lieu de devoir écouter un bébé pleurer la nuit.

C'était sensé. Lisa se détendit, s'appuyant contre Josiah comme si elle utilisait sa force pour rester debout. Il passa un bras autour de ses épaules.

Caleb le remarqua, mais quand son regard croisa celui de Josiah, il inclina simplement très légèrement le menton, approuvant avant d'aller voir comment allaient Karen, puis son épouse.

Son regard s'attarda sur Tamara. Une demi-douzaine de fois, il s'apprêta à dire quelque chose, mais chaque fois il retint les mots. Son visage devint inexpressif alors même qu'il s'asseyait sur la table basse devant elle et la regardait finir d'allaiter Tyler.

Apparemment, Tamara savait exactement ce qui se passait. Elle soupira lourdement.

— Je vais t'envoyer cul par-dessus tête si tu ne cesses pas d'attendre que je m'écroule. *S'il te plaît*, Caleb.

— C'est juste que ça a été un choc, commença-t-il.

— En effet, mais il n'est pas nécessairement mauvais. J'ai besoin d'une douche, et quelqu'un a besoin qu'on lui change sa couche, dit-elle en lançant un coup d'œil à Karen et à Lisa. Je déclare un temps mort. On ne discute plus et on ne pense plus à ça ce soir. Ça vous convient ?

Karen hocha la tête alors qu'elle s'approchait pour prendre Tyler dans la partie toujours en cours de « refile le bébé ».

— J'ai l'intention de rester, alors si tu veux partir avec Josiah, Lisa, je m'occuperai de tout. Préviens-nous simplement si tu entres en contact avec Julia.

— Entendu, répondit Lisa en tirant Josiah vers la porte. Donne-moi une minute pour prendre quelques affaires, d'accord ?

— Pas de problème, répondit-il en lançant un coup d'œil par la fenêtre pour découvrir que la neige avait commencé à tomber durant l'heure précédente. Je vais dégager la camionnette. Tu pourras venir avec moi, et je te ramènerai plus tard.

Lisa s'en alla. Ollie lança un coup d'œil à Josiah puis fila derrière Lisa. Mais la chienne faillit entrer dans un mur, se cognant l'épaule comme si elle essayait de garder un œil sur lui alors même qu'elle suivait Lisa.

Josiah émit un petit rire. Chien fou.

Il se dirigeait vers la porte, chapeau fermement en place, quand Karen tira sur sa manche. Elle avait une main posée sur le ventre de Tyler, le tenant solidement sur la table à langer sur le côté de la pièce.

— Merci d'avoir été la voix de la raison au milieu de la folie Coleman.

— Pas de problème, répéta-t-il. Aucune de vous n'était hors de contrôle, tu sais.

Caleb et Tamara avaient tous les deux quitté la pièce, alors il n'y avait que lui et Karen. Elle plissa le nez, puis haussa les épaules, tendant une main sous le comptoir pour en sortir un paquet de couleur vive.

— Je suppose que c'est probablement un étrange timing, étant donné la manière dont cette soirée s'est passée, mais Tamara a dit qu'elle voulait que Lisa ait ceci. Je présume que c'est une sorte de remerciement pour s'être occupée de tout jusqu'à maintenant.

— Je peux le lui donner.

Il ne savait pas vraiment pourquoi il était impliqué.

Karen attrapa un second paquet.

— Et celui-là est pour toi. Même chose. Merci d'être venu et d'avoir aidé Tyler à naître sans risque.

Josiah émit un petit rire.

— Je n'ai aucune objection à recevoir des cadeaux. Tu n'as pas besoin d'avoir l'air aussi inquiète.

Elle retourna à son changement de couche, œuvrant rapidement et efficacement.

— Ne tire pas sur le messager. Tamara peut avoir un sens de l'humour tordu. Je ne sais pas si ce sont de vrais cadeaux ou des gags.

— Un sens de l'humour tordu ? On dirait Lisa.

Karen plissa le nez, mais pas seulement devant la tâche à accomplir, alors qu'elle jetait la couche usagée et préparait Tyler pour une nouvelle.

— Je suppose que nous allons découvrir si ces traits familiaux découlent vraiment de la génétique ou si c'est davantage basé sur la manière dont on est élevé.

La curiosité dans sa voix était trop claire pour la rater.

Il attendit qu'elle ait soulevé Tyler puis il lui tendit les bras.

— Ce n'est pas pour brûler les étapes ou quoi que ce soit, mais si tu as besoin de l'étreinte d'un grand frère...

Josiah laissa son offre ouverte, réticent à s'imposer, mais à sa grande surprise, elle accepta immédiatement. Karen déplaça Tyler sur sa hanche et s'avança pour serrer Josiah étroitement. Même avec une seule main de libre, elle lui tapota le dos presque aussi fort que son frère le faisait régulièrement.

— Tu es un mec bien, Josiah. Bienvenue dans le chaos.

Une lueur chaleureuse s'était allumée en lui quand ils se séparèrent. Quelque chose de totalement familial et d'attentionné dans ses paroles... et ça faisait du bien.

Josiah inclina son chapeau, tapota Tyler sur le nez, et fila dehors.

La camionnette était à peine prête quand Lisa arriva.

Elle lança un sac de sport sur le siège arrière de la cabine, déposa Ollie sur le plancher, puis grimpa et se glissa au milieu, à côté de lui.

— Je m'enfuis pour ce soir. J'espère que ça ne te dérange pas.

— Bien sûr que non, répondit-il en prenant prudemment la route enneigée. Mes colocataires seront à la maison, la prévint-il.

— Je ne pense pas être d'humeur à hurler, dit-elle doucement.

— Je ne pensais pas à ça, dit-il en glissant le bras autour de ses épaules. Tu veux attendre que nous arrivions pour appeler Julia ?

— Une partie de moi veut attendre une éternité avant de passer cet appel, mais ce ne serait juste envers personne.

Ollie geignit doucement avant de bondir sur le siège passager. Elle monta délicatement sur les genoux de Lisa et se plaça dans l'espace étroit entre leurs cuisses.

Non. Josiah ralentit et s'arrêta avant de s'engager sur la nationale. Il claqua des doigts et pointa l'autre côté de Lisa du doigt.

— Tu vas déjà un peu loin en montant dans la cabine, le chien. Va là-bas.

Ollie se leva, le museau arborant une expression mécontente, mais elle obéit. Elle s'installa, la tête sur la cuisse de Lisa, et fixa piteusement Josiah du regard.

— Tu l'as offensée, le réprimanda Lisa alors qu'il reprenait la route. Elle ne peut tout simplement pas se mettre à l'aise à moins d'être assise sur nous *deux*.

— J'ai remarqué. Elle va devoir ajuster ses standards parce que ça ne marchera pas avec le vétérinaire.

Lisa sortit son téléphone et le fixa pendant un instant avant de laisser échapper un énorme soupir.

— Advienne que pourra.

Aussi difficile que ce soit pour Lisa de passer cet appel, d'une certaine manière, Josiah pensait qu'il était encore plus dur d'être à l'autre bout du fil. De ne pas avoir prise sur la situation...

Mais n'était-ce pas le problème ? Aucune des personnes catapultées dans cette situation n'avait le contrôle. La seule option qu'elles avaient, c'était de faire face au futur.

~

La soirée avait été complètement folle, pourtant durant tout ce temps, Lisa s'était raccrochée à deux faits.

Le premier, la femme mystérieuse qui était venue et *pourrait* être de sa famille semblait quelqu'un de bien. Ce qui était arrivé n'était pas sa faute. Tout ce que Lisa pouvait faire, c'était essayer d'atténuer le choc qui était sur le point de se produire.

Le deuxième ? C'était à quel point elle avait apprécié que Josiah soit près d'elle. Lisa n'arrivait pas à se rappeler si, une seule fois dans le passé, il y avait eu quelqu'un qui avait pris soin d'elle.

Mais personne d'autre ne pouvait faire la suite à sa place. Cela reposait sur ses épaules.

Elle passa l'appel.

— Hé, Lisa, dit Julia. Je ne m'attendais pas à avoir de tes nouvelles aussi vite.

— J'ai beaucoup pensé à toi, et il y a eu un développement intéressant dont je dois te parler. C'est plutôt sérieux, l'avertit Lisa. Est-ce que tu es assise ?

Un instant de silence lui parvint par la ligne.

— Je ne conduis pas ni ne fais quoi que ce soit de dangereux. Qu'est-ce qui ne va pas ?

— Ce n'est pas nécessairement quelque chose qui ne va pas, c'est juste un peu surprenant. Tu te souviens que j'ai mentionné qu'il pourrait y avoir un de nos oncles vivant à Calgary à l'époque où tu as été conçue ?

Lisa fit la grimace alors qu'elle regardait la barrière devant eux s'ouvrir. Bravo pour tourner autour du pot. Elle n'était pas près de recevoir de récompense pour son éloquence, pas en choisissant une manière aussi stupide d'aborder ce sujet.

— Tu crois qu'il pourrait être mon père ? demanda Julia.

Rien dans le ton de sa voix n'indiquait qu'elle flippe ou qu'elle soit excitée. Elle existait simplement.

— D'après la conversation que nous avons eue ce soir autour de la table du dîner avec mes sœurs et mon père, on dirait que tu fais un peu plus partie de notre famille que nous ne l'avions initialement pensé. Je n'en suis pas certaine, mais mon père semble connaître ta mère.

Le silence s'étira beaucoup plus longtemps cette fois.

— Attends. C'est... Est-ce que tu dis... ?

— Il était secoué quand j'ai mentionné le nom de ta mère, et nous ne voulions pas insister, mais il a pratiquement admis avoir eu une aventure avec elle.

— Waouh.

De nouveau le silence.

Josiah conduisait prudemment, les deux mains sur le volant alors que les phares brillaient, dansant sur les flocons de neige qui tombaient. Tout semblait étouffé, comme si prononcer les mauvais mots pourrait faire disparaître le monde.

— Julia ? demanda Lisa. Est-ce que tu vas bien ?

— Est-ce que *vous* vous allez bien ? Je savais déjà que ma mère avait été avec quelqu'un, même si elle refusait de me dire qui. Ce doit être un énorme choc pour vous.

Sa rapide inspiration était audible sur la ligne.

— Je n'essaie pas de perturber ta famille, je te le promets. Ni de m'imposer là où je n'ai pas ma place.

— Ce n'est pas ça du tout. Si tu fais partie de la famille, tu fais partie de la famille. Nous devons simplement nous en assurer, répondit Lisa en fixant par la vitre les ténèbres grandissantes. Dans tous les cas, je n'essaie pas d'éviter d'apprendre à te connaître.

— Merci.

Lisa décida qu'il valait mieux faire court.

— Je vais te laisser, mais si tu as besoin de m'appeler ce soir, n'hésite pas. Papa sera là demain. Si tu veux, tu pourras passer pour le rencontrer.

— Tout ça est un peu délirant, mais oui, c'est une bonne idée. Je suis de service jusqu'à demain midi, alors si c'est possible de se retrouver après, j'apprécierais.

— Pas de problème. Prends soin de toi ce soir, d'accord ? Et je suis sérieuse. Appelle-moi si tu en as besoin, lui rappela Lisa.

— Je le ferai. Mais ça va aller, dit Julia en riant doucement. Je vais toujours bien.

Ce qui fit que Lisa se sentit encore plus mal en raccrochant.

Josiah avait garé la camionnette devant sa maison. Il entraîna la jeune femme dehors derrière lui, marquant une pause pour s'assurer qu'Ollie atteignait le sol en toute sécurité, et il attira Lisa étroitement contre lui.

— On dirait que ça s'est bien passé. Aussi bien que possible.

— Je suppose, répondit Lisa avant de poser la tête sur son torse en le serrant fort, fermant les yeux et s'appuyant contre lui. J'ai l'impression que je devrais appeler quelqu'un pour m'assurer qu'on garde un œil sur Julia.

— Bonne idée. Il n'y a pas de raison pour qu'on ne passe pas un coup de fil à Brad.

— Et s'il ne travaille pas ?

— C'est probablement le cas, mais il saura qui travaille.

Josiah sortit son téléphone pour l'appeler sur-le-champ, donnant les nouvelles vite fait bien fait à leur ami. Il hocha la tête en raccrochant.

— Brad contrôle la situation.

— D'accord, ça m'aide.

Josiah siffla pour appeler Ollie, qui était partie faire ses besoins et explorer les haies près de la maison.

— Viens. Rentrons à l'intérieur, où il fait chaud.

Entrer dans la maison était comme mettre le pied dans du réconfort. Le souvenir de leur premier rencard la submergea, net et puissant, alors qu'elle retirait ses bottes. Josiah prit son manteau et le pendit dans le placard.

Elle alla droit vers la cheminée, prête à ajouter quelques bûches aux braises qui brûlaient toujours.

— Allons allumer celle de ma chambre, suggéra Josiah. À moins que tu ne veuilles passer la soirée avec mes colocataires, et si c'est le cas, d'accord. Ça pourrait être une bonne distraction.

Ce n'était pas le genre de distraction qu'elle recherchait.

— Un rappel pertinent.

Elle attrapa Josiah par la main et l'entraîna dans le couloir.

Ils se retrouvèrent devant la porte de sa chambre avant que Lisa ne se rende compte qu'elle avait quasiment couru. À la manière dont Josiah souriait, lui en était conscient.

— Si tu fais un commentaire sur mon impatience d'aller dans ta chambre... l'avertit-elle, incapable de s'empêcher de sourire.

Josiah tourna la poignée, laissant la porte s'ouvrir en grand alors qu'il lui faisait signe d'entrer.

— Je n'ai aucune idée de ce dont tu parles.

Mais il lui rendit son sourire et suscita plus d'émotions étourdissantes en elle qu'elle ne voudrait l'admettre.

Josiah se dirigea vers le côté de la pièce et alluma le feu comme promis. Lisa fixa un instant la fenêtre, les nuages qui se rassemblaient derrière les montagnes brillaient sous les jaunes et les rouges.

— Aurons-nous une autre chance de voir l'éclair vert ?

— On peut essayer si tu veux. Il faudra filer à l'étage dans une heure.

Il empilait les bûches prudemment au-dessus du petit bois alors que de minuscules flammes le léchaient tels des doigts impatients.

— Peut-être pas.

Lisa se rapprocha tout près et posa les mains sur les épaules de Josiah, passant les paumes le long de ses bras et sur son torse alors qu'elle s'appuyait contre son dos, faisant reposer son poids contre lui, absorbant la chaleur de son torse.

Il ferma la porte hermétique.

— Tu as besoin d'autres câlins ?

Elle se déplaça avec lui lorsqu'il s'installa sur le sol, atterrissant sur ses cuisses avec les bras autour de ses épaules.

— Je ne sais pas de quoi j'ai besoin, pour être honnête.

Il passa les doigts sous son menton, lui inclina la tête et frôla ses lèvres des siennes. Brièvement, presque chastement.

— Cela pourrait sembler saugrenu, mais allons-y, dit-il en remuant, retirant quelque chose de sa poche arrière.

Un paquet de fiches. À l'air familier...

Lisa se mit à rire.

— Tu as une autre scène à jouer pour nous ?

Josiah rougissait, mais il gardait une expression heureuse.

— Seulement si tu en as envie.

Elle pressa les paumes contre le visage de Josiah et regarda intensément dans ses yeux bleus.

— Ce serait parfait. Je veux sortir de ma tête, et quel meilleur moyen que d'entrer dans celle de quelqu'un d'autre ? Quel genre de divertissement classique reproduisons-nous ce soir ? Un autre western historique ?

Cette fois, le sourire de Josiah se refléta dans ses yeux.

— À toi de choisir. Je ne nous ai pas donné de script cette fois. Nous allons improviser.

— Ça a l'air intéressant. Tu as des accessoires ?

Un éclat de rire échappa à Josiah.

— Bon sang. Quand tu fais quelque chose, tu t'y mets à cent pour cent, n'est-ce pas ?

Il la souleva, la soutenant jusqu'à ce qu'elle retrouve son équilibre et glisse sur le sol avec les fiches qu'il lui avait données. Le feu commençait à prendre, la chaleur se répandait au-delà de l'insert vitré pour créer une oasis de chaleur.

Lisa jeta un coup d'œil à la première fiche et lut à haute voix.

— « Décor : un château en France. Milieu du dix-huitième siècle. Rôle principal féminin : gouvernante. Rôle principal masculin : le châtelain », énonça-t-elle avant de ricaner, n'essayant même pas de le cacher. Josiah Ryder, tu as des fantasmes de soubrette.

Il lui lança un grand sourire, sans honte et complètement amusé.

— Une jupe courte t'irait super bien.

Elle plaça la fiche sous les autres.

— « Décor : un gymnase de lycée. Rôle principal féminin : la cheffe des pom-pom girls. Rôle principal masculin : le capitaine de l'équipe de football. »

En face d'elle, Josiah s'appuya sur ses coudes, tout son corps s'étirait devant elle. Son jean moulait ses cuisses musclées et un renflement proéminent s'éleva derrière la partie usée au centre de son aine.

— Une jupe courte. C'est tout ce que je dis.

Une nouvelle fiche fut placée en dessous, non pas parce que jouer éventuellement cette scène ne l'intéressait pas, mais parce que toute cette mise en place sortait suffisamment de la norme pour l'enchanter. Tous les hommes n'étaient pas capables de mettre assez leur fragile ego masculin de côté pour vraiment s'amuser dans la chambre.

Après tous ses commentaires sur les jupes courtes et les scénarios qu'il avait présentés... cela allait sans aucun doute finir au lit. Il y avait eu bien trop de jours avec des pensées salaces où elle s'était masturbée.

— « Décor : un cabinet de médecin », lut-elle avant de placer la fiche en dessous des autres. Désolée, mais non. Peut-être, si je ne venais pas de voir un bébé sortir de ma sœur.

— Pour ma défense, j'ai préparé ces fiches il y a quelques jours, admit Josiah.

Son regard dériva sur elle, s'attardant sur ses seins, avant de revenir et d'observer son visage, assez lentement pour être une vraie caresse, il glissa sur ses épaules, sur sa peau et plus profondément.

Elle n'était pas simplement sexuelle, cette attirance entre eux.

Il avait raison. Ces dernières semaines avaient construit un lien plus fort qu'elle ne s'y était attendue. Mais la partie sexuelle ? Oh que oui, elle était là.

Il était temps de faire quelque chose à ce sujet.

Lisa jeta un coup d'œil à la fiche suivante.

— « Décor : une chambre d'hôtel isolée. Deux étrangers... » s'interrompit-elle en levant les yeux avec un grand sourire. Je vais briser tes rêves, mais c'est un peu comme ça que mon cousin a rencontré la sœur de ton meilleur ami.

Josiah écarquilla les yeux alors qu'il se précipitait pour voir quelle fiche elle tenait.

— Bon sang. Tu as raison. Je n'y avais jamais pensé de cette manière, dit-il en lançant la fiche par-dessus l'épaule de Lisa. Enfin, je suis content que ça ait bien tourné pour eux, mais je ne cherche pas à rejouer ça.

Étant donné que leur coup d'un soir avait conduit à un bébé... Lisa non plus. Pas encore, en tout cas.

— « Décor : un tronçon de grand-route solitaire dans la campagne anglaise. La calèche d'une jeune lady est assaillie par des bandits de grand chemin. »

Elle siffla, levant les yeux.

— Es-tu le héros venant à ma rescousse ou un des bandits ?

Il n'était plus assis à plusieurs dizaines de centimètres, mais à côté d'elle, lui passant les doigts sur sa cuisse.

— Je peux être l'un ou l'autre.

— Assurément le héros. J'ai toujours supposé que les bandits de grand chemin avaient une hygiène douteuse.

Josiah éclata de rire. Il s'allongea sur le dos pour regarder le plafond.

— Mon Dieu. C'est plus difficile que je ne l'imaginais.

— Mais très amusant, n'est-ce pas ?

Lisa se plaça prudemment au-dessus de lui, les cuisses posées de chaque côté de ses hanches alors qu'elle le regardait. Elle se pencha en avant et posa les mains sur son torse.

— La campagne *écossaise*.

Il glissa une main dans les cheveux de Lisa, enroulant les mèches autour de ses doigts.

— Pourquoi cette révision ?

— Avec un Écossais héroïque qui vient à ma rescousse ? Tu dois avoir un kilt quelque part. Tu n'es pas le seul à apprécier les jupes.

Il passa son autre main autour de sa nuque et la rapprocha. Elle le laissa la guider jusqu'à ce que leurs lèvres se rencontrent.

Allongés devant le feu, créant leur propre genre de chaleur, les scénarios sur fiche aléatoires disparurent.

Josiah avait posé la main sur la hanche de Lisa, la maintenant stable. Il glissa les doigts juste assez haut pour écarter son tee-shirt de son jean, puis son pouce entra en contact avec sa peau, la caressant d'avant en arrière au niveau de la taille. Un contact à peine marqué, pourtant suffisant pour que Lisa ait l'impression qu'il la caressait sur tout le corps.

Et les baisers... Des échanges longs, lents et intoxicants. Sa langue glissait contre la sienne juste assez longtemps pour que, lorsqu'il recule, elle ne puisse s'empêcher de le suivre, s'étirant davantage sur lui. Son corps solide et musclé était un coussin merveilleusement ferme.

Josiah roula, l'entraînant sous lui sur le doux tapis tissé

devant la cheminée, se maintenant sur un coude, si bien que le poids de son torse frôlait à peine le sien. Ses hanches étaient fermement nichées entre ses cuisses, et quand il les remua, la longueur durcie de sa verge frôla son sexe douloureux, et elle gémit.

— Est-ce que tu veux vraiment que j'aille chercher un kilt ? marmonna-t-il entre deux baisers qui dérivaient sur sa joue et sa gorge. Est-ce que tu veux arrêter pour aller guetter l'éclair vert ?

Lisa leva les jambes et les enroula étroitement autour de ses hanches, l'immobilisant alors même qu'elle regrettait qu'il y ait toutes ces épaisseurs entre eux.

— Plus tard. Pour l'instant, si tu veux me ravager, je suis totalement pour.

— Tu n'as aucune idée de ce que tu me fais, dit Josiah en lui retirant son tee-shirt.

Il abaissa le bonnet de son soutien-gorge. Un instant plus tard, sa bouche recouvrit le mamelon et il le suça.

Lisa se cambrant, sa réaction s'imposant à son corps. Un désir palpitant se déclencha au fond de son être, comme si Josiah avait mis en marche un métronome et que la lourde palpitation résonnait contre les murs pour atterrir solidement entre ses cuisses.

Elle attrapa sa chemise, ses doigts se tordant dans le tissu alors qu'elle tirait dessus avec le faible espoir qu'il disparaîtrait par magie et qu'elle pourrait entrer en contact avec sa peau.

Pas de magie. Des mots étaient requis.

— Ce n'est pas que je veuille que tu arrêtes, mais enlève ça, chuchota-t-elle.

Josiah glissa plus bas sur son corps, lui mordillant la taille.

— Je suis occupé.

— Josiah, se plaignit-elle dans un gémissement exaspéré.

Un martèlement de griffes de chien résonna sur le sol alors

qu'Ollie accourait de sa couche dans le coin de la chambre pour voir ce qui n'allait pas.

Josiah posa le front contre le ventre de Lisa et se mit à rire alors qu'Ollie passait la tête au-dessus d'eux, geignant d'inquiétude. Quand il leva la tête, un rire dansait dans ses yeux.

— Cette chienne surprotectrice n'aime pas que tu produises ce son, signala-t-il.

Lisa lutta pour se redresser, écarta Ollie et rabaissa son tee-shirt. La chienne lui avait cassé son coup. *Encore.*

— Ollie. Va t'asseoir, dit-elle en pointant le panier pour chien, d'un ton autoritaire.

La chienne lança un coup d'œil à Josiah, clignant piteusement des yeux. Il était clair qu'elle espérait qu'il annule l'ordre de Lisa.

Il leva le bras et pointa aussi son doigt.

— Vas-y.

Ollie renifla comme si elle avait été cruellement abandonnée, retournant d'un pas traînant à son panier. Elle tourna sur elle-même trois fois, de plus en plus lentement, avant de s'écrouler en soupirant lourdement.

Josiah et Lisa échangèrent un coup d'œil, très amusés, avant qu'il ne la prenne dans ses bras, tournant sur lui-même avant de la lancer sur son lit.

— Nous serons peut-être en sécurité là-haut.

Lisa remonta plus haut sur le matelas, tapotant l'espace près d'elle.

— Rien ne vaut le présent.

Les yeux de Josiah brillèrent, et il leva une main.

— Tu as raison. Je reviens.

Il tourna les talons et quitta la pièce.

14

Josiah laissa la porte de la chambre ouverte, si bien que Lisa supposa qu'il allait revenir. Elle releva ses jambes et enroula ses bras autour, riant intérieurement.

Son côté imprévisible lui faisait gagner un autre point.

Il revint brusquement dans la chambre puis ralentit, comme s'il n'était pas en train de sprinter un instant plus tôt.

— J'avais oublié ça.

Il souleva deux paquets emballés dans du papier brillant. Il referma fermement la porte et la verrouilla avant de s'avancer vers le lit et de grimper sur le matelas près d'elle.

Le plus petit des deux paquets lui fut offert.

— Ça ne vient pas de moi. C'est ta sœur. Une sorte de remerciement pour avoir été là l'autre jour.

Sa curiosité s'emballa.

— Une preuve instantanée que Tamara se sent mieux, parce qu'il y a une semaine elle aurait dû me demander de faire l'emballage.

Elle prit son paquet et le leva près de son oreille en le secouant.

Quelque chose bougea et s'entrechoqua à l'intérieur.

Josiah déballait l'autre cadeau, une magnifique ceinture en cuir glissa de la boîte, atterrissant sur le matelas entre eux.

— C'est sympa, déclara Lisa en se rapprochant. Et observateur. Tu en avais bien besoin d'une nouvelle.

Elle tira sur l'extrémité de la ceinture qu'il portait. Elle s'enroulait loin autour de sa taille jusqu'à pratiquement atteindre son dos.

Lisa leva les yeux vers son visage et découvrit qu'il avait mis son faux sourire en place.

— Qu'est-ce qui ne va pas ?

Josiah cilla, puis écarta ses pensées.

— Je t'imagine portant ma ceinture sans rien d'autre.

Un frisson d'excitation la parcourut.

— Nous pourrons totalement le faire. Nous ne le dirons simplement pas à mes sœurs, d'accord ?

Le sourire de Josiah était de retour. Le vrai, celui qui illuminait ses yeux alors qu'il mimait le geste de porter une clé à ses lèvres, de la tourner, puis de la jeter par-dessus son épaule.

Lisa lutta avec le papier qui emballait son cadeau, regardant son visage. Elle le laisserait garder son secret pour l'instant, mais il y avait assurément quelque chose d'autre à découvrir.

— Si Tamara m'a donné une cuillère en bois, nous saurons qu'elle a choisi un thème.

— C'est trop petit pour être une cuillère en bois, signala Josiah.

C'était vrai. Le coffret s'avéra être une boîte en étain métallique brillante avec une image aux couleurs vives d'un paysage de montagne.

— C'est joli.

Josiah la lui prit des mains.

— Qu'y a-t-il à l'intérieur ? Des chocolats ? Du thé ?

— Quelque chose de délectable, j'espère.

Il ouvrit le couvercle, et la boîte en étain lui échappa des mains. Un arc-en-ciel d'emballages de préservatifs colorés couvrit le matelas.

Lisa ne put s'empêcher d'éclater de rire devant l'expression du visage de Josiah.

— Oh mon Dieu, je vais la tuer.

— Est-ce que je veux seulement savoir ? demanda Josiah.

Il était en train de ramasser les préservatifs, les replaçant deux ou trois à la fois dans la boîte en étain. Lisa en attrapa un, l'agitant en l'air comme une baguette.

— Une blague qui remonte à loin. Il se peut que j'en aie donné une boîte à Tamara autrefois.

Il tendit la main vers celui qu'elle tenait entre ses doigts, mais elle le cacha en un tour de passe-passe.

Josiah marqua une pause alors qu'elle lui montrait ses paumes vides.

— Joli truc. Vous, les filles Coleman, vous êtes dangereuses.

Lisa lança un coup d'œil vers le coin de la pièce pour s'assurer qu'Ollie était bien installée.

— Je suis sûre qu'un Écossais héroïque comme toi n'aura aucun problème à gérer le danger.

Le comportement de Josiah changea. Il posa la boîte près de son propre cadeau sur la table de nuit.

— Je n'ai pas besoin de jeu de rôle ce soir, et je ne veux pas attendre plus longtemps. J'ai envie de toi, Lisa.

Oh Seigneur.

— Oui. *Absolument.*

Il tendit la main vers elle, et cette fois le tee-shirt ne remonta pas seulement à mi-chemin. Il passa par-dessus sa tête, finissant sur le sol en quelques secondes. Josiah défit son soutien-gorge, déposant un baiser sur son épaule avant de faire glisser les bretelles l'une après l'autre. L'air frais se mêlait à la chaleur de la cheminée et frôlait la peau de Lisa alors qu'il la déshabillait.

Son jean fut défait et retiré, sa petite culotte disparut.

Il attrapa ses chaussettes en laine par les orteils et les retira si lentement que sa peau s'enflamma. Chaque centimètre de sa peau était tellement sensible que, lorsqu'il enroula une main autour de sa cheville et remonta d'une caresse, Lisa frémit.

— Tellement belle, chuchota-t-il avant de poser ses lèvres sur son mollet, à l'intérieur de son genou, se déplaçant à peine avant de la lécher et de la mordiller jusqu'en haut, à l'intérieur de sa cuisse.

Josiah lui écarta les genoux, fixant son sexe. Regardant simplement, alors que Lisa l'observait.

Ses yeux... tellement expressifs quand il était lui-même. Quand il montrait ce qu'il ressentait vraiment et qu'il était clair qu'il n'y avait pas de faux-semblant. Ce n'était pas un rôle. C'était simplement un besoin, une envie, un désir.

Josiah leva les yeux et leurs regards se croisèrent.

— Tu me rends nerveuse, admit-elle. Et je ne suis pas du genre à être nerveuse.

— Appelons ça de l'excitation alors, suggéra-t-il. Fais-moi confiance. Je vais faire en sorte que tu te sentes bien.

Elle voulut se plaindre qu'il ne se mette pas nu, mais elle savait déjà qu'il avait la bouche d'un dieu. Interrompre ses projets semblait être un péché.

Il se pencha et posa les lèvres sur son sexe, et elle ferma les yeux et se contenta de ressentir.

Elle sentait chaque caresse taquine alors qu'il œuvrait de chaque côté de son sexe, dessinant des cercles autour de son clitoris avant de lui donner la plus brève des attentions. Encore et encore, chaque geste légèrement différent, pour qu'elle ne puisse pas anticiper où il la toucherait ensuite. Chaque fois, il ajoutait un petit imprévu jusqu'à ce que la tension en elle soit si grande qu'elle pouvait à peine respirer.

Il avait glissé un doigt en elle, la caressant doucement. Il passa à deux doigts, à peine perceptibles, bougeant à peine, pourtant assurément très présents. Surtout en comparaison avec le mouvement rapide de sa langue.

Quand il se retira de nouveau, un frisson la fit trembler lorsqu'il leva trois doigts vers sa bouche et les lécha.

Oh mon Dieu.

Il pressa l'épaisse masse en elle, et elle se plaqua une main sur la bouche pour piéger le geignement inarticulé qui voulait s'en échapper.

Il lui lança un bref sourire.

— Bien vu. Ne dérange pas la chienne.

Ses doigts se déplaçaient avec une patience infinie. Un picotement profond irradiait partout, comme s'il attachait des électrodes à son corps.

— Josiah. *S'il te plaît.*

Ses mots se rapprochaient autant que possible d'un chuchotement à ce moment-là.

Le sourire de Josiah ne fit que s'élargir.

— Oui, m'dame.

Il posa de nouveau sa bouche magique sur elle, et elle aurait pu démarrer un compte à rebours. Trois, deux, un…

Elle était emportée. Des vagues de plaisir déferlèrent sur elle comme si un rocher avait été lâché dans un bassin. L'impact fila vers le bord et revint, les ondulations se chevauchant, créant une palpitation puissante qui continua encore et encore. Chaque fois que Josiah bougeait les doigts, son corps s'enflammait de nouveau.

Quand il libéra enfin ses doigts, Lisa voulut l'attirer par les épaules et l'entraîner au-dessus d'elle, mais elle ne pouvait pas bouger.

— Je suis à plat.

Josiah repoussa son jean, tendant la main vers le préservatif qu'elle avait posé sur l'oreiller près d'elle.

— Pas moi.

Elle baissa les yeux dans l'espoir de pouvoir enfin le voir nu, mais dès qu'il se fut couvert, il fut de retour entre ses cuisses, l'embrassant follement avant d'aligner sa verge avec son sexe.

Il balança les hanches, grondant contre sa joue.

— Je ne vais pas tenir longtemps, l'avertit-il.

— C'est bon...

Josiah se pressa de tout son poids. D'un seul mouvement, il s'enfonça complètement.

L'air sortit d'un coup des poumons de Lisa. Elle s'accrocha aux épaules de Josiah, luttant pour se rappeler comment respirer. Il était tellement parfait en elle, l'étirant, la remplissant.

Allant et venant en elle alors qu'il se retirait lentement avant de lui donner un coup de reins.

L'expression de Josiah... cent pour cent réelle. Ses yeux se fermèrent et sa mâchoire s'entrouvrit alors qu'il gémissait de plaisir. L'instant d'après, ses yeux s'ouvrirent brusquement et son regard captura le sien alors que ses lèvres s'incurvaient.

— C'est mieux que dans mes rêves.

— Moi aussi, répondit-elle en tirant sur sa chemise. Sauf ça.

Josiah hésita, puis s'appuya sur un bras et tendit l'autre derrière sa tête. Il tira sèchement sur le tissu et elle l'aida à le remonter et à l'enlever alors qu'il s'arc-boutait sur l'autre bras pour libérer la deuxième manche.

Enfin.

Lisa s'enroula autour de lui, savourant la chaleur de sa peau nue contre la sienne. Josiah ajusta leur position jusqu'à ce qu'ils se retrouvent assis sur le lit. Ses jambes pendaient sur le côté alors qu'elle était assise sur ses cuisses, complètement empalée sur sa verge.

Son torse tremblait tandis que les doigts de Lisa en caressaient les méplats musclés.

— *Maintenant* c'est parfait, dit-elle.

Les doigts de Josiah palpitaient sur son postérieur et il posa les lèvres contre les siennes alors qu'il la soulevait, la faisant glisser sans effort avant de l'abaisser prudemment. Lisa s'aida ses cuisses pour le seconder, et ils prirent de la vitesse.

Josiah grogna.

— Tellement *bon*, bon Dieu.

Plus fort désormais, il la faisait aller et venir rapidement, donnant d'énergiques coups de reins pour les unir. Alors qu'elle balançait les hanches sur lui, il passa une main contre son dos, les rapprochant jusqu'à ce que leurs corps se frottent l'un contre l'autre.

Le sexe humide et glissant. L'odeur dans l'air... délectable. Les sons... suffisants pour que la spirale de chaleur en elle s'emballe de nouveau.

Lisa sentit le frisson avant qu'il ne l'agrippe, ses hanches frissonnant de manière erratique alors qu'il jouissait, sa verge épaisse en elle.

Elle y était presque. Elle se baissa contre lui, pressant son clitoris contre son corps, cherchant désespérément l'ultime élan nécessaire.

Josiah passa une main entre leurs corps, son pouce allant infailliblement sur son clitoris. Il dessina des cercles deux fois autour puis le pressa, fort, le pinçant et le faisant rouler entre son pouce et son index, et ce fut suffisant.

Plus que suffisant. C'était un bâton de dynamite alors qu'une allumette aurait suffi, mais elle n'allait pas se plaindre.

— *Josiah.*

Le mot s'échappa, entre cri de plaisir et sifflement.

Il se mit à rire alors qu'il lui attrapait l'arrière de la tête et attirait sa bouche contre la sienne, l'embrassant. Tous deux cherchaient leur souffle entre des baisers exigeants où leurs langues se mêlaient, comme s'ils ne pouvaient pas se rassasier l'un de l'autre.

Il leur fallut longtemps pour que leurs respirations reviennent à la normale, le feu entre eux avait parfaitement réchauffé la pièce.

Lisa se détacha assez pour le fixer dans les yeux. Ses doigts glissaient sur l'arrière de sa tête alors qu'elle lui caressait les cheveux.

— Pas mal étant donné que tu ne portais pas de kilt.

Le visage de Josiah s'illumina.

— C'est bien d'avoir quelque chose à attendre avec impatience.

Oh, elle avait plein de choses à attendre avec impatience. Ils commençaient à peine...

Elle ne savait pas ce qu'ils commençaient. Elle ne savait pas ce que les prochains jours ou semaines allaient apporter.

Il l'attira contre lui, appuyant la tête de Lisa contre son torse alors qu'il lui caressait le dos.

Dieu merci, parce que son visage l'aurait trahie. Il était en elle, liés aussi intimement que deux personnes pouvaient l'être. Cela semblait tellement normal ! Cela semblait être exactement là qu'elle était censée être.

Lisa écarta ses inquiétudes sur ce qui viendrait le lendemain et se concentra sur l'instant présent.

— Tu hurles, la taquina Josiah doucement.

— Seulement quand c'est nécessaire, lui assura-t-elle.

Lisa pencha la tête en arrière pour voir l'expression de Josiah alors qu'elle passait une main sur sa joue rugueuse.

— Mais nous allons peut-être encore devoir tester cette théorie plusieurs fois ce soir.

— Une expérience scientifique. J'aime cette idée, acquiesça-t-il en hochant fermement la tête.

Puis il s'écarta juste assez longtemps pour leur faire un brin de toilette avant de baisser les lumières et de passer les bras autour d'elle. Il était trop tôt pour dormir, mais c'était l'endroit parfait où se trouver.

— Dors un peu, l'incita-t-il. Tu vas en avoir besoin.

Quel que soit le rêve fou qu'il faisait, Josiah Ryder ne voulait pas qu'il se termine.

Lisa Coleman était dans son lit. Une femme chaleureuse et généreuse qui, quand il l'avait réveillée pendant la nuit, n'avait pas été grincheuse avec lui mais s'était offerte avec enthousiasme à ses mains, sa bouche et sa verge.

Même si, lorsqu'il déposa un baiser sur son cou à cinq heures trente du matin, elle soupira lourdement et s'enfonça davantage dans son oreiller.

Josiah s'efforça de ne pas faire de bruit alors qu'il sortait du lit. Un peu de temps seul n'était pas une mauvaise chose... il avait une routine matinale à suivre. Il sortit un boxer, un pantalon de jogging et un débardeur avant de s'installer sur le sol pour commencer ses exercices.

Il en était à sa troisième série de pompes et d'abdos quand il sentit quatre yeux le fixer. La tête d'Ollie pendait par-dessus le pied du lit, où l'animal avait atterri par magie à un moment ou à un autre juste avant l'aube.

Trente ou cinquante centimètres plus haut, Lisa avait le menton posé dans sa main alors qu'elle le regardait fixement.

Il se concentra sur le plafond et compta ses abdos, essayant d'ignorer que ses yeux étaient sur lui, dérivant sur son corps.

Cela n'aurait pas dû être aussi gênant, mais ça l'était.

— De l'énergie à dépenser ?

Sa voix semblait sexuellement satisfaite, et une vibration de contentement le traversa.

— La routine matinale. Qui est accomplie avec bien moins d'énergie que d'habitude, grâce à toi.

Il lui lança un sourire aguicheur alors même qu'il effectuait deux autres abdos.

Elle l'examinait attentivement.

— Tu as presque terminé ?

— Presque.

Il se mit sur le ventre, posa les mains sur le sol et se lança dans la dernière série de pompes. Les pieds de Lisa touchèrent le sol près de lui, les ongles de ses orteils vernis de rose pâle.

— Rejoins-moi dans la douche quand tu auras terminé, dit-elle.

Sa verge réagit, durcissant au point d'en avoir mal.

Josiah poussa de nouveau.

Elle s'accroupit pour que leurs yeux se croisent au même niveau.

— Je suis sérieuse, dit-elle. S'il te plaît ?

Les bras de Josiah tremblèrent, alors il se concentra et continua sans lui répondre.

Elle s'éloigna.

Ollie bondit du lit et s'approcha de Josiah, sa truffe glissant brièvement contre son cou. La chienne s'étira tranquillement, puis s'enroula sur le sol devant la porte fermée de la salle de bains, suivant de nouveau Lisa partout.

Au loin, l'eau commença à couler. Josiah arrêta ses exercices, s'écroula sur le sol et fixa la porte, avec moins d'une douzaine de pompes à faire.

La veille avait changé des choses, oui. Mais ce qui s'était passé les jours précédents avait encore plus changé les choses. Maintenant que le bébé de Tamara était arrivé, Lisa n'aurait plus besoin d'être là encore bien longtemps. Même si l'avoir dans son lit la veille avait été une heureuse coïncidence, grâce à la présence de Karen. Lisa avait eu besoin de compagnie après trop de surprises.

Pour lui, c'était tellement plus. Il ne voulait pas que cela se termine.

Seigneur, il voulait que ce soit le début, mais il ne pouvait pas s'attendre à ce qu'elle reste ouverte à toutes les possibilités qu'il pouvait y avoir entre eux s'il n'était pas prêt à être transparent à cent pour cent.

Peu importe que ce soit extrêmement effrayant. Peu importe qu'il doive se rendre très vulnérable.

Josiah se releva, passa par-dessus Ollie et alla vers la douche.

Lisa se tenait nue sous l'eau, et même s'il savait qu'il devait passer à la suite, cela en soi était une récompense. Ses douces courbes, ses cheveux bruns devenus plus sombres alors qu'elle levait le visage vers la douche et laissait l'eau ruisseler sur sa peau.

Lorsqu'elle leva les bras et que le mouvement souleva ses seins, Josiah inspira profondément et retira son débardeur. Il baissa d'un geste son pantalon de jogging et son boxer. Son érection était si puissante qu'elle se redressa contre son ventre.

Il savait à quoi il ressemblait. Mais l'image dans le miroir mentait. Peu importe la fréquence à laquelle il la regardait, cela restait difficile à croire.

Mais il y travaillait. Il travaillait pour avoir l'assurance de faire le nécessaire, ce qui consistait présentement à lancer une serviette supplémentaire sur le porte-serviettes et à ouvrir la porte.

Lisa se tourna vers lui et écarquilla les yeux tout en les laissant errer sur son corps. Il s'avança sous l'eau et l'attira contre lui.

Sa peau douce était une bénédiction qui l'aidait à chasser ses peurs.

Elle déposa un baiser sur son torse, ses doigts jouant avec la légère couverture de poils.

— Bonjour, beauté.

Une bouffée de plaisir l'envahit.

— C'est ma réplique.

— Nous pouvons créer une société d'admiration mutuelle, en être les membres fondateurs.

Elle se pencha en arrière, ses doigts caressèrent la taille de Josiah, puis sa hanche. L'admiration se lisait sur son visage, mêlée à quelque chose d'autre.

De l'excitation.

Elle leva les yeux et se passa la langue sur les lèvres.

— Tu me tues, l'avertit-il. *Ça* me tue.

— Je veux te toucher partout. Je veux t'embrasser partout.

Elle glissa les doigts vers son bas-ventre et les enroula autour de son érection.

— Partout.

Les vitres ne s'embuaient pas à cause de l'eau chaude.

Josiah ferma les yeux alors qu'elle le caressait lentement, avec à peine assez de pression. Il tendit la main et entoura ses doigts des siens, accentuant l'étroitesse de leur prise conjointe jusqu'à ce qu'elle soit parfaite, jusqu'à ce que chaque mouvement de leurs mains soit comparable à une rangée de punaises plantée le long de sa colonne vertébrale, le plaisir et la douleur entrelacés et imposés jusqu'à ce que, bien trop vite, il perde le contrôle.

Le sperme jaillit sur leurs mains. Il détendit sa prise et ralentit leur mouvement. Lisa suivit sa direction, le touchant, passant les mains sur son corps jusqu'à ce que les tremblements s'arrêtent, jusqu'à ce qu'il ne sache plus quelle force le maintenait debout, parce que ni les muscles de ses jambes ni son cerveau ne semblaient fonctionner.

Lisa passa les bras autour du cou de Josiah, et il s'appuya contre le mur en faïence derrière lui, ajustant le pommeau de douche pour qu'il se déverse sur eux pendant qu'ils se tenaient ensemble, parfaitement nus.

Elle lui caressa la joue.

— Ça m'a plu.

Il émit un petit « hum » joyeux.

— À l'évidence, à moi aussi.

Sa tentative d'alléger l'ambiance échoua alors que Lisa l'examinait attentivement.

— Tu as quelque chose à l'esprit ?

Josiah inspira profondément et pensa à sa révélation qu'en cet instant il était important – extrêmement important – d'être honnête.

— Je ne fais pas ça. Avec personne.

Lisa pencha la tête, réfléchissant.

— Passer la nuit ? Prendre une douche ensemble ?

— Me déshabiller, confessa-t-il.

Lisa haussa les sourcils.

— Ne me lance pas ce regard. Oui, j'ai des relations sexuelles. Je procure du plaisir aux femmes, mais habituellement je le fais avec autant de vêtements que possible ou dans le noir. Je ne suis pas toujours à l'aise pour me déshabiller.

Lisa ouvrit la bouche puis hocha très fermement la tête.

— Compris. C'est pour ça...

Elle baissa les yeux un instant, puis revint sur son visage, son expression empreinte d'un peu de curiosité mais surtout attentionnée.

— Tu es nu en ce moment. Ce qui, je dois dire, me rend très heureuse.

— Te rendre heureuse, c'est pour ça que je suis là. C'est pour ça que je le fais, même si je suis mal à l'aise.

Il prit ses doigts dans sa main et lui mordilla les articulations, laissant enfin son amusement transparaître.

— Je refuse d'être encore stupide et de rater cette chance, et je me suis dit que tu le remarquerais probablement si j'entrais avec tous mes vêtements.

— C'est possible, acquiesça Lisa, ses lèvres s'incurvant.

Elle lui caressa la nuque de sa main libre, presque comme un animal. Qu'elle attende qu'il dise quelque chose d'autre ou qu'elle réfléchisse à ce qu'elle allait elle-même dire, ce n'était pas gênant.

Cela ressemblait à une inspiration. Un instant pour se préparer à faire ce qui allait suivre.

Ce qui rendit plus facile pour lui de continuer.

— En grandissant, j'étais un enfant assez grassouillet. Cela a beaucoup affecté ma jeunesse, en étant tellement sur scène. Ou plutôt *pas* sur scène. J'avais toujours les rôles de doublure. Ou du compagnon, pas de la star.

Lisa fit la grimace.

— La meilleure amie dans *Anne de Green Gables* ?

Il renifla moqueusement.

— Des gars qui jouent des filles c'est traditionnel au théâtre. Cet aspect-là n'était pas ce qui me blessait, mais le fait que bien trop de gens signalaient que j'étais parfait pour le rôle puisque j'étais du côté rondouillard du pèse-personne. Ma famille n'était pas méchante, mais entre mes faibles talents d'acteur – et oui, mon talent est vraiment trois ou quatre crans en dessous du leur – et mon poids, j'étais tout, sauf acceptable. Jamais ce qu'ils cherchaient.

Elle le regardait attentivement, répondant par une taquinerie gentille :

— Eh bien, cinq cents points pour Gryffondor, parce que tu as grandi de manière plutôt spectaculaire.

Il était facile d'en rire et cela aida à améliorer son humeur.

— Merci, mais je n'ai pas perdu ce poids avant d'aller à l'école vétérinaire, et cela a demandé un sacré travail. C'est toujours le cas.

— D'où la routine matinale, conclut Lisa en le caressant de nouveau, passant ses mains le long de son avant-bras puis entre ses doigts. D'où la vieille ceinture usée ?

Bon sang, elle était douée.

— Il y a une sensation de pouvoir quand tu te changes d'un cran sur une ceinture. C'est un signe d'avertissement aussi, si tu risques d'aller dans la direction opposée. J'ai pris un marteau et un clou pour faire de nouveaux trous quand j'en ai eu besoin.

— Merci de m'avoir confié ça.

Elle avait entrelacé ses doigts aux siens et elle les étreignit, levant les yeux.

— Tu dois faire ce qui te met à l'aise, mais... Josiah ? Ton apparence me plaît. Beaucoup. J'apprécie les muscles que tu as gagnés, mais *toi* aussi tu me plais. L'homme attentionné, intelligent et drôle. Tu n'as pas à t'inquiéter que je te juge.

— Je sais, répondit-il en lui inclinant le menton, s'approchant pour l'embrasser lentement. C'est moi qui me juge, mais j'y travaille. Cependant, les cochons voleront avant que je ne me déshabille pour jouer les Magic Mike devant une assemblée.

Elle l'attrapa par la nuque et unit leurs lèvres. Leurs langues se frôlèrent tranquillement avant qu'elle ne lui mordille la lèvre inférieure.

— Je ne suis pas trop du genre à partager publiquement,

admit-elle entre deux baisers. Mais si tu veux m'offrir un spectacle privé un jour, je ne dirai pas non.

Il la retourna dans ses bras, attrapa le savon et entreprit de passer un excellent moment à la rendre propre comme un sou neuf. S'il avait laissé une traînée d'eau sur le sol pour aller prendre un préservatif dans son cadeau, il s'en occuperait plus tard.

Il faisait un pas de plus sur la route vers l'éternité et quelques flaques en valaient vraiment la peine.

15

———

Lisa enfila des vêtements propres, se surprenant à sourire alors qu'elle retournait dans la salle de bains pour terminer de se préparer pour la journée.

Josiah avait déjà quitté la chambre après lui avoir donné un baiser à la menthe poivrée qui avait fait s'agiter ses orteils.

Cela avait été une nuit magique. Aucun doute là-dessus, et malgré tout ce qu'elle devait décider et les bouleversements que sa famille devait gérer, son bonheur était réel.

Elle repoussa tout mentalement de côté et posa ce bonheur comme une fondation. Il y aurait des choses difficiles auxquelles faire face, même ce jour-là, mais au fond d'elle, pour ce qui comptait, elle était heureuse.

Lisa suivit le couloir en direction de la cuisine, Ollie sur les talons. L'odeur du bacon dans l'air se mélangeait au riche café. Finn et Zachary examinaient les cartes étalées sur tout l'îlot de la cuisine.

Finn lui lança un coup d'œil avant de sourire dans sa tasse de café sans dire un mot.

L'appréciation de Zachary fut un peu plus flagrante.

— Bonjour, rayon de soleil.

Il ne fallut que deux pas pour que Josiah passe à côté de lui, le pousse « accidentellement » et Zach dut reprendre son équilibre ou s'écraser contre un mur.

— Désolé, prétendit Josiah franchement. Deux œufs ou trois ?

Finn émit un petit rire.

— Ne lui donne pas de raison de te détester, lança-t-il à Zach sur le ton de l'avertissement. Il fait un peu froid pour dormir dans l'écurie.

— Je suis sage comme une image, marmonna Zachary.

Il était juste assez charmant pour ne pas être agaçant.

— Tant mieux, avança Lisa. J'ai un petit côté sauvage.

Devant la cuisinière, Josiah cassa deux autres œufs dans la poêle.

— Ça explique tant de choses.

— Hé, se plaignit Lisa, se tournant brusquement vers lui, mais elle lui rendit son sourire.

— Dans un autre domaine, j'ai une question pour toi, dit Finn en attrapant deux cartes et en les posant sur la table.

Il écarta la chaise près de lui et la tapota.

— Viens là. J'ai besoin de ton opinion.

Elle s'avança, se glissa sur la chaise et regarda les cartes alors qu'Ollie s'installait sur ses pieds.

— Je ne connais pas bien la région. Si tu as des questions spécifiques, je peux trouver quelqu'un d'autre pour y répondre.

— Génial, si j'en ai besoin, je demanderai. Je me demande quel endroit a l'air d'avoir la meilleure vue, dit Finn en tapotant deux coins différents de la carte où il y avait des cercles rouges à différentes hauteurs. Les bâtiments existants sont ici et ici.

Lisa regarda les routes et les montagnes et réfléchit à ce qu'elle avait appris pendant sa courte période dans la région. Elle tapa l'une d'elles.

— Celle-ci aurait la vue, mais je ne pense pas que tu voudrais y vivre à moins d'être un fana de cerfs-volants.

Josiah y lança un coup d'œil, hochant la tête en accord.

— Ma maison est plutôt protégée grâce aux terres domaniales à l'ouest d'ici. Ces grands arbres font écran au vent quand il rugit, mais plus tu vas vers le sud, plus fortes sont les rafales.

— Et quand il dit « rafales », pense à la force d'un ouragan. À l'automne dernier, Caleb a dit qu'un grand semi-remorque s'est renversé. Il se dirigeait vers le nord et les vents venant de l'ouest ont été suffisamment forts pour le retourner, dit Lisa en pointant un cercle. Où est-ce sur tes terres ?

Il dessina un rectangle autour du cercle. Un grand.

Elle glissa les doigts légèrement vers le nord-ouest.

— À moins que la maison ne soit en très bon état, tu ferais mieux de construire ici.

— Et si c'était un lieu de séjour pour des visiteurs, pas une résidence permanente ?

— Ça pourrait fonctionner, mais ça sera toujours venteux.

Elle lui lança un coup d'œil, sa curiosité montant.

— Karen est arrivée, lui dit-elle.

— C'est bien. Des manèges de ce côté de l'écurie ?

Il allait la jouer comme ça, hein ? Lisa pointa de nouveau le doigt.

— Là. Je te parie vingt dollars que tu finiras par tomber sur elle dans la semaine à venir.

— Avec ou sans ton interférence ?

— Je ne triche pas, déclara Lisa avec indignation.

Finn lui lança un grand sourire et lui tendit la main.

— Pari tenu.

Eh bien, c'était facile.

— Tu veux perdre encore de l'argent ?

— Pourquoi ne pas me faire simplement dépenser de

l'argent, point ? proposa Finn. Josiah dit que le nouveau refuge pour animaux aurait bien besoin de fonds. Quoi que tu arrives à récolter, je donnerai la même somme.

Lisa s'arrêta net. Cette suggestion était arrivée de nulle part et il lui fallut un instant pour remettre ses idées en place.

— Vraiment, fit-elle en plissant les yeux vers lui. Qu'est-ce que tu y gagnes ?

— La satisfaction personnelle d'avoir contribué à une bonne cause.

Derrière, Zachary émit un son étranglé.

Lisa ricana. Ouais, ça ressemblait à des salades pour elle aussi.

— Vraiment ?

Finn croisa son regard sans détour.

— J'aimerais démarrer un projet en ville qui décollera mieux si le refuge pour animaux est déjà en place. Je ne veux pas en dire plus parce que, jusqu'à ce que ce soit une affaire conclue, je ne peux pas. Mais pour l'essentiel, la satisfaction personnelle, sur plus d'un aspect, n'est pas un mensonge.

Lisa réfléchit. Elle était encore dans cet endroit nébuleux où elle ne savait pas quoi faire, même si sa famille était confrontée à un chaos intéressant. Tamara aurait très bientôt adopté une routine avec Tyler, et c'était sa date butoir principale pour passer à la suite.

Pour ce que Lisa en savait, cela serait sa dernière nuit de libre avant longtemps.

— J'aime bien cette idée, mais je ne peux pas le faire seule.

À l'arrière, Josiah lâcha quelque chose. Un couvercle, qui heurta le plan de travail alors qu'il jurait doucement.

Oh.

Oh.

Voilà une idée. Lisa lui lança un coup d'œil pour l'examiner un instant. Ce serait sans doute encore un étrange rencard, mais peut-être que c'était ce dont elle avait besoin. Un dernier projet pour aider les autres, *puis* elle pourrait tourner la page et faire quelque chose pour elle-même.

Elle s'approcha de lui devant le plan de travail, Ollie s'appuyant contre eux deux d'un air heureux.

— Qu'est-ce que tu en penses ?

— De quoi ? demanda Josiah en écartant les poêles et baissant le gaz pour lui accorder toute son attention.

Alors qu'il la regardait, la plus étrange des sensations la frappa. Lisa se tenait là, et pendant un instant elle fut complètement incapable de dire quoi que ce soit.

Elle venait de se rendre compte qu'elle demandait très rarement de l'aide à d'autres personnes.

Oh, elle donnait des ordres aux gens. Elle amadouait, elle flattait, et quand il s'agissait de travailler en coulisses pour obtenir ce qu'elle pensait nécessaire, elle était invincible.

Mais dans son monde, se tenir devant quelqu'un et demander directement un service, ça ne se produisait jamais. Elle savait qu'elle *aurait pu* avec ses sœurs, mais elle ne l'avait pas fait. Et ne venait pas d'elles.

Il semblait qu'elle et Josiah devaient tous les deux faire de nouvelles expériences ce jour-là.

— Est-ce que tu voudrais m'aider ? Tous les deux, nous pourrions organiser une levée de fonds pour le refuge.

Il l'examina attentivement.

— Ce genre de projet va prendre un moment à organiser, tu sais. Ce n'est pas quelque chose que nous pourrons faire aboutir en une semaine. Pas si nous voulons que ce soit un succès.

— Le Long Week-end de mai[1] est un bon moment pour un événement spécial, avança Zach. À cette période de l'année, les gens cherchent quelque chose à faire, mais c'est suffisamment éloigné de la saison des vacances pour que vous puissiez leur faire ouvrir leur porte-monnaie.

— Et voilà. La troisième semaine de mai et le long week-end, déclara Lisa en hochant fermement la tête. Ça te convient ?

Les lèvres de Josiah tiquèrent avant de s'étirer en un magnifique sourire.

— J'aime t'aider. Au fait, tu me dois cent dollars.

Elle cligna des yeux. Bon sang, il avait raison. Elle serait encore là après la date d'estimation d'origine de son départ, prévue au printemps.

— C'est une journée quitte ou double. Tu veux le laisser courir ?

— Si tu es toujours là d'ici à la fin de l'été, j'aurai deux cents dollars ?

Josiah réfléchit un instant puis hocha la tête.

— Marché conclu, ajouta-t-il.

Il lui tendit la main, et elle la lui serra brièvement avant qu'il ignore la présence de deux autres personnes dans la pièce et d'un chien à leurs pieds. Josiah l'attira contre lui et lui vola un baiser suffisamment brûlant et exigeant pour la laisser essoufflée, avant de lui lancer un clin d'œil puis d'aller remplir les assiettes de nourriture.

La journée commençait tout juste, mais il semblait qu'on avait au moins répondu à une de ses questions. Combien de temps allait-elle rester à Heart Falls ?

Au moins jusqu'à la fin du mois de mai.

Josiah déposa Lisa à Silver Stone et commença directement sa journée. Il laissa Ollie à la clinique vétérinaire, où elle s'installa docilement dans le panier près des pieds de sa réceptionniste, mais baissa tristement la tête sur ses pattes comme si on l'avait trahie.

— Pauvre toutou, dit Sharon en se penchant pour frotter la tête d'Ollie. Tu es coincée ici sans tes personnes préférées.

Ollie geignit, exploitant la compassion de toutes ses forces, ses yeux larmoyants fixés sur Josiah.

— Désolé, petite, là où je dois aller aujourd'hui, tu ne peux pas venir, expliqua Josiah en cachant son amusement.

La journée de Lisa à Silver Stone allait être suffisamment inhabituelle sans y ajouter une chienne énamourée.

La dernière chose qu'il entendit en quittant le bureau fut un long soupir dévasté.

Josiah ne fut pas surpris que Finn et Zach répondent tous deux à sa requête de se joindre à lui au Buns and Roses en milieu de matinée.

Zach se tenait dans l'embrasure de la porte entre le café et le magasin de fleurs et de bibelots. Il appuyait une épaule contre le montant alors qu'il discutait avec Rose Fields, propriétaire dudit grand magasin de fleurs.

La beauté brune hochait vigoureusement la tête tout en faisant un signe derrière elle vers sa boutique. Tous deux disparurent à l'intérieur.

Josiah se laissa tomber sur le siège en face de Finn. La curiosité et un furieux instinct protecteur le frappèrent de nulle part.

— Qu'est-ce que Zach manigance ?

— Il joue toujours avec cette idée de bière artisanale locale. Convaincre certains des commerces locaux pourrait l'aider quand il voudra faire une demande de permis, répondit Finn en poussant une assiette de donuts vers Josiah. Sers-toi.

Automatiquement, Josiah refusa l'offre d'un geste.

— Plus important, qu'est-ce que tu manigances ? Je croyais que tu y réfléchissais, en ce qui concernait le financement du refuge.

— J'y ai réfléchi. J'ai pensé que ce serait bien d'impliquer des personnes du coin.

Josiah lui lança un bref regard noir.

— Tu as pratiquement forcé Lisa à accepter de diriger une levée de fonds.

— Avec *toi*. Souviens-toi de ça... lui rappela Finn en esquissant un rare sourire. De rien, au fait.

Ouais, Josiah avait remarqué ça.

— Je suppose que je dois te dire merci, mais comme elle ne sait pas si elle va rester, j'espérais passer de bons moments à la convaincre et à lui donner l'impression que Heart Falls était une bonne destination. Pas d'utiliser ce temps à des réunions pour parler boutique.

— Alors délègue. Tu n'as pas à tout faire. Mais tout événement réussi a besoin d'une bonne figure de proue, forte. Que le vétérinaire du coin offre son soutien fera beaucoup pour que la communauté donne un coup de main.

Ce ne fut qu'à ce moment-là que Finn plissa le nez en une modeste excuse.

— Je ne savais pas que son calendrier était aussi serré. Désolé.

— C'est bon. Ça signifie simplement que, à tout moment, lorsque je te demanderai un service dans les six prochaines semaines, j'espère que tu dégageras ton emploi du temps.

— Je n'y manquerai pas, dit Finn en attrapant un des donuts, prenant une bouchée appréciatrice tout en lançant un coup d'œil dans la boutique du Buns and Roses. Cet endroit est chouette.

— Elles n'ont pas besoin de soutien, dit Josiah d'une voix traînante.

— Tout le monde peut avoir besoin de soutien pour atteindre le niveau supérieur, le corrigea Finn.

— Tout le monde ne veut pas passer au niveau supérieur.

Finn lui lança un clin d'œil.

— J'aime bien ton style, Josiah Ryder. Ne t'inquiète pas, je ne prévois pas de trop secouer Heart Falls. J'ai simplement tendance à voir ce qui pourrait être faite. Je travaille sur la partie où je dois me souvenir de décider *si* elles devraient être faites.

La conversation se tourna vers une discussion d'idées de menu pour la semaine suivante. Finn promit d'aller au supermarché et de les ravitailler, ce qui laissa Josiah avec une tâche de moins sur sa liste de choses à faire.

Ce qui tombait bien, parce que la journée explosa ensuite, avec le bureau qui l'appela pour lui annoncer qu'il fallait dire adieu à son après-midi et à sa soirée.

Il se dirigea vers la première ferme pour s'occuper d'un projet, suivant le fermier dans son tracteur alors qu'il écartait la neige pour créer un chemin vers la vieille écurie où le patient de Josiah l'attendait.

Son téléphone sonna avec la sonnerie distinctive qu'il avait assignée à son frère. Josiah y répondit. Les règles sur la distraction au volant ne s'appliquaient pas quand vous rouliez à cinq kilomètres heure et que vous étiez dans un des deux véhicules qui traversaient un champ.

De plus, rappeler Micah était toujours aléatoire. S'il pouvait le faire décrocher la première fois, c'était un miracle. De même avec ses sœurs, Kelsey et Lenora.

— Micah. Comment ça va ?

— Génial. Des spectacles à guichets fermés prévus jusqu'au milieu de l'été. Mais j'espère que ma doublure pourra prendre quelques semaines en août. Le nouveau spectacle de Kelsey à Londres démarrera le 10 août. Je voulais te contacter au cas où tu pourrais t'arranger.

— J'ai vu qu'elle a mentionné la date dans le dernier post

familial. Je l'ai mis sur le calendrier, mais je vais devoir vérifier. C'est une période difficile pour prendre une pause.

Même si aller à Londres pourrait être incroyable, Josiah ne savait pas s'il apprécierait ce grand événement familial. Ses parents seraient là, et inévitablement eux, son frère et ses deux sœurs ne feraient rien d'autre que de parler boutique et se remémorer d'anciennes représentations.

Il adorait sa famille, vraiment, mais il y avait un stade où le monde où ils vivaient et le sien ne collaient plus.

Micah toussa.

— Si tu as besoin que je te prête l'argent pour ton billet d'avion, ce n'est pas un problème...

— Arrête, dit Josiah d'un ton cassant. Tu sais très bien que j'ai de l'argent.

— Correction, tu *avais* de l'argent. Que nous recevions tous un gros dividende annuel ne signifie pas qu'il t'en reste. Ce doit être cher de diriger ta propre entreprise. J'imagine que le matériel vétérinaire ne pousse pas sur les arbres.

Plus son frère parlait, plus son discours virait au sermon. Josiah lança un coup d'œil autour de lui et se demanda s'il pourrait simuler un problème de réception pour expliquer pourquoi il avait raccroché.

— Réfléchis-y. Kelsey adorerait t'avoir là-bas, dit Micah.

Ce qui était vrai. Aucun de ses frères et sœurs ne cherchait à l'éviter activement, et ils s'entendaient tous bien. Ils étaient simplement... différents.

— Je ferai en sorte de le savoir assez rapidement pour que nous n'ayons pas à nous organiser à la dernière minute.

— C'est l'idée. O.K., alors une autre chose que je dois te dire, c'est que maman et papa me rejoignent pour Pâques. Kelsey est submergée et Lenora est occupée à tourner à Los Angeles, alors les parents ont dit qu'ils viendraient à New York et iraient voir quelques spectacles à Broadway.

Encore une fois, ça convenait à Josiah.

— Le printemps est une saison chargée par ici, Micah. Il vaut probablement mieux que je ne sois pas obligé d'aller à Rosebud.

— Toujours tellement occupé, le taquina Micah. La p'tite miss Muffet doit vraiment trouver du temps pour s'asseoir sur son tabouret[2] et profiter de la vie.

Un violent accès d'agacement traversa Josiah comme un éclair, et sa colère s'enflamma. Seule la famille connaissait tous vos secrets, comme la peur des araignées[3], et n'avait aucun remords à jouer dessus.

Il pressa les lèvres pour s'empêcher de dire sèchement quelque chose d'impoli, comptant à la place jusqu'à cinq pour pouvoir répondre calmement.

— Je profite souvent de la vie. Mais je dois me mettre au travail. On se parle plus tard. Merde.

— Merci, préviens-moi de ce que tu décideras.

Micah raccrocha, apparemment inconscient d'avoir tant énervé Josiah.

Encore une fois, Josiah réfléchit à la stupidité de tout ça. Sa famille ne le considérait pas comme talentueux, mais il était à l'évidence un assez bon acteur pour faire semblant pendant les conversations. Micah ne savait pas à quel point il avait été proche de recevoir un savon.

Josiah s'arrêta devant l'écurie et tendit la main vers sa trousse de travail. Il martela la neige d'un pas énergique dans un effort pour évacuer son agacement avant que les animaux ne le sentent.

Il prit une profonde inspiration, puis une autre, avant d'entrer dans l'écurie parfumée.

Ce n'était pas la faute des animaux si sa famille était décalée d'un demi-pas par rapport à lui. Ou lui par rapport à elle. Dans tous les cas, son sort n'était pas affreux et ce n'était pas d'horribles personnes. Ils apprenaient et changeaient... mais seulement un peu à la fois. Au moins, Micah s'était enfin rentré dans le crâne que l'appeler *Joe* était hors de question.

Les surnoms malvenus et l'offre d'une aide financière quand elle n'avait aucune raison d'être étaient davantage le reflet du problème que le problème en lui-même.

Ils ne pensaient pas qu'il était assez bien et pendant bien trop d'années il s'était demandé la même chose.

Alors qu'il s'avançait pour s'occuper de sa tâche, il aurait souhaité pouvoir appeler Lisa juste pour entendre sa douce voix, pouvoir la retrouver, l'attirer contre lui et l'entendre rire, pour qu'elle l'écoute en le regardant attentivement de ses yeux expressifs, avec cette vivacité d'esprit qui semblait voir droit en lui.

Le vrai Josiah Ryder. Le gars que personne dans sa famille ne semblait connaître. Et qu'aucun d'eux ne semblait vouloir se donner la peine de connaître.

Le gars qui était plus qu'assez bien.

Josiah renifla moqueusement. Satané bagage affectif. Qu'il soit un adulte ne signifiait pas que sa famille et des souvenirs d'enfance ne pouvaient pas débarquer et le renverser parfois.

Être avec Lisa, c'était différent. Ce n'était pas comme s'il l'utilisait pour l'aider à tourner la page, mais elle lui apportait la lucidité. Être avec elle l'aidait à voir qu'il *avait* changé. Il était fort et compétent, et suffisait à la rendre heureuse.

Il devait le lui dire pour qu'ils puissent parler du futur en des termes plus spécifiques, et bientôt.

Mais avec Lisa qui gérait sa propre crise familiale, il ne rajouterait rien sur ses épaules. Bon sang, il ne lui en voudrait pas du tout si elle décidait que dès que la collecte de fonds serait terminée, il serait temps pur elle de passer à autre chose.

Josiah ne lui en voudrait pas, mais il allait faire tout ce qu'il pouvait pour être digne de la garder à ses côtés.

16

Après que Josiah l'avait déposée, Lisa retourna précipitamment dans la maison à Silver Stone pour se plonger immédiatement dans ses tâches et la conversation.

Mais d'abord, elle se glissa près de Tamara et enfonça légèrement son doigt au niveau de sa taille en représailles pour son cadeau de préservatifs.

— Morveuse.

Tamara, qui observait Tyler avec contentement, leva les yeux, et un grand sourire s'étira sur son visage.

— Je n'ai aucune idée de ce don tu parles.

C'était un choix difficile, mais Lisa adopta la réaction la plus mature à laquelle elle put penser. Elle lui tira la langue.

Karen était assise à table, un carnet devant elle, son téléphone à côté alors qu'elle faisait défiler son écran et griffonnait. Elle leva les yeux à temps pour voir l'échange et secoua la tête comme seule une sœur aînée le pouvait.

— Vous ne changerez jamais.

— Tu ne voudrais pas que nous changions, signala Tamara. Sur quoi est-ce que tu travailles ?

Elle cligna des yeux.

— Des idées pour se diversifier.

La méfiance monta. Lisa se rapprocha et jeta tranquillement un coup d'œil sur la table, dans une tentative de lire les notes de Karen.

— Tu penses que les propriétés Coleman fusionnées ne sont pas assez diversifiées ?

Karen referma brusquement son carnet avant de lancer un regard noir à Lisa.

— Il y a toujours de la place pour de nouvelles idées.

Lisa laissa tomber. Ce que Karen leur cachait finirait par sortir. Il était plus important de gérer la situation présente.

— Comment était papa ce matin ? Est-ce qu'il a dit quelque chose ?

Bon sang. La culpabilité la traversa violemment. Elle n'avait pas vraiment réfléchi. Elle aurait dû être là. Elle aurait dû être là pour soutenir ses sœurs, et...

— Détends-toi, Lisa. Ce n'était pas grave que tu ne sois pas là, lui assura Tamara.

— Comment... ?

— Ton expression vient de changer, comme si tu venais de te faire prendre la main dans le pot de confiture, répondit Karen en reculant sa chaise. Mais honnêtement, tu n'as rien raté. Aucune de nous ne lui a encore parlé. Caleb a décidé d'emmener papa pour le petit déjeuner. Il a dit que cela faisait longtemps qu'il n'avait pas passé du temps entre hommes.

— Pratique, mais brillant, déclara Lisa en lançant un coup d'œil à Tamara. C'est un homme bien, ton mari.

— Un des meilleurs, acquiesça Tamara.

Elle ajusta Tyler, se tortillant maladroitement un instant pour remettre son soutien-gorge en place avant de poser un tissu sur son épaule et de redresser le bébé pour qu'il fasse son rot.

— C'était une bonne idée que nous ayons tous un peu d'espace hier soir, continua-t-elle. J'admets que j'étais plutôt surprise au début, mais en même temps, je ne vois pas en quoi cela changerait vraiment les choses pour nous.

Karen fit la grimace.

— C'est vrai. J'en suis arrivée à la même conclusion. Nous avons toujours été là les unes pour les autres. Nous ne savons même pas si Julia veut passer du temps avec nous. Je suis prête à apprendre à la connaître, mais ce doit être son choix à elle.

Lisa pouvait heureusement apaiser quelques inquiétudes.

— Elle craint davantage de causer des problèmes dans nos vies qu'autre chose. Je suppose que nous prendrons les choses comme elles viennent.

— À quelle heure arrive-t-elle ici ?

— Treize heures.

Toutes trois se mirent à différentes tâches, faisant équipe pour s'occuper de Tyler. Il était suffisamment petit pour ne pas demander trop de travail.

Mais après quelques heures, Lisa commença à se demander si Tamara en faisait trop. Sa sœur s'était mis en tête d'organiser quelque chose dans la salle de séjour et Lisa ne se rappelait pas la dernière fois où elle avait vu Tamara s'asseoir.

Elle regarda Tamara attentivement jusqu'à ce que sa sœur lui lance un regard noir.

— Arrête ça.

— Je ne t'ai pas vue bouger aussi vite depuis des mois, signala Lisa. Tu me rends bel et bien nerveuse.

Sa sœur lui lança un grand sourire.

— Je me sens incroyablement bien. Je suis à l'évidence une de ces personnes qui supportent mal les créatures parasites qui grandissent dans leur ventre. Maintenant qu'il est sorti, je me sens merveilleusement bien.

— Après neuf mois de nausée, tu mérites une pause, dit Karen en volant de nouveau le bébé à Lisa.

Tamara leva un doigt vers cette dernière.

— S'il te plaît, ne fais rien qui rende Caleb plus inquiet.

— Bien sûr, lui assura Lisa.

Le temps passa rapidement. Tamara reçut un message de Caleb l'informant qu'ils avaient terminé leur petit déjeuner, mais qu'il emmenait son père visiter le ranch et qu'ils seraient de retour d'ici à ce que Julia arrive.

Quand une camionnette Ford usée entra dans la cour deux minutes avant l'heure, les trois sœurs étaient déjà prêtes ou, plus honnêtement, elles frissonnaient presque d'anticipation alors qu'elles se tenaient près de la porte de derrière.

Lisa se tourna vers ses sœurs avec un sourire.

— Faites semblant d'être gentilles.

Karen ricana.

— Tu es une vraie morveuse.

— Mais ce n'est plus moi la *plus jeune* morveuse, signala Lisa. Julia détient ce privilège.

— Oh mon Dieu, c'est vrai. Ça signifie que j'ai *deux* petites sœurs pour me tourmenter, dit Tamara d'un ton dramatique.

Lisa ouvrit la porte avant que Julia n'ait eu le temps de frapper, juste au moment où Karen feignait de s'étrangler.

La nouvelle venue sous le porche la regarda avec méfiance.

— Tu arrives à parler ?

Tamara ricana.

— Ses voies respiratoires sont ouvertes. Elle respire et elle a une bonne circulation.

Julia s'avança et retira son bonnet et ses gants en lançant un coup d'œil dans la pièce vers Karen et Lisa avant de ramener son regard sur Tamara.

— Je vois pourquoi tu as marqué un temps d'arrêt la première fois que tu m'as vue. Comment va ce doux bébé ?

Un sourire illumina le visage de Tamara. Elle pointa du doigt le couffin sur la table de cuisine.

— Il va incroyablement bien. Il est superbe et parfait, et je ne pourrais pas être plus heureuse.

— Merci de l'avoir aidé à venir au monde en toute sécurité, dit Karen en s'avançant pour lui tendre la main. Bonjour, Julia. Je suis Karen. Ravie de te rencontrer.

Julia se déplaça instinctivement avant d'interrompre brusquement le mouvement.

— C'est un peu intimidant, admit-elle.

Et puis zut. Lisa suivit son instinct, ouvrit les bras et attira Julia dans une énorme étreinte.

— Habitue-toi. Il y en a un tas d'autres, mais nous les Whiskeytaires, nous sommes bien sûr la *meilleure* partie du clan Coleman.

Tamara émit un son vulgaire.

— Je n'arrive pas à croire que tu essaies encore d'utiliser ce surnom.

Sa décision avait été la bonne. Julia était raide comme un piquet lorsqu'elle s'était laissé aller dans l'étreinte, mais quand elles se lâchèrent, toutes deux étaient plus détendues.

Julia lui sourit.

— Merci, dit-elle avant de froncer les sourcils. Qu'est-ce qu'un Whiskeytaire ?

Tandis que les autres filles riaient, Lisa mena Julia dans la salle de séjour.

— Tu te souviens que je t'ai dit que tous les ranchs Coleman avaient des noms différents ? Nous sommes Whiskey Creek.

Le visage de Julia s'illumina de compréhension.

— C'est mignon.

— Vous voyez ? Vous voyez ? dit Lisa en bondissant sur le

léger compliment. Quelqu'un qui apprécie mon génie à sa juste valeur.

— Combien t'a-t-elle payée pour que tu dises ça ? ronchonna Karen. Peu importe. Juste un tuyau, Lisa est peut-être intelligente, mais elle est aussi dangereuse. N'entre pas dans une guerre de paris avec elle.

— J'essaierai de m'en souvenir, répondit Julia avec un sourire en s'installant sur le canapé.

Elle regarda de nouveau autour d'elle.

— Et juste pour être honnête, je suis un peu nerveuse à l'idée de rencontrer votre père.

— Notre père... Il n'est pas... effrayant, corrigea Lisa doucement.

Cela semblait être le mot le plus doux qu'elle pouvait utiliser sans que ce soit un mensonge absolu.

— Je pense qu'il est probablement plus nerveux à l'idée de te rencontrer que toi, admit Karen avec une moue de travers. Il n'avait aucune idée que tu existais. Et je pense qu'il est gêné que ses filles sachent qu'il a batifolé à un certain moment.

— Intellectuellement, nous comprenons que nos parents ont des relations sexuelles, mais ce n'est pas quelque chose que nous voulons vraiment regarder en face, dit Tamara en allant vers le couffin pour soulever le bébé dans ses bras. Enfin, *beurk*.

C'était un argument valide et, alors qu'elles continuaient à discuter de choses et d'autres, comme le stage de Julia, la tension s'apaisa dans la pièce.

Lisa regarda ses sœurs de près, mais c'était essentiellement ce à quoi elle s'était attendue. Elles n'y allaient pas trop fort, pour éviter de la submerger, mais Julia était clairement la bienvenue en y allant à la vitesse qu'elle voudrait. Cela semblait être une amitié hésitante pour l'instant, ce qui était parfaitement logique.

Lisa se demanda ce que Josiah suggérerait pour aider à diminuer ces difficultés initiales.

Puis elle se surprit parce qu'elle se demandait ce *qu'il* faisait, et s'il serait libre plus tard, parce que ce qu'elle voulait vraiment, c'était pouvoir s'asseoir avec lui et simplement parler de tout ça.

C'était une sensation nouvelle.

C'était une sensation agréable.

La seule chose que toutes trois évitaient, c'était de parler trop intimement de leur père. Le fait qu'il avait des règles et des idées bien arrêtées sur les femmes dans le travail... cela ne semblait pas être ce dont il fallait avertir en premier un nouveau membre de la famille.

Bon sang, peut-être que ça ne ferait aucune différence. Julia était adulte et ne vivait pas au ranch de Whiskey Creek.

Malgré tout, il y eut un papillonnement dans le ventre de Lisa lorsque la porte s'ouvrit en grand et que Caleb entra, suivi par George Coleman.

Les cheveux de leur père étaient devenus d'un blanc argenté pendant les dernières années, des rides de tension se déployaient en éventail au coin de ses yeux et laissaient un pli permanent entre ses sourcils, pourtant il conservait les traits séduisants et marqués du clan Coleman, avec une mâchoire carrée et des traits énergiques.

Son regard fila dans la pièce, marquant une pause sur chacune d'elles avant de se poser sur Julia.

Caleb lui prit son manteau et George marmonna un remerciement avant d'inspirer profondément et de traverser la pièce. Il s'arrêta près du siège de Julia, la fixant des yeux.

Elle se leva.

— Bonjour. Je suis Julia Blushing.

Sa voix n'était qu'un chuchotement.

— Tu as les cheveux de ta mère.

Lisa découvrit qu'elle avait retenu son souffle. Il lui échappa en un hoquet soudain lorsque son père passa les bras autour de Julia et la serra fort.

Julia leva les bras avec hésitation, puis elle enfonça le visage contre son torse et l'étreignit avec enthousiasme.

Elles restèrent toutes assises en silence, les regardant. Caleb traversa la salle de séjour à grands pas pour rejoindre Tamara et il passa son bras autour d'elle et de son fils.

— Comment vas-tu ? demanda-t-il doucement à Tamara.

— Super. On dirait que la famille s'est encore agrandie.

Caleb haussa les épaules.

— Ce n'est jamais une mauvaise chose.

Leur père lâcha Julia puis, s'essuyant les yeux, il s'installa sur le canapé à côté de Karen.

Le visage sévère de George Coleman s'adoucit.

— Je suppose que j'ai une histoire à raconter. Mais pas longue. J'ai passé la nuit à me creuser la cervelle pour trouver des détails que j'aurais ratés, mais rien à faire, je n'arrive pas à en trouver, dit-il en regardant Julia. Ta mère et moi, nous nous sommes connus pendant une courte période. Je l'appréciais énormément, mais elle a dit qu'elle ne cherchait pas de relation sérieuse. Elle avait été avec quelqu'un pendant presque dix ans, mais ils s'étaient séparés récemment. Je lui ai donné toutes mes coordonnées et je lui ai demandé de m'appeler quand elle le voudrait, mais elle ne l'a jamais fait.

Julia hocha la tête.

— Maman m'a dit qu'elle avait été fiancée à quelqu'un pendant un certain nombre d'années quand il a décidé qu'il ne voulait pas d'enfants. Elle a tout arrêté à cause de ça.

Le visage de George se crispa avant qu'il ne se détende délibérément.

— Les filles m'ont dit qu'elle était décédée récemment. Je suis désolé.

Julia sortit un mouchoir, luttant contre ses larmes.

— Merci. Elle me manque. Et qu'elle ne soit plus là rend les choses bien plus difficiles, parce que c'est vraiment une chose dont j'aurais voulu qu'elle me parle plus. Je suis désolée qu'elle ne soit pas entrée en contact avec vous. Elle aurait dû.

— Ce qui est fait est fait et ce n'est pas ta faute, déclara George en inspirant profondément et en regardant la pièce autour de lui, son regard marquant une pause sur Lisa. Je ne sais pas si j'aurais été un bon père si elle m'avait contacté.

La gorge de Lisa se serra.

Cela ne fit qu'empirer quand il continua, les regardant chacune à leur tour.

— Je ne suis pas l'homme le plus facile à vivre. Je suppose que j'ai mes raisons, mais ça ne veut pas dire qu'elles sont bonnes.

Elles allaient toutes se transformer en fontaine si ça continuait. Ce devait être la première fois que Lisa entendait son père admettre que la tension entre eux n'était pas nécessairement la faute de l'une d'*elles*.

George se racla la gorge, lançant un coup d'œil à Caleb avant de continuer :

— Mais parfois, ce qui appartient au passé doit y rester. Nous ne savons pas ce que j'aurais fait, mais je peux te dire ce que je vais faire. Si tu veux faire partie de cette famille, fais-le.

Leur père renifla doucement.

— Oublie ça. La vérité est que nous sommes des Coleman. Tu fais partie de cette famille que tu le veuilles ou non. Ce qui dépend de toi, c'est à quel point tu nous laisseras interférer dans ta vie.

Des larmes roulaient sur le visage de Julia.

— Merci.

Elle parla d'une voix douce et étranglée.

Lisa se releva brusquement. Elle attrapa une boîte de

mouchoirs et fit rapidement le tour, en lança une poignée à Tamara, en déposa quelques-uns près de Karen, puis posa la boîte sur l'accoudoir du fauteuil de Julia.

Tout le monde se ressaisit pendant les minutes qui suivirent.

Karen pressa les mains contre ses cuisses.

— Eh bien, je sais que tu es occupée avec ton stage, mais nous devons regarder le calendrier et trouver une date pour que tu viennes à Rocky. Tu dois voir le ranch et une visite nous donnera le temps de faire connaissance.

— Et tu viendras ici quand tu pourras, insista Tamara. Nous avons beaucoup de place et beaucoup de gens qui veulent apprendre à te connaître.

Le doux son du petit rire de Caleb fendit l'air.

— Mon Dieu, j'adore les femmes. Doucement en larmes une seconde, en train de prendre des mesures la suivante.

— La définition d'une femme, murmura Tamara.

George se racla la gorge.

— Je sais que je n'étais pas là quand tu étais petite, Julia. Bon sang, d'une certaine manière, je n'étais là pour aucune de vous trois qui avez grandi sous mon toit. Mais je vais m'améliorer.

Il sourit à Julia.

— Tu viendras assurément en visite, mais je prévois de venir plus souvent à Heart Falls, de toute façon. J'ai un tout nouveau petit-fils que je dois voir grandir, ainsi que deux petites-filles qui grandissent bien trop vite.

Lisa lança un coup d'œil à Caleb, émerveillée. Quelle magie tordue avait-il exercée sur son père ?

D'un autre côté, il était inutile d'en discuter maintenant. Comme son père l'avait dit, peut-être qu'il était temps de laisser le passé derrière eux et de se concentrer sur le futur.

George se leva et frotta les mains d'un air gêné sur ses cuisses.

— Il faut que j'aille marcher.

— C'est une super idée, dit Caleb.

Son père hésita, puis lança un coup d'œil dans la pièce.

— Une de mes filles veut se joindre à moi ?

Karen inspira profondément.

— Julia ? Tu veux venir ?

Elle inclina le menton.

— D'accord.

C'était comme si la pièce était soudain pleine à craquer, l'émotion prête à se déverser de toute part.

— Cette fois, je ne viens pas, dit Tamara.

— Allez-y, mais, Julia, nous nous reverrons bientôt, dit Lisa en sentant le regard de son père sur elle. Papa ?

Il attendit.

— Merci. Ça a dû être dur, mais...

Elle sourit et, pour la première fois depuis longtemps, sentit vraiment un lien entre eux.

— Merci.

Tous trois s'en allèrent. Lisa s'appuya contre le mur, les yeux fermés, se laissant aller alors que le poids de la journée la quittait.

La voix de Tamara porta facilement dans le silence.

— Caleb Stone, tu es un sacré bonhomme. Je t'aime.

Caleb émit un « hum » pensif.

— Je t'aime aussi. Et je suis désolé de m'être comporté comme un imbécile plus tôt. On dirait qu'il faut que je voie quelqu'un d'autre faire l'imbécile pour reconnaître que je fais la même chose. Alors je suis désolé. Pas de m'être inquiété pour toi, mais de ne pas avoir admis que j'étais surprotecteur *parce que* j'étais inquiet.

Lisa changea de position dans l'espoir de les laisser seuls, mais quand elle se retourna, ce fut pour découvrir que Caleb la regardait directement, une expression sérieuse sur le visage et quelque chose à l'esprit.

— Oui ?

Son regard alla d'une sœur à l'autre.

— Puisque je me suis comporté comme un imbécile devant toi, j'ai pensé que tu devrais aussi entendre mon aveu. J'aurais dû être plus malin, tout comme votre père. Ça n'a rien à voir avec Julia, mais tout à voir avec la manière dont il vous a traitées au cours des années. Je vais le laisser vous en dire plus quand il sera prêt. Je pense qu'il est plutôt bouleversé pour l'instant, mais je le crois. Qu'il va essayer de faire mieux.

— C'est tout ce que nous demandons. C'est tout ce qu'une personne peut demander, dit Tamara.

Elle appuya son front contre celui de Caleb, le bébé coincé tendrement entre eux. Tyler se tortilla en protestation, se réveilla et commença à émettre des sons, mais pas assez pour noyer le « je t'aime » de Tamara.

Lisa se détourna et les laissa, le cœur et la tête remplis d'émotions.

Ça la démangeait d'appeler Josiah.

17

———

Josiah fixa les mots pendant une seconde avant de rouler des yeux, amusé. Cela faisait trois jours qu'il n'avait pas eu la chance de voir Lisa en personne. Il semblait que lorsque le monde animal décidait de se déchaîner, ils y allaient tous d'un coup.

En dehors des messages sur son téléphone, et du mot très mignon écrit à la main qu'il avait trouvé sous son essuie-glace, il était rentré chez lui trop tard et trop épuisé pour lui parler dans la soirée. C'était loin de suffire.

Il semblait que quelqu'un d'autre était déterminé à s'assurer qu'ils se voient.

Lisa : « Ollie est encore là. »

Lisa : « Je peux passer la chercher. »

Lisa : « Mais comment trouve-t-elle son chemin jusqu'à Silver Stone ? »

Josiah ne le savait pas non plus. Quand il aurait plus de temps, il aimerait bien suivre l'animal juste pour le découvrir, mais il était encore en retard à cause des urgences qui s'empilaient sur sa planche.

L'occasion de retrouver Lisa était trop forte pour la rater.

Josiah : « Si je passe à la maison, pourras-tu venir avec moi chez Sonora pendant un moment ? »

Lisa : « OUI. Tamara est prête à me mettre à la porte. Aide-moi, Obi-Wan Kenobi. Tu es mon seul espoir. »

Il se mit à rire et renvoya un rapide message : « Han a tiré le premier. »

Lisa : « Bien sûr que oui. »

Ollie et elle l'attendaient sous le porche lorsqu'il arriva. Un vent Chinook s'était levé et l'air plus chaud avait transformé la neige épaisse en une pagaille de neige fondue partout.

Ollie le rejoignit en premier, remuant la queue si violemment que ses pattes arrière dérapèrent avant qu'elle ne se rattrape. Sa langue était déjà prête pour une léchouille furtive quand il se pencha pour lui ébouriffer le pelage.

— Je ne sais pas pourquoi je te caresse, morveuse, grommela-t-il avant de baisser la voix et de lui dire doucement : Merci.

Il se releva à temps pour attraper Lisa et la faire tourner, la tenant contre son corps alors qu'il lui donnait un baiser qui lui fit bouillir le sang.

Lisa s'éloigna et replaça son chapeau, sifflant joyeusement alors qu'elle rampait dans la cabine de la camionnette.

— Eh bien. *Ça* c'était plutôt génial. Prêt à y aller ? On dirait que tu n'as pas beaucoup de temps.

Elle prit place à côté de lui, la cuisse collée étroitement à la sienne alors qu'Ollie s'asseyait avec réticence sur le sol, les fixant d'un air implorant.

— Je suis occupé, admit-il, mais ça paie les factures.

Même si ce n'était pas vraiment un sujet d'inquiétude. Son fonds de placement était plus que suffisant, mais il s'efforçait de ne pas toucher le capital. Bon sang, il était suffisamment têtu pour essayer d'économiser les intérêts aussi.

Lisa retira le gant de Josiah et glissa leurs paumes l'une contre l'autre, liant leurs doigts alors qu'elle le fixait du regard, avec ses grands yeux marron et un sourire satisfait.

— Alors, pour te mettre au courant. Tamara a décidé que l'après-accouchement est la chose la plus géniale inventée depuis le fil à couper le beurre. Elle a à peine besoin d'aide... on aurait cru qu'elle tirerait avantage de ma présence, mais elle est debout à faire la lessive avant que je ne puisse sortir du lit. Elle dit qu'elle a neuf mois de cuisine en retard à rattraper aussi.

— Si elle a besoin d'un défi, elle peut venir chez moi pour cuisiner, proposa Josiah. Si ça peut vous aider, bien sûr.

Lisa lui lança un grand sourire.

— Quel grand cœur !

Il caressa ses jointures du pouce.

— Tu m'as manqué. Les textos, c'est très bien, mais ce n'est pas la même chose.

Elle s'humecta les lèvres.

— Moi aussi. Tu m'as manqué, je veux dire, précisa-t-elle avant de se tourner pour pouvoir poser la tête sur son épaule. D'un autre côté, j'ai accompli plein de trucs pour la levée de fonds, puisque Tamara est occupée à faire mon travail et le sien. J'ai vu Sonora deux fois et nous avons parlé d'un événement le 24 mai. Si les idées que nous avons rassemblées te plaisent, nous pourrons mettre les choses en marche.

Une profonde vague de culpabilité le frappa.

— Je suis désolé. J'étais censé t'aider.

Elle haussa les épaules.

— Il y a plein de choses où tu peux m'aider. Nous venons de commencer. Ce n'est pas comme si tu pouvais deviner quand tu serais occupé.

Non, mais qu'il soit occupé pile quand elle avait une tonne de temps libre n'était pas un super moyen de rendre clair qu'il y avait de bonnes raisons pour qu'elle reste. Il se fustigea d'avoir encore foiré.

Surtout quand elle continua joyeusement :

— J'ai fini par avoir beaucoup de temps pour faire des recherches, alors mon carnet de voyage se remplit. C'est plutôt amusant d'écrire un tas d'idées qui mènent l'une à l'autre. Je sais que la plupart sont impossibles, mais c'est un super exercice.

Il tournait dans l'allée menant chez Sonora, alors il lui serra les doigts avant de remettre les deux mains sur le volant.

— Qui dit que quoi que ce soit est impossible ? Fais de grands rêves. Tu es une femme incroyable... Je parie qu'il n'y a rien qui te serait impossible si tu le décidais.

— Tu dois jeter un œil à mes idées. Certaines sont plutôt extravagantes.

Il stoppa la camionnette devant la grange de Sonora. Avant qu'il ne puisse bouger, elle se redressa et poussa son chapeau en arrière pour pouvoir déposer un baiser sur sa joue.

— Au fait : tu es plutôt incroyable aussi, chuchota-t-elle.

Et puis zut. Josiah tendit la main et lui défit sa ceinture de sécurité, l'attirant sur ses cuisses. Il jeta le chapeau de Lisa pour lui passer les doigts dans les cheveux à l'arrière de sa tête et la serrer contre lui. Puis il prit impétueusement sa bouche.

Elle l'attrapa par le col, plongeant immédiatement, leurs langues glissaient l'une contre l'autre et envoyaient des éclairs de plaisir à travers tout le corps de Josiah.

Il n'avait aucune idée du temps qu'ils passèrent là, à s'embrasser et à se toucher. Lisa lui déboutonna le haut de sa chemise pour pouvoir frotter ses paumes sur sa peau. Les doigts de Josiah s'enfoncèrent dans ses hanches et il aurait aimé avoir eu la présence d'esprit de l'avoir placée à califourchon au lieu de l'avoir en amazone.

La traîner sur sa verge depuis cet angle était loin de suffire. Ni à l'un ni à l'autre.

On frappa vivement à la vitre et ils se séparèrent rapidement. À travers le verre embué, Sonora Fallen les regardait avec exaspération.

— Oups, marmonna Lisa en agitant rapidement la main alors qu'elle quittait précautionneusement ses cuisses.

Josiah ne parvint pas à effacer le large sourire de son visage alors qu'il ouvrait la portière.

— Bonjour, Sonora.

— Le soir serait arrivé avant que vous ne vous en rendiez compte si je ne vous avais pas interrompus, dit-elle d'un ton bougon, mais elle pencha la tête, les dirigeant vers les granges qui avaient été partiellement rénovées. Viens. Le coin bureau a été installé depuis ta dernière visite.

Mais d'abord, Sonora leur fit faire le tour du bâtiment. Josiah remarqua avec approbation les nouveaux parcs et enclos qui avaient été construits.

— À quel point piochez-vous dans votre propre poche pour payer ça ? demanda-t-il.

— Je n'ai pas encore atteint le fond, lui assura-t-elle. Et puis c'est temporaire. C'est le but de cette levée de fonds.

Lisa inspira profondément, puis se lança dans une explication de l'événement qu'elle et Sonora avaient imaginé.

— Pense à une fête communautaire dans une grange. Nous organiserons des divertissements et aurons des tables à enchères avec des donations que feront des commerces comme le Buns and Roses. Nous en ferons un rassemblement axé sur la famille, alors ajoutons une ménagerie, et des photos avec des animaux, et peut-être la construction d'un fort dans le fenil, ou des promenades à cheval. Mais le mieux, c'est que nous combinerons cette journée avec une fête de l'adoption. Les gens qui veulent accueillir un de ces animaux secourus pourront remplir toute la paperasse à l'avance, mais ce sera ce jour-là qu'ils récupéreront le nouveau membre de leur famille.

Sonora écoutait avec un sourire approbateur tandis que Lisa parlait, puis ajouta son grain de sel.

— S'il y a des chiens qui partent prochainement, avant la semaine des enchères, eh bien, nous les ferons revenir comme invités spéciaux. Nous pensons qu'il y aura quelques adoptions cette semaine-là pour mettre au point le timing, et nous aurons déjà l'argent et les vaccins de faits. Mais ne serait-ce pas motivant de voir quelqu'un venir chercher son chiot ? De voir ceux qui ont déjà trouvé de bons foyers ?

C'était brillant. Suffisamment important pour gagner de l'argent et créer un grand sens communautaire, et pourtant assez modeste pour être géré par une petite équipe.

Josiah vérifia la paperasse que Sonora avait déjà commencé à remplir pour avoir les permis afin d'accueillir l'événement.

— Une suggestion. Quiconque craque sur un animal devra quand même passer l'habituelle période d'attente et d'approbation. Nous ne voulons pas que qui que ce soit ému sur le moment emmène un chien chez lui, puis se rende compte qu'il ne peut pas le garder.

Sonora et Lisa hochèrent la tête avec approbation.

— Nous avons pensé qu'ils pourraient payer une caution, pour avoir l'impression de faire partie de la fête et de la célébration, dit Lisa.

Bien sûr, elles avaient déjà pensé à ce problème. Josiah se surprit à regarder Lisa avec admiration alors qu'il secouait la tête.

— On dirait que vous n'avez pas besoin de mon aide.

L'expression de Lisa était soudain devenue complètement espiègle.

— Nous avons une tâche bien spécifique à l'esprit pour toi.

Sonora lui tapota le bras.

— Je sais que ça ne t'intéresse pas d'agir avec les intervenants communautaires, et je ne t'en veux pas. Tu as bien assez à gérer. Mais tu es à l'aise devant une foule, alors accepterais-tu de t'associer à Lisa comme présentateur de l'événement ?

Il lança un coup d'œil à Lisa, l'éclat dans ses yeux et le bonheur sur son visage face à tout ce qu'elle avait pu accomplir en aussi peu de temps.

Impossible qu'il dise quoi que ce soit qui fasse disparaître cette expression.

— Ce serait un honneur.

Ils travaillèrent un peu plus longtemps sur les détails. À un moment pendant leur discussion, quand Lisa et Sonora se glissèrent dehors pour vérifier quelque chose, Ollie les suivant comme une ombre, Josiah prit au pied de la lettre l'offre de Lisa de fouiner. Il feuilleta quelques pages de son carnet d'idées, prenant des notes mentalement sur certaines de ses splendides idées « un jour ».

Elle avait raison. Certaines d'entre elles étaient plutôt extravagantes et farfelues. Mais d'autres...

Des idées mijotaient dans son cerveau. Il fit vite, souriant devant la petite bêtise qu'il avait accomplie avant que les femmes ne reviennent.

Sonora rayonnait quand ils eurent terminé. Lorsqu'ils retournèrent à la camionnette pour s'en aller, Lisa appuyée contre son bras, Josiah fut heureux de pouvoir déclarer que cette réunion était réussie.

Maintenant, pour en faire une nuit très réussie...

Il se tourna vers elle.

— Quelles sont les probabilités pour que toi et moi puissions nous esquiver pour le reste de la soirée ?

Les yeux de Lisa s'illuminèrent.

— Je parie sur cent pour cent.

Il prit la direction du supermarché pendant que Lisa s'occupait en envoyant un texto à Tamara.

Il y avait seulement un problème. Josiah regarda Ollie.

Au diable tout ça. Elle devrait simplement les accompagner.

Lisa avait été envoyée dans la boutique d'alcools avec l'ordre d'acheter une bouteille de rouge ou de blanc, celui qu'elle voulait... avec une réserve. Un bouchon à vis uniquement.

Pour être contrariante, elle acheta les deux. S'il pouvait la surprendre constamment, elle pensait que ce n'était que justice qu'elle en fasse autant.

Dès qu'elle fut de retour dans la camionnette, Josiah disparut dans le magasin, revenant dix minutes plus tard avec deux sacs de courses remplis qu'il plaça sur le siège arrière.

— Tu es prête pour une aventure ?

Elle le regarda prudemment.

— Je ne vois pas de fiche.

— Tu ne regardes pas assez près, la taquina-t-il. Ouvre ton carnet.

Quoi ? Elle le sortit de son sac et trouva un mince bout de tissu utilisé comme marque-page.

— Créatif.

— Le désespoir, répliqua-t-il. Sonora est bien trop ordonnée. Dans n'importe quel autre bureau, j'aurais pu trouver un morceau de papier.

Lisa se mit à rire alors qu'elle ouvrait la page désignée et vit ses notes sur la France. Ou c'était ce qu'elles étaient devenues. Sur le côté gauche de la page, elle avait dessiné une ébauche de la tour Eiffel avec une liste à puce en face. En dessous elle avait écrit : « Visiter la tour Eiffel ou un autre énorme monument et profiter d'un délicieux repas. »

Josiah quitta la nationale et la voie ferrée vibra sous les roues de la camionnette.

— Tu connais un raccourci pour la France ? Parce que ce doit être un sacré tunnel, dit-elle.

Il lui lança un grand sourire.

— Je n'ai pas le temps de t'emmener en France en avion, mais je peux certainement t'emmener à un monument important pour un délicieux repas.

Il s'arrêta devant les vieux silos à grains de Heart Falls.

Elle sortit derrière lui, fixant les bâtiments à la peinture écaillée.

— Ils sont en légèrement meilleur état que ceux à la sortie de Rocky.

Ce qui ne disait pas grand-chose.

Ollie partit devant pour explorer. Josiah attrapa les courses d'une main et les doigts de Lisa de l'autre, l'entraînant avec lui vers la porte à la base d'une des imposantes structures.

— C'est sans risque à l'intérieur. Et il se trouve que j'ai une clé et la permission d'y entrer quand je veux.

Elle ne savait pas vraiment pourquoi quelqu'un souhaiterait un tel privilège, mais son enthousiasme était immense et rien que ça, c'était attirant. Elle lui prit les sacs pour qu'il puisse ouvrir la porte. Quand il appuya sur l'interrupteur, des LED s'allumèrent dans le couloir et ils attendirent qu'Ollie les rejoigne avant de fermer la porte.

Lisa jeta un coup d'œil autour d'elle, mais il n'avait pas exagéré. Elle cogna sur les poteaux solides qui s'élevaient vers le haut du bâtiment à deux étages avec ses articulations.

— Waouh.

— Il n'y a pas grand-chose susceptible d'éroder, dans ce secteur. Ils sont construits pour résister à la neige et au vent.

L'extérieur a l'air affreux à cause du soleil et des intempéries, mais ici, il y a le potentiel pour tellement plus ! expliqua-t-il en lançant un coup d'œil à la chienne. Attends ici. Nous avons besoin d'encore une chose.

Il sortit et revint en un rien de temps, un autre sac de courses rempli à ras bord de ce qui semblait être une couverture sur son épaule.

— Par ici.

Josiah attrapa une lampe torche sur une étagère et la tendit à Lisa. Il en prit une seconde pour lui puis, ouvrant la voie, monta des escaliers en bois usés.

Il avançait vite, provoquant un craquement occasionnel dans le bois, mais avec lui qui marchait d'un air aussi assuré, Lisa n'avait aucune raison d'hésiter. Ils prirent un virage pour la sixième fois, l'espace sur sa gauche s'ouvrant encore une fois sur une large pièce avec un plancher en bois.

Elle marqua une pause, soudain incertaine.

— Je vais rester ici jusqu'à ce que je puisse voir où je vais. Ou au moins à plus d'un mètre devant moi.

Josiah posa ses sacs et revint à ses côtés, il lui attrapa les mains et examina son visage attentivement dans la faible lumière qui se reflétait par la fenêtre.

— Est-ce que c'est bon ?

Elle hocha la tête.

— Je me méfie simplement des hauteurs quand je ne suis pas certaine de la stabilité du sol.

Il entrelaça leurs doigts.

— Je te tiens, lui promit-il, d'une voix basse mais intense, racontant toute une histoire en une phrase alors qu'il frôlait ses lèvres brièvement. Tu pourras me protéger des araignées.

Quelque chose en elle céda brusquement.

— Je peux faire ça.

Il lui prit la lampe torche avec précaution, la posa sur le sol près du rebord de la fenêtre et la dirigea vers le plafond. Il prit la sienne quelques pas plus loin et fit la même chose avant d'aller vers son sac secret, de déballer une couverture et de la poser sur le sol.

Ollie en prit immédiatement possession. Elle s'installa pile au milieu, souriant joyeusement comme seul un chien pouvait le faire.

Lisa se mit à rire.

— Ça a mal tourné.

— Ça a parfaitement fonctionné, corrigea-t-il. Reste où tu es. J'ai encore une chose à faire.

Il y avait encore un épais tissu dans le sac et il le sortit en le secouant, et des sons métalliques résonnèrent alors que des crochets surdimensionnés heurtaient le sol. Il chercha une troisième fois dans le sac, en sortit des cordes, mais avant que Lisa ne puisse faire une remarque narquoise, il leva les yeux et lança les extrémités sur les poutres apparentes directement au-dessus d'eux.

En quelques minutes, il avait suspendu un hamac juste devant la fenêtre qui faisait face aux montagnes.

— C'est un joli truc, dit-elle.

— Merci. Votre carrosse vous attend, ma dame.

Il tenait le bord pour qu'elle y grimpe, elle retira ses chaussures. C'était au moins un hamac pour deux, et quand Josiah attrapa un mât dans le coin de la pièce et l'inséra dans une gaine cachée sur une extrémité, il y eut soudain un espace maintenu grand ouvert.

Il rapprocha les sacs de courses et les attacha à des sangles qu'elle n'avait pas remarquées avant.

— De toutes les personnes que j'ai rencontrées, tu as le hamac le plus luxueux, remarqua Lisa.

— J'ai dormi dedans, admit-il. J'ai plus ou moins vécu dedans un été. Le dortoir qu'on m'avait assigné avait un peu trop de ronfleurs et les boules Quies ne suffisaient pas. Alors j'ai accroché ça dans un coin calme de la grange et j'ai vécu à la dure beaucoup plus reposé que les autres gars. Je le garde dans la camionnette comme plan B d'urgence.

Il s'était allongé, quelque peu en travers du tissu, les jambes étendues, à l'aise, les pieds pendant par-dessus le bord. Quand elle reproduisit sa position, faisant face à l'autre côté, elle se rendit compte que c'était comme avoir un dossier intégré, un siège et tout le reste.

Il pointa le doigt à côté du coude de Lisa.

— Il y a un porte-gobelet là pour toi, dit-il en tendant la main dans le premier sac et en sortant une bouteille de vin, ouvrant le bouchon et la lui tendant. Bienvenue, mademoiselle[1], Chez le Grenier à Blé de Heart Falls. J'espère que vous apprécierez votre visite.

C'était une andouille, mais il était mignon.

— Merci. Je l'espère aussi.

Elle leva la bouteille en l'air avant de boire. Elle la lui passa et Josiah prit une gorgée avant de la placer dans le porte-gobelet près de lui.

Puis il sortit un assortiment de viandes, de fromages, de *dips*, et un pain français déjà tranché, étalant le tout sur une large assiette en carton.

Ils se relayèrent pour se voler des tranches de nourriture et discutèrent librement pendant que le soleil descendait derrière les montagnes.

Lisa pointa l'arête sud du doigt.

— Est-ce ton col de l'éclair vert ?

Josiah marqua une pause.

— C'est possible.

— Je dois revenir et essayer encore de le voir de ta maison.

— Tu es toujours la bienvenue.

Il marqua une pause, son regard errant sur son visage.

— Tu as écrit beaucoup de super idées dans ton carnet. Ça pourrait t'occuper longtemps.

— Ouais.

Il parla doucement.

— Est-ce que tu es excitée à l'idée de commencer à explorer ?

Il demandait plus que la réponse à cette simple question. Tellement plus, et elle le savait. Les choses changeaient, lentement. Sa famille, ses besoins...

Ses rêves.

Même si le temps qu'ils avaient passé ensemble était venu par à-coups, être avec Josiah était devenu important. Cela signifiait ne pas lancer une réponse à la légère. Cela signifiait être sincère d'une manière dont elle l'avait rarement été avec qui que ce soit.

Lisa parla doucement.

— C'est drôle. Quand j'ai commencé à réfléchir à tous les endroits où je pourrais aller et à toutes les choses que je voulais faire, cela semblait être un objectif tellement incroyable et important ! Mais avec l'arrivée de Tyler et la présence de Julia, je ne suis pas sûre de vouloir m'en aller. Et avec Finn qui s'est pointé en plus... Je ne pense pas que Karen sache qu'il est là, au fait. Je ne le lui ai pas dit. J'ai totalement été distraite.

Elle ne le mentionna pas spécifiquement *lui* comme une de ses distractions, mais son regard était fixé sur le visage de Josiah, sur sa mâchoire presque trop mignonne et ses yeux bleus qui contenaient la joie capturée d'un ciel d'été.

Josiah la laissa s'en tirer comme ça.

— Beaucoup de choses se sont passées d'un coup.

— C'est vrai, acquiesça-t-elle. Mais pas plus que je n'en ai l'habitude. Pas quand je pense à ce avec quoi j'avais l'habitude de jongler. Pourquoi suis-je complètement déroutée quand il s'agit de décider ce qui se passera ensuite ?

Elle joua avec la croûte de pain entre ses doigts, levant les yeux pour découvrir que Josiah la regardait attentivement.

— Je faisais beaucoup de choses en coulisses, admit-elle.

Une partie de sa famille l'avait enfin compris... mais seulement quelques-uns pendant qu'elle l'orchestrait.

— La plupart des ranchs se divisent quand ils atteignent une certaine taille, ou lorsque les fils grandissent. C'est ce qui s'est passé avec notre famille aussi, mais au final, les terres Coleman n'ont pas été bien distribuées. Pas après que d'autres enfants sont nés, sont morts ou sont partis. Ajoute à cela que la partie Whiskey Creek du ranch n'avait que des filles et qu'il n'est pas facile de travailler avec mon père, cela a donc rendu les choses difficiles. Tamara s'est rebellée et est partie, décidant de devenir infirmière. Karen se disputait tous les jours avec notre père mais continuait à travailler avec lui. Moi, je ne voulais pas me disputer *ni* partir.

Josiah glissait les restes dans le sac, l'écoutant attentivement.

— Mais tu as fait quelque chose.

— Je me suis organisée. J'ai fait des allusions, lâché des suggestions à des moments et à des endroits où finalement tout était absorbé et pourtant cela ne semblait jamais avoir été mon idée. Maintenant, les quatre ranchs ont fusionné, ils partagent les activités et allègent la charge de travail pour tout le monde. Je n'ai plus besoin d'être là. Je n'ai plus besoin d'être là pour faire bouclier entre Karen et mon père, expliqua-t-elle en levant les yeux vers Josiah. C'est une super nouvelle, et pourtant je panique maintenant que Tamara n'a plus besoin de moi. J'ai toujours pensé que ce que je ferais ensuite serait pour moi, mais il semble que j'aime vraiment diriger la vie des autres à leur place.

— Je ne doute pas que tu as beaucoup travaillé en coulisses, mais j'en suis arrivé à connaître Tamara, dit Josiah. Crois-moi.

Elle a besoin de toi. Peut-être pas de la même manière qu'il y a un mois, mais vous avez un lien plutôt fort entre vous. C'est important.

— Ça l'est, acquiesça-t-elle. Mais la chaleur de ses sentiments familiaux ne suffit pas pour que je base ma vie dessus, ou en tout cas c'est ce que dit mon cerveau.

Il continua à l'écouter attentivement, passant la main sur sa cuisse en un geste réconfortant.

Lisa haussa les épaules.

— Je suis un tigre qui a passé trop de temps dans une cage trop petite. Les murs ont soudain disparu, pourtant je ne sais pas comment aller plus loin que je ne l'ai fait toute ma vie.

Josiah hocha la tête alors qu'il regardait le coucher de soleil par la fenêtre.

— Ta volonté de partir et de faire quelque chose de différent est logique. Ce n'est pas nécessairement la distance, c'est *faire* quelque chose que tu aimes.

— Mais je suis presque toujours en train de faire quelque chose pour les autres, dit Lisa. À un certain moment dans ma vie, ne suis-je pas censée faire des choses pour moi ?

Il attrapa ses doigts entre les siens, les porta à ses lèvres et les embrassa.

— Si tu fais ce qui te rend heureuse, pourquoi le définir davantage ? Il n'y a pas de mal à avoir le genre de cœur qui s'épanouit en donnant aux autres.

Lisa devait prendre le temps d'y réfléchir. En attendant...

Elle passa les jambes par-dessus le bord du hamac, vola la bouteille de vin et la plaça en sécurité contre le mur.

Josiah croisa les mains derrière la tête, lui souriant. Il avait l'air complètement à l'aise dans ce machin qui se balançait.

— Je suppose que j'ai eu assez à boire ?

Elle attrapa le sac de nourriture et le pendit à un clou près de la fenêtre, suffisamment haut pour qu'Ollie ne puisse pas l'atteindre, même si elle n'avait probablement pas besoin de s'inquiéter. La chienne était pelotonnée et ronflait joyeusement. Ollie avait rassemblé leurs chaussures en pile et dormait au-dessus de la masse bosselée, totalement satisfaite.

Lisa s'avança devant la fenêtre, défit les boutons de sa chemise un par un, retira le tissu en se dandinant, puis tendit la main derrière elle pour défaire son soutien-gorge.

Josiah se contorsionna.

Elle marqua une pause.

— Un problème ?

Il écarta un peu les jambes.

— Tu bloques le coucher de soleil.

Lisa jeta la tête en arrière et se mit à rire.

Une seconde plus tard, il avait quitté le hamac, retirait sa chemise et la lançait sur le côté. Ses mains filèrent vers le bouton de son jean. Il l'enleva en même temps que son caleçon.

Lisa se pressa de le rattraper. Une seconde plus tard, ils étaient tous les deux nus.

L'air frais la frôla et ses mamelons se tendirent, mais elle ne savait pas si elle devait en blâmer la température ou la manière dont il la regardait. Affamé, plein de désir. Sa verge dure et en attente.

— Oups.

Elle se précipita vers son jean, sortant un préservatif de sa poche à l'instant où il la souleva. Leurs peaux enfiévrées se rencontrèrent, puis leurs mains se caressèrent et leurs lèvres s'unirent. Il la souleva du sol dans ses bras forts, avançant vers le hamac pendant qu'ils s'embrassaient.

Lisa se tortilla et, lorsqu'il s'assit, elle l'enfourcha, plaça le préservatif entre la cuisse ferme de Josiah et le tissu du hamac.

Les mains de nouveau libres, elle les pressa contre son torse, le caressa en remontant et se pencha jusqu'à ce que ses seins le touchent. Les doigts de Josiah effleurèrent son postérieur, et il ajusta sa position pour faire aller et venir son sexe sur son membre dur.

Des baisers, des caresses. Quand il prit ses seins dans ses paumes et les taquina, elle se redressa et laissa tomber sa tête en arrière, des cris de plaisir s'échappaient de ses lèvres sans crainte d'être entendue.

Quand il se couvrit et la souleva, les alignant soigneusement, Lisa s'enfonça sur son membre épais avec un soupir satisfait.

C'était quelque chose de précaire, avoir une relation sexuelle dans un hamac, mais tandis qu'ils bougeaient ensemble, elle s'en remit à lui. Alors que ses contacts lents et languides dérivaient sur ses seins et entre ses cuisses, elle laissa le plaisir monter.

Josiah inspira profondément, la souleva légèrement avant d'entreprendre un mouvement de hanches qui aviva le feu entre eux jusqu'à la fournaise. Le plaisir la taquinait depuis son clitoris, et quand il appuya son pouce dessus, en le frottant vigoureusement, tout vola en éclats et elle se resserra fermement autour de sa verge.

— *C'était incroyable, bon sang*[2].

Josiah souffla les mots en une longue exclamation alors qu'il lançait la tête en arrière et jouissait.

Le hamac trembla et se balança, et quand les bras de Lisa faiblirent, Josiah l'attira contre son torse. Le cœur de celui-ci martelait et elle n'avait absolument plus froid.

— D'accord. C'était une charmante aventure.

Dehors, le ciel était devenu sombre, le soleil complètement couché derrière la chaîne de montagnes.

— Nous avons raté l'éclair vert, se plaignit-elle.

Sous son oreille, le cœur de Josiah s'emballait, et son torse trembla dans un grondement amusé.

— Crois-moi, chérie. Il y a eu plein d'éclairs, et la terre a tremblé, et tout le reste pour moi. Si ça ne s'est pas passé comme ça pour toi, je devrais simplement redoubler d'efforts la prochaine fois.

— Redoubler d'efforts pourrait bien me tuer, admit-elle.

Malgré tout, ce ne serait pas une mauvaise manière de mourir.

18

Tamara lança un sourire narquois à Lisa, puis replia un de ses doigts pour lui faire signe d'avancer.

— Il semble que nous ayons reçu la visite des fées de la neige, hier soir.

Lisa se frotta les yeux et fronça les sourcils, se réveillant juste assez pour comprendre de quoi Tamara parlait. La veille...

C'était vrai. Dans une longue série de rencards incroyables au cours des dernières semaines, il était presque deux heures du matin quand Josiah l'avait déposée après qu'ils étaient allés danser au pub du coin, le Rough Cut.

— D'accord.

Elle s'avança près de sa sœur, suivant son doigt qui pointait la légère pente qui menait au petit cottage de l'autre côté de la cour. Il neigeait quand ils étaient arrivés, les flocons qui tombaient doucement diminuaient alors qu'elle embrassait Josiah sous le porche.

Il leur avait fallu un petit moment pour finir de se dire bonne nuit.

Mais il semblait qu'après qu'elle était rentrée dans la maison pour rêver joyeusement, Josiah était allé vers le coteau.

Il avait piétiné la neige en une série d'étranges motifs sinueux que Lisa reconnaissait de ses livres d'histoire.

— C'est hilarant. Il a transformé Silver Stone en un deuxième site de Nazca.

Tamara s'appuya sur le plan de travail et l'examina.

— Tu t'amuses ?

Lisa n'eut pas besoin de réfléchir longtemps avant d'offrir une réponse enthousiaste.

— Beaucoup.

C'était vrai. Non seulement grâce aux rencards et à la danse, mais aussi parce que Josiah était doué pour envoyer des textos quand ils ne pouvaient pas se retrouver, ce qui se produisait souvent entre son travail et elle qui aidait au ranch.

Mais même leurs échanges de messages lui donnaient chaud au cœur.

Elle les fit défiler pour relire une discussion datant de quelques nuits plus tôt parce qu'elle la faisait sourire.

Lisa : « Si tu pouvais aller n'importe où dans le monde pour regarder un coucher de soleil, où irais-tu ? »

Josiah : « À l'étage, et environ 1,50 mètre au nord. »

Lisa : « Sérieusement. »

Josiah : « Je suis sérieux. Mais si tu en demandes plus, alors je regarderais le soleil se coucher sur un océan. J'aime aussi regarder le soleil se lever sur un océan... je ne suis jamais allé sur la côte Est.

Lisa : « J'aimerais regarder le soleil ne pas se coucher. Le solstice d'été au nord du cercle Arctique. »

Josiah : « Cool. »

Des petites bribes. Partager des bouts de leurs espoirs et de leurs rêves. C'était agréable.

Cela lui faisait parfois très peur, mais essentiellement, c'était incroyable.

Elle ne savait toujours pas ce qu'elle faisait, mais comme elle l'avait dit à Tamara, elle s'amusait malgré sa confusion.

Le 1ᵉʳ mai arriva. Cette soirée-là ne concernait pas le délectable Josiah, mais un moment pour s'enfoncer profondément dans le bonheur avec ses amies et ses sœurs.

Elle lança un coup d'œil autour d'elle et remarqua avec plaisir que toutes ses copines étaient arrivées, sauf Kelli. Il était temps de faire bouger les choses.

Lisa se releva sur le coussin près du fauteuil de Caleb et éleva la voix.

— Oyez, oyez. Le rassemblement du HFH de ce soir a officiellement commencé, annonça-t-elle.

Tansy Fields lui offrit de l'aide avec enthousiasme en frappant son verre avec une cuillère, réduisant le geste à de légères tapes quand les bras de Tyler se relevèrent à ce brusque bruit.

— Oups. Mes excuses au plus jeune participant. Profites-en, petit, tant que ta présence est encore autorisée dans ce territoire sacré réservé aux femmes.

Tamara tenait Tyler confortablement avec un bras alors qu'elle volait un cookie sur le plateau que Tansy avait apporté comme contribution à la soirée.

— J'apprécie que vous ayez amené la soirée jusqu'à moi. Vous m'avez manqué, dit-elle en regardant autour d'elle, ses yeux tombant sur Julia. Je suis contente que tu puisses rencontrer toutes mes amies. Elles sont plutôt géniales.

— Je pense que j'ai rencontré tout le monde pendant les deux dernières semaines. Et je suis toujours partante pour un rassemblement, répondit Julia, qui tenait un verre dans une main et une poignée de chips dans l'autre. Y a-t-il un programme particulier pour la soirée ou est-ce simplement pour te voir ?

Lisa était l'hôte officielle du jour, ce qui signifiait que, d'après les règles de la soirée entre filles, elle était aux commandes. Elle avait eu toutes sortes d'idées, pourtant elle n'avait pas réussi à se décider...

Elle renifla. Récemment, cela semblait être devenu une situation délicate familière.

Elle avança une réponse partielle.

— Essentiellement des discussions et de la nourriture, mais puisque je manque trop de sérieux pour trouver quelque chose de nouveau à apprendre, nous retournons à l'école primaire et nous faisons des collages.

Rose rejeta ses longs cheveux noirs par-dessus son épaule.

— Chouette. Honnêtement, le collage redevient populaire. Je pensais à organiser un cours à la boutique. Une de ces soirées « vin et création ».

— Et voilà, Lisa, la taquina Tamara en souriant. Encore une fois à l'avant-garde de la mode.

Hanna Lane, la femme brune et menue au doux sourire et arborant un anneau très étincelant à la main gauche, se leva.

— Laisse-moi t'aider. Je suis passée à la bibliothèque et j'ai pris les magazines abandonnés que tu m'as demandés.

— Je vais continuer à servir les boissons, même si la plupart de vos préférences sont loin d'être difficiles, avança Brooke Silver.

Sa longue queue-de-cheval brune se balança alors qu'elle se penchait pour attraper le verre d'eau vide de Tamara et le remplir.

Lisa s'assit à côté de Julia, profitant de la conversation facile qui se déroulait entre elles. Elle retrouvait officiellement les filles du coin depuis deux mois, mais c'était super d'avoir soudain Julia présente. C'était aussi divertissant d'observer les interactions entre certaines des femmes, comme Rose, Tansy et Brooke, qui étaient amies depuis des années.

— Au fait, commença Tansy sur un ton rempli de satisfaction, j'ai entendu dire que la police a fait quelques arrestations dans l'affaire de l'usine à chiots.

Une vive douleur frappa Lisa au souvenir de ce jour-là.

— Bien, gronda-t-elle. J'espère qu'ils seront enfermés sans nourriture ni eau ni chauffage.

— Voilà la sœur sanguinaire que j'aime, dit Tamara d'une voix traînante.

Lisa lui lança un coup d'œil.

Tamara lui montra les dents.

— Remarque que je n'ai pas dit qu'il y avait quoi que ce soit de mal dans ta suggestion.

— Quelqu'un que nous connaissons ? demanda Brooke.

— Deux gars d'Okotoks, répondit Hanna, donnant l'information. Brad m'a dit qu'ils avaient une animalerie et qu'elle avait été fermée. On en saura plus aux infos dans la semaine qui vient.

Cela ne changeait pas le passé, mais peut-être que cela signifiait que quelques autres animaux seraient en sécurité à l'avenir.

Kelli James se glissa dans la pièce et secoua la neige de son chapeau de cow-boy avant de le pendre avec son manteau.

— Hé, les filles, désolée d'être en retard. J'aidais oncle Luke à comprendre comment faire une cabane de couvertures pour les filles.

Des rires résonnèrent à travers le groupe. Les nièces de Lisa étaient ravies à l'idée d'avoir une soirée pyjama chez leur oncle, peu importe que ce soit de l'autre côté du lac et seulement à cinq minutes de là.

— Je croyais que Dustin aidait Luke à s'occuper des filles,

ce soir ? Et merci d'avoir convaincu ton mec, d'ailleurs, dit Tamara.

Kelli émit un son de dérision.

— Luke adore tes enfants. Et Dustin est là. À eux deux, ils débattaient du bien-fondé de construire une reproduction de Stonehenge.

Tamara secoua la tête.

— Du moment qu'ils ne prévoient pas de faire de sacrifices.

— Caleb passait la porte quand j'ai filé, alors je suis presque sûre que les filles sont en sécurité, répondit Kelli en tapant la main de Tansy et de Rose en chemin pour aller voler Tyler à Tamara et déposer un baiser sur la joue du bébé. Hé, bout de chou. Est-ce que ta tata Kelli t'a manqué ? Bien sûr que oui. C'est la supra-meilleure tata cow-girl de la ville puisque tata Karen n'est pas là...

Kelli marqua une pause, lança un coup d'œil à Julia et fit la grimace.

— Bon sang. Lisa est encore là. Et toi... tu n'es pas cow-girl, n'est-ce pas ?

Julia agita les doigts.

— Peut-être ? Technicienne urgentiste de formation, mais j'ai grandi sur un ranch hôtelier. On peut probablement me qualifier de cow-girl.

Kelli soupira avec emphase.

— Eh bien, je ne peux pas me promener et répandre de la publicité mensongère, dit-elle en repositionnant Tyler pour agiter un doigt devant son visage. Je suis ta tata préférée de moins d'un mètre soixante-cinq. Lisa est ta tata drôle préférée. Julia pourra être ta tata rousse préférée.

— Est-ce que ça fait de toi tata Mini ? demanda Tamara avec un ricanement.

Kelli lui lança un regard mauvais alors qu'elle acceptait le verre que lui tendait Brooke.

— Dis-moi ce que nous allons faire, parce qu'on dirait que ça va peut-être éliminer un peu de frustration.

Elle fit un geste de sa main libre vers les piles de papier qui les attendaient sur la table.

Lisa donna le feu vert à Rose pour expliquer, s'installa près de Kelli et regarda Tyler tenter de se concentrer.

— Choisissez un thème si vous voulez, dit Rose. Une émotion, un endroit. Un mot. Partons sur un mot. Inscrivez-le sur votre page, puis feuilletez les magazines et trouvez des photos et des phrases qui vous plaisent. Arrachez-les ou découpez-les, et disposez-les sur le papier comme vous voulez... les perfectionnistes ne sont pas tolérées.

Elle lança un coup d'œil à Brooke.

— Si je te vois sortir une règle, je te fesse avec.

— Des promesses, toujours des promesses, répondit Brooke avec un large sourire.

Rose s'assura que tout le monde avait des tubes de colle et des morceaux de carton solide à utiliser comme support.

Lisa se réinstalla, assise sur le sol avec son cadre sur la table basse. Son cerveau voletait dans tous les sens... des papillons hyperactifs auraient été plus calmes.

Elle se força à poser le crayon sur le papier et, en lettres capitales nettes, écrivit le mot « AVENTURE » sur sa page.

Peut-être que cela permettrait à une partie de sa nervosité de se calmer.

— Lance-moi ce *National Geographic*, dit-elle à Tansy.

Cela leur prit un moment, mais alors qu'elles mangeaient, buvaient et discutaient, tout en déchirant des photos dans les magazines et les collant sur leurs pages, une quiétude douce la gagna discrètement. Lisa laissa son esprit dériver, prêtant un peu d'attention à la conversation, mais prêtant à peine attention aux photos qu'elle choisissait.

— Qu'est-ce que « HFH » signifie ? demanda Julia sans

crier gare. Vous savez, quand Lisa a dit que le HFH était officiellement ouvert ?

Rose ouvrit la bouche, puis marqua une pause.

— Attends. Nous n'avons jamais eu de titre pour ces réunions avant. Lisa ?

Oups.

— C'est l'heure du jeu des questions, dit Lisa, guillerette. Je parie...

— Ne fais pas ça, dirent six voix à l'unisson à Julia, que Lisa regardait.

Tout le monde se mit à rire.

Lisa fit de son mieux pour avoir l'air indignée.

— Je ne lançais pas vraiment de pari, insista-t-elle.

— Avec toi, c'est difficile à dire, répondit Tamara. HFH. Si tu suivais une sorte de logique, ce serait Heart Falls quelque chose, mais c'est toi. C'est probablement une variation de la tradition canadienne d'utiliser « le quelque chose » de Sa Majesté la Reine, ce qui en ferait « *Her Finest... Hussies*[1] » ?

Brooke renifla moqueusement.

— Je sais ! « *Heart Falls Heartbreakers*[2] », dit-elle en soufflant sur ses ongles avant de les frotter contre sa chemise. Même si deux d'entre vous ne sont plus seules... oh attendez, j'ai mal compté. Tamara, Hanna *et* Kelli. Ça en fait trois à retirer définitivement de la circulation.

— J'ai entendu dire que tu voyais un certain pompier, la taquina Hanna. Soit c'est ça, soit il a énormément de problèmes avec son moteur. Brad jure que la camionnette de son partenaire est constamment à ton atelier de mécanique.

— Alors c'est *toi*, dit Julia avec enthousiasme avant de plaquer une main sur sa bouche. Oups.

Tous les yeux se tournèrent vers elle. Brooke posa le magazine qu'elle feuilletait, s'appuya sur un coude et regarda Julia.

— Qui a dit quoi ? Et on ne ment ni n'esquive entre nous, les Heart Falls Hooligans.

Un autre ricanement résonna.

Julia haussa les épaules.

— Je traîne à la caserne des pompiers quand je ne suis pas en service. Il semble qu'un certain pompier grand et musclé a fait brûler son dîner trois jours de suite parce qu'il était distrait à envoyer des textos à sa mécanicienne.

Le sourire de Brooke s'agrandit.

— C'est bon à savoir.

— Lisa, tu dois nous dire quand nous devinons pour le HFH, dit Rose sévèrement. Ou est-ce que tu inventes au fur et à mesure ?

— D'accord, répondit Lisa en se baissant lorsque des tubes de colle se mirent à voler de tous les coins la pièce pour la percuter. Hé. Je devrais vous donner une sanction pour les récupérer.

La conversation continua, et toutes se relayaient pour tenir Tyler dans leurs bras quand il s'agitait, déambulant dans la pièce avec ce mouvement de balancier qui surgissait de nulle part dès qu'on tenait un bébé.

Finalement, il fut temps d'afficher leurs projets, chacune élevant pour accepter à la fois des railleries amicales et de l'admiration. Huit projets différents, huit messages différents.

Tamara avait illustré le mot « AMOUR » de photos de famille, de couchers de soleil et de nourriture. Elle sourit lorsqu'elles la taquinèrent sur cette dernière.

— Je vais vraiment grossir si je ne fais pas attention, dit-elle. C'est agréable de ne pas avoir la nausée rien qu'à l'idée de manger.

— Étant donné que tu as perdu du poids avec ta grossesse, je ne pense pas que prendre quelques kilos serait une mauvaise chose, lui signala Lisa.

Rose et Tansy montrèrent leurs collages côte à côte.

— Il y a un thème, annonça Tansy en regardant droit vers Lisa. Cinq dollars que tu ne peux pas le trouver.

— Que veux-tu dire par « il y a un thème » ? demanda Rose avec indignation. Je n'ai pas accepté ça.

— Fais-moi confiance, insista sa sœur. Bon sang, il y a *deux* thèmes.

Lisa examina les deux panneaux de plus près. Rose avait écrit le mot « BEAUTÉ » sur sa page dans toutes sortes de polices d'écriture, avec une douzaine de marqueurs différents. Les unes en italique, les autres en majuscules... toutes flottant à différents angles. Entre elles, elle avait collé des photos de bibelots, de fleurs et ce qui ressemblait à de magnifiques boucles d'oreilles et des bijoux.

— Très joli, dit Julia.

— Et maintenant le mien, dit Tansy en agitant son panneau d'un côté à l'autre. Devine si tu peux.

Kelli fit la grimace.

— Tu es une tricheuse. Tu n'as pas mis de mot sur ta page.

— Inutile.

Lisa y regarda de plus près. Tansy avait saisi toutes les photos de beaux mecs qu'elle avait pu trouver, ou en tout cas leurs corps. Ils n'avaient pas tous de têtes, mais tous étaient en forme, musclés, et d'une certaine manière, présentaient partiellement leur derrière.

Le rire de Lisa émergea et elle serra le bébé dans ses bras un peu plus fort.

— Oh, tu es vilaine. Tu es douée, mais tu es très vilaine, réprimanda-t-elle.

Tansy eut l'air déçue.

— Tu as déjà trouvé ?

— Tu pourras me donner mes cinq dollars demain matin

sous forme de *latte*, dit Lisa sans se donner la peine de dissimuler la jubilation de sa voix.

Tyler passa du sommeil aux cris stridents en 3,57 secondes, selon son habitude. Tamara le saisit, l'installa pour manger aussi vite que possible.

— Ne nous laisse pas continuer à deviner. Ou au moins donne-nous un indice.

— Je viens de le faire, répondit Lisa qui ne pouvait pas s'empêcher de jubiler.

Tamara marmonna un instant avant de pencher la tête vers Julia.

— Tu vois ce qui t'attend ? Des années d'agacement à cause de cette femme.

Julia se concentrait intensément, regardant entre Tansy et Lisa. Ses lèvres remuaient comme si elle récitait les mots qui venaient d'être dits puis ses lèvres s'incurvèrent.

— J'ai compris.

— Tu peux nous le dire, dit Brooke en fixant le verre tout en faisant tourner le liquide. J'en ai avalé trois et je ne pense plus très clairement.

Julia pointa le panneau de Rose.

— Des fleurs, des bibelots... C'est ce que Rose vend dans son magasin.

Elle dirigea le doigt vers le groupe d'armoires à glace de Tansy.

— Ce n'est pas ce que Tansy vend, dit Hanna avec un léger ricanement.

— Je le ferais si je pouvais, mais il y a des lois, tout ça, tout ça.

— Oh mon Dieu, ce sont des *miches*. Vous avez fait un collage du Buns[3] and Roses, dit Kelli en plein milieu d'un gloussement jovial.

Lisa fit un geste pour que Rose et Tansy échangent leurs places.

— Et voilà le second thème. La Belle et la Bête.

Elles étaient toutes très amusées. Alors qu'elles examinaient les panneaux que Hanna, Brooke et Kelli avaient faits, les rires se poursuivirent. Surtout parce que celui de Kelli était composé à quatre-vingt-dix pour cent de chevaux et dix pour cent de bottes.

Lisa ne fut même pas sûre d'avoir pris le bon panneau quand elles la taquinèrent toutes en disant que c'était son tour. Il y avait des choses appropriées dessus, comme une photo de New York et l'Opéra de Sydney. Il y avait des guitares et des chapeaux de cow-boy, et des tentes dans une contrée sauvage sur un versant de montagne isolé.

Mais pile au milieu, soulignant presque le mot qu'elle avait résolument écrit comme inspiration... des yeux masculins la regardaient fixement. Rien d'autre. Elle ne se souvenait pas de l'avoir fait, mais le papier avait été déchiré pour retirer presque tous les traits de cet homme, ne laissant que des yeux bleu clair qui la fixaient attentivement.

Des yeux familiers la regardaient directement comme pour demander de faire partie de son aventure.

19

———————

La levée de fonds était dans moins d'une semaine et, même si tout dans l'événement semblait bien se dérouler, Josiah ne savait pas ce qui se passait dans la tête de Lisa concernant ses futurs projets.

Chaque fois qu'il essayait d'orienter la conversation dans cette direction, Lisa éludait la question ou optait pour l'autre extrême et communiquait une masse d'informations venant de certaines des pages dans son carnet.

Cela devenait agaçant, mais il s'efforçait de garder leur relation positive, de continuer à la rendre amusante. S'accrocher à son optimisme lui prenait trop d'énergie. Cela combiné avec les urgences printanières qui s'emballaient, avoir une bonne nuit de sommeil devenait presque impossible.

Josiah entra en trébuchant dans la cuisine et se dirigea droit vers la cafetière. Il se tint au-dessus de l'évier et but une tasse avant d'y retourner et de la remplir à ras bord une deuxième fois.

Quand il se rendit enfin compte qu'il n'était pas seul, il était trop tard pour se sentir gêné.

— Messieurs.

Zach lui lança un bref sourire.

— J'aime bien la manière dont tu as réussi à dire ça avec juste une touche d'accent britannique. Ça me donne l'impression d'avoir été projeté dans une sorte de remake de *Downton Abbey*.

— Recevoir une éducation classique est toujours distrayant, acquiesça Josiah.

Il s'assit sur une chaise près d'eux à la table de la cuisine.

Finn et Zach échangèrent un coup d'œil avant que Finn n'écarte sa tasse de café, appuie les mains sur la table et se racle la gorge, attendant que Josiah le regarde dans les yeux.

— Tu as une sale tête.

— Merci.

— Tu ne devrais pas avoir une sale tête, avança Zach. Tu as un super boulot, une maison incroyable et deux merveilleux colocataires.

— Plus important encore, une merveilleuse femme. Tu ne vas pas la laisser s'enfuir sans avoir essayé de la retenir, n'est-ce pas ? demanda Finn, franc, déterminé et direct comme un marteau sur un clou.

Josiah joua la carte de la désinvolture.

— Nous sommes bien ensemble, mais il se pourrait bien que nous ayons des aspirations différentes.

La réponse de Finn fut immédiate.

— Ce sont des salades. Vous voulez être ensemble. Vous pouvez jongler avec le reste.

Zach n'ajouta rien, il leva simplement un pouce vers Finn et inclina la tête en accord.

— Est-ce que vous vous attendez à une réduction du loyer pour m'avoir offert des conseils sur ma vie amoureuse ? Parce que je ne pense pas pouvoir arranger ça, dit Josiah d'une voix traînante.

— Considère ça comme un cadeau de Noël en avance, déclara Finn.

— Un cadeau de Noël très en avance, mais peu importe.

Finn et Josiah lancèrent tous deux un regard noir à Zach, et il leva les mains en signe de reddition alors qu'il se carrait sur son siège.

— Je me tais.

Finn examina Josiah avec cet air de jugement impossible à éviter.

— Écoute, nous allons bel et bien trop loin, mais c'est dur de te regarder trébucher à attendre que quelque chose se passe quand tu dois agir. J'ai raté cinq ans avec Karen parce que j'étais trop stupide pour voir qu'il y avait plus d'une ou deux solutions à un problème. Tu dois être créatif et trouver des options, mais pour l'amour du Ciel, mec, ne reproduis pas l'erreur que j'ai faite en laissant cette femme s'en aller.

— Tu penses que je devrais attacher Lisa avec une corde pour pouvoir la ramener ?

Finn ne semblait pas du tout affecté par cette suggestion.

— Pourquoi pas ?

— Est-ce le moment de mentionner que je sponsorise actuellement un cordier indépendant ? demanda Zach, qui ne bougea pas lorsque Josiah et Finn lui lancèrent des ustensiles.

— Tu es tellement agaçant, déclara Finn platement.

— Je t'aime aussi. En parlant de ça. Tu as évoqué Karen, dit Zach en lançant un regard sans équivoque à Finn. Cinq ans et *ce n'est pas fini*, frangin…

Finn prit soigneusement une autre gorgée de son café.

— J'y travaille. C'est pour bientôt.

Mais ils avaient raison, se rendit compte Josiah. Ils étaient exaspérants, mais ils avaient raison.

C'était bien d'avoir d'autres personnes dans la maison. Les soirées où Lisa était occupée et qu'il avait du temps libre, Finn et Zach étaient d'une excellente compagnie. Ils travaillaient ensemble pour s'occuper des animaux, mais levaient aussi volontiers le pied et se détendaient avec lui. Ils regardaient la télé ou discutaient de ce qui se passait à Heart Falls.

Et apparemment, offraient une thérapie romantique.

Il n'avait pas trouvé quoi faire de cette incitation à l'action avant que son après-midi n'explose et qu'il finisse par devoir contacter Lisa pour l'avertir que leur rencard du soir devait être reporté.

— J'ai promis de passer chez Sonora et j'en ai encore pour plus d'une heure avant d'avoir terminé ici.

Un veau beugla à l'arrière. Quelque part, un animal donna un coup de patte de frustration dans les planches de l'étable, de la poussière s'éleva dans l'air.

— Il y a quelque chose que je puisse faire chez Sonora ? demanda-t-elle. En fait, pourquoi je ne te retrouverais pas là-bas ? Il y a deux ou trois trucs de dernière minute que je dois m'assurer qu'elle a terminé pour que nous soyons prêts à faire feu samedi.

— Je ne serai pas habillé pour sortir après ni quoi que ce soit, l'avertit-il. J'arriverai directement du travail.

— C'est bon. Je suis une cow-girl. Je sais exactement l'odeur qu'on a quand on travaille avec les animaux, le taquina-t-elle. Ça n'a pas besoin d'être une longue nuit ou rien. Je veux simplement te voir.

Ses paroles lui réchauffèrent le cœur bien plus qu'elles n'auraient dû. Il raccrocha, se sentant modérément optimiste.

Bien sûr, quand il lui fallut presque deux heures avant d'arriver chez Sonora, certains de ces sentiments chaleureux et pétillants s'étaient enfuis. *Super moyen de faire bonne impression, Ryder.* Il avait dû s'arrêter pour prendre une douche et changer de vêtements ou personne n'aurait voulu passer de temps avec lui.

Heureusement, Lisa n'avait pas abandonné. Les deux femmes étaient assises dans la salle principale de réception et leurs rires furent la première chose qu'il entendit lorsqu'il ouvrit la porte et entra dans le bâtiment cosy.

La pièce avait subi de grands changements au cours des derniers mois. Elle avait été peinte avec des couleurs vives, des photos d'animaux joueurs étaient accrochées sur les murs et il y avait énormément de place pour des photos d'animaux adoptés accrochées sur le tableau en liège.

Deux têtes se tournèrent vers lui, l'une avec des cheveux gris-blanc, l'autre avec de magnifiques ondulations brunes qui cascadaient sur ses épaules. Des yeux marron croisèrent les siens avec chaleur et affection.

Trois têtes – Ollie apparut sous la chaise de Lisa et se dirigea droit vers lui, la gueule ouverte avec son meilleur sourire de toutou.

— Bonsoir, mesdames.

Ollie s'arrêta à côté de lui, battant de la queue contre ses tibias.

Sonora se leva et s'approcha, lui offrant une rapide étreinte avant d'agiter le doigt.

— Tu n'es pas censé travailler aussi dur, le réprimanda-t-elle. Tu dois prendre plus de jours de repos.

— Je vous promets que je prendrai autant de jours de repos que je vous verrai en prendre, rétorqua-t-il.

Lisa siffla, amusée.

— Oh, joli.

Elle s'avança près de lui et attrapa sa main entre les siennes, la serrant étroitement.

Sonora les regarda et roula des yeux.

— Je m'en vais dans ma salle de séjour confortable prendre une tasse de thé. Casey sera là après minuit pour faire le tour et examiner les animaux. Fermez à clé quand vous aurez terminé de vous *galocher*.

Elle disparut, à l'évidence heureuse d'avoir eu le dernier mot.

Lisa s'appuya contre Josiah, les bras autour de sa taille.

— Je pense que toute cette affaire de refuge pour animaux est bonne pour elle. Elle s'amuse.

— Et elle apprécie particulièrement que le refuge agace Ashton, dit Josiah avec un grand sourire.

Ollie aboya une fois, grattant la porte latérale. Cette dernière menait au grand manège intérieur qui serait utilisé pour la vente aux enchères le week-end suivant et le dressage d'animaux le reste du temps.

Lisa s'écarta assez pour aller vers la porte, entraînant Josiah derrière elle.

— Viens. Ollie a à l'évidence quelque chose à l'esprit.

Ce que la chienne voulait, c'était faire le tour le long du bâtiment, renifler, gratter et tout examiner. Ce qui convenait à Josiah parce que cela signifiait qu'il pouvait marcher main dans la main avec Lisa et régler les derniers détails des enchères.

C'était naturel, c'était facile.

C'était tellement parfait, surtout quand ils marquèrent une pause à l'extrémité du manège et que Lisa s'appuya contre le mur et l'attira à elle.

C'était naturel de se pencher et d'unir leurs lèvres, de la taquiner alors qu'il la goûtait.

C'était confortable d'une manière qui ne signifiait pas tenir ce confort pour acquis. Elle s'accordait... contre le corps de Josiah, glissant ses doigts dans les cheveux de celui-ci. De petits gémissements se firent entendre lorsqu'elle se pressa contre lui, faisant preuve de générosité. Une femme magnifique et totalement sensuelle.

Ils s'accordaient.

Tellement parfaitement qu'il posa les avant-bras sur le mur près de sa tête, juste assez loin pour la regarder dans les yeux.

— Sonora a dit que nous devrions fermer à clé quand nous aurions terminé.

Lisa lui lança un grand sourire.

— Était-ce une erreur ?

Il ne put s'en empêcher.

— Je voudrais que ça ne se termine jamais, chuchota-t-il.

Le sourire de Lisa disparut.

— Josiah ?

— Je veux t'embrasser aujourd'hui, demain et chaque jour pendant toute l'éternité.

Il ne se retint pas.

Peut-être qu'il avait pris sa décision lors d'une nuit enneigée de mars, en rentrant seul en voiture et en se rendant compte que ce n'était pas ce qu'il voulait de la vie. À ce moment-là, s'impliquer avec Lisa avait été une bonne idée nébuleuse. Il était attiré par elle, et intrigué, et tout un tas d'autres choses qui avait fait que la poursuivre de ses assiduités lui avait semblé logique.

Tout cela avait changé pour devenir tellement plus et les mots se pressèrent à ses lèvres. Il semblait impossible de retenir ce qui était la plus grande vérité de son monde.

— Je t'aime.

Lisa empoigna l'avant de sa chemise, les yeux écarquillés. Elle ouvrit et referma la bouche plusieurs fois, puis...

Elle passa sous son bras et fila, détalant à travers la pièce.

— Lisa.

Il se retourna pour la suivre, mais Ollie interféra et Josiah finit étalé sur le sol. Il se releva juste à temps pour voir Lisa se glisser dehors.

Eh bien, mince.

Il traversa le manège à grands pas, ouvrant la porte juste à temps pour voir ses feux arrière rouges disparaître sur la route.

C'était intéressant, la sensation qu'il éprouvait. Il était surpris et un peu mécontent qu'elle ait réagi à sa déclaration spontanée en déguerpissant. Mais...

Les choses avaient changé. *Il* avait changé, et c'était en grande partie grâce à Lisa.

Josiah connaissait la vérité. Il n'était plus l'homme qu'il avait été ne serait-ce que quelques mois auparavant. Si ça s'était produit à ce moment-là, il se serait senti complètement rejeté, comme s'il avait été encore une fois jugé indigne. Mais quelque chose d'autre se passait.

Il avait vu l'éclair de panique dans les yeux de Lisa, mais il avait aussi vu la puissante envie.

Le commentaire de Finn sur le fait qu'il y avait plus d'une solution... il semblait que Lisa Coleman n'avait pas encore compris ça. Elle qui était habituellement tellement douée pour trouver une solution et mettre toutes ses forces à l'atteindre.

Il était presque sûr qu'il n'était pas le seul à avoir des sentiments profonds, qui seraient une surprise pour une certaine femme parce qu'il s'avérait que tomber amoureuse n'était pas gérable. C'était sauvage et extrême... et parfait.

Au cours des années, Josiah avait appris qu'il y avait bien des manières de s'occuper d'un animal nerveux. Quand il avait commencé l'école vétérinaire, il était en trop mauvaise forme pour intimider physiquement les animaux, alors il avait appris à faire du relationnel, à amadouer, à les convaincre qu'il était digne de confiance.

Cela avait demandé beaucoup d'efforts, mais cela en avait valu la peine.

Cela lui avait réclamé beaucoup de travail de retrouver la forme, de pousser ses muscles à leurs limites. Il l'avait fait...

Bon sang, il le faisait encore. Chaque jour, il y mettait l'énergie parce que cela en valait la peine.

Josiah se tenait là dans le froid, fixant le ciel nocturne jusqu'à ce qu'il ne lui reste aucun doute.

Lisa l'aimait. Peut-être qu'elle n'était pas encore prête à le dire, mais cela n'avait pas d'importance. Il allait faire le travail pénible. Il allait s'accrocher, et être là, et l'écouter jusqu'à ce qu'elle ne puisse s'empêcher de le dire en retour.

Parce qu'il savait qu'elle n'allait pas quitter Heart Falls. Pas sans qu'ils aient trouvé un moyen d'être ensemble.

Il sortit son téléphone et passa un appel.

Lisa Coleman, peu importe où tu fuis, j'ai une corde enroulée autour de toi, pensa-t-il. *Elle s'appelle l'amour et il n'y a rien de plus fort.*

C'ÉTAIT comme si elle avait conduit pendant des heures et Lisa n'était pas sûre que sa tête se soit rattachée à ses épaules.

Bon. C'était à ça que ressemblait une crise de panique. Intéressant.

C'était étrange comme cela arrivait complètement de nulle part. Une minute on se sentait bien au chaud, et la suivante on était à une seconde de flipper.

Elle n'était pas fière d'avoir fui, mais le fait qu'il lui ait fallu plus d'une demi-heure pour que ses mains s'arrêtent de trembler annonçait qu'au moins une partie de sa réaction avait été normale.

Josiah n'était pas censé dire *ça*. Pas encore. Elle n'était pas prête.

C'était la seule pensée qui continuait à tourner dans son cerveau. *Je ne suis pas prête.*

Quand son téléphone sonna, elle envisagea de l'ignorer,

mais c'était son père. Il était venu rendre visite à Tamara, Caleb et les enfants, et pour assister à la levée de fonds. La ligne de franche communication entre elle et son père était encore nouvelle et elle ne voulait pas faire quoi que ce soit pour gâcher ça.

— Salut, papa. Quoi de neuf ?

— Je me demandais où tu étais, dit-il doucement.

— À un rencard. Tu le sais.

Un doux soupir résonna à l'autre bout de la ligne.

— Tu n'es pas avec lui, alors viens me chercher, ordonna-t-il. Je veux te parler.

Génial. D'abord, elle avait fui son rencard, et maintenant elle devait gérer son père.

Il ne semblait pas y avoir de bonne raison de refuser, alors elle passa devant le dortoir où il logeait. Tamara et Caleb lui avaient proposé de rester dans la maison, mais il avait insisté en disant qu'il serait plus à l'aise en leur laissant leur propre espace.

George Coleman grimpa du côté passager de sa camionnette et prit place sans dire un mot.

De mieux en mieux.

— Nous allons à un endroit en particulier ?

— Ouais. Chez ton petit ami, dit-il sévèrement.

Oh bon sang, *non*.

— Est-ce que Josiah t'a appelé ? demanda-t-elle.

— Il m'a appelé deux fois parce que nous avons beaucoup d'intérêt pour les chevaux et que Caleb a parlé en termes élogieux des compétences de Josiah, admit son père. Ou est-ce que tu parles de ce soir ?

Elle ne passerait pas la première avant de savoir ce qui se passait.

— Ce soir.

George regarda par la vitre comme si être assis dans une

camionnette était un endroit parfaitement approprié pour avoir une conversation.

— Il ne m'a pas appelé. J'ai une invitation permanente pour voir sa maison. J'ai pensé que je devais tirer avantage de cette opportunité avant de rentrer à la maison.

Bon sang. D'abord, elle ne savait pas d'un instant à l'autre ce que Josiah allait faire, et voilà que son père aussi la surprenait ? Elle perdait la main.

Elle ne pourrait donner aucune excuse plausible de ne pas l'emmener chez Josiah sans devoir faire un aveu qu'elle n'était pas prête à faire.

Elle garda le pied aussi léger sur l'accélérateur que possible, mais ils arrivèrent quand même chez Josiah plus vite qu'il n'était légalement permis. Et, miracle parmi les miracles, son père se retint de faire des commentaires sur les conductrices. Hum.

Il n'y avait pas de camionnettes garées à l'extérieur... petite victoire. Elle n'était pas encore prête pour faire face à Josiah.

Oh Seigneur, il avait dit « je t'aime » et elle était partie. À quoi avait-elle pensé ?

Ah oui. Elle n'avait pas pensé, elle avait paniqué.

Son père sortit de la camionnette et l'ignora complètement, entra dans la maison et se promena silencieusement.

Lisa devait admettre qu'elle était complètement perdue.

Son père trouva même la porte vers les escaliers du silo tout seul et Lisa le suivit en haut, essayant de ne pas regarder tous les objets et les endroits déjà remplis de souvenirs.

Comment avait-elle pu se faire autant de souvenirs en aussi peu de temps ?

— Je sais tout ce que tu as fait pour rapprocher les ranchs Coleman.

Les paroles de son père surgirent de nulle part. Il se tenait près de la bibliothèque, passait les doigts le long de l'étagère, marquant une pause sur un des dos.

Lisa cilla. Elle fut tentée de se pincer pour s'assurer qu'elle n'était pas en train d'halluciner.

— Qu'est-ce que tu as dit ?

Il se tourna vers elle.

— La fusion. Je ne l'avais pas vu sur le moment, mais ces derniers temps, chaque fois que quelqu'un faisait un commentaire, ça m'a frappé un peu plus nettement. Tu as orchestré tout ça, n'est-ce pas ?

Waouh. Ce n'était pas la conversation qu'elle s'attendait à avoir avec son père. Pas ce soir-là. Ni aucun autre soir, honnêtement.

Peut-être parce que ses émotions étaient déjà un peu trop extrêmes, elle avoua simplement.

— Ouais. Tout le crédit ne m'en revient pas, parce que je n'étais pas la seule à voir que les choses devaient changer. Lee aussi, mais étant donné qu'il est aussi jeune que moi, personne ne nous aurait écoutés.

Son père s'était immobilisé. Il regardait par la fenêtre, le soleil se rapprochant du sommet des montagnes.

— Tu as probablement raison, mais d'un autre côté, tous mes frères ne sont pas aussi têtus ni stupides que moi.

— Papa... le réprimanda-t-elle.

— Quoi, je ne suis pas censé me traiter de stupide ? Enfin, qui se sent morveux se mouche, dit-il avant d'inspirer profondément. J'aurais aimé avoir été assez intelligent pour le voir, mais j'aimerais vraiment plus avoir été le genre de père vers qui tu aurais senti que tu pouvais te tourner. Alors j'aurais pu...

Il s'interrompit et une bouffée de frustration envahit Lisa.

— Alors tu aurais pu te sentir fier ?

Le regard de George fila vers le sien.

— Oh, ne fais pas ça. J'ai *toujours* été fier de toi. De toi et de tes deux sœurs. Il n'a jamais été question de vos compétences.

— Mais ça en donnait bien l'impression, papa. Et je ne veux pas m'acharner, mais ça donnait vraiment l'impression que si nous avions été des garçons, les choses auraient été bien différentes.

— Bien sûr qu'elles l'auraient été.

Son cœur se serra. Parmi tout ce qu'il aurait pu dire... il n'était pas censé dire *ça*.

Mais il continua et fit exploser son monde en un million de morceaux.

— Est-ce que tu te souviens comment ta mère est morte ? Les histoires qu'on t'a racontées ?

Il s'avança et lui attrapa les mains, la piégeant pour qu'elle ne puisse pas s'enfuir.

— Elle n'était pas censée être sur ce tracteur, ça aurait dû être moi. Mais j'étais en retard, et elle savait qu'elle pouvait le faire. Elle l'avait déjà fait un million de fois, mais l'essieu s'est cassé, l'angle de la colline était mauvais. Les enquêteurs nous ont expliqué un tas de choses. Mais ça n'avait pas d'importance, qu'ils aient compris comment ça s'était passé. Au final, elle était morte, je l'avais perdue et vous aussi. Elle n'était plus là et c'était ma faute.

— C'est ridicule, commença Lisa, mais il la coupa.

— Vraiment ? Ils ont dit que, s'il y avait eu plus de poids sur le siège, le tracteur serait resté debout, mais elle était trop légère. Si ta mère n'était pas sortie faire mon travail ce jour-là, elle serait encore vivante.

La culpabilité dans sa voix faillit faire flancher les genoux de Lisa.

— Ça, tu ne le sais pas.

— Je le sais dans mes tripes, insista-t-il. Et ça a changé la manière dont je vous ai traitées plus tard, quand vous avez commencé à vouloir m'aider dans le ranch. Je me sentais terriblement coupable que votre mère ne soit plus là et si effrayé ! Je ne m'en étais pas aperçu avant que Caleb ne me dise qu'il faisait la même chose avec Tamara.

Lisa se redressa brusquement. C'était donc ça qui avait déclenché les excuses de l'autre jour.

— Caleb est un homme bien.

Son père hocha la tête.

— Oui. Mais quand il m'a dit ce qu'il s'était surpris à faire, en surprotégeant Tamara, mon premier réflexe a été de le frapper sur la tête parce qu'aucune de vous ne mérite d'être traitée comme ça. Pas par les hommes qui tiennent à vous et vous aiment. Mais je faisais la même chose. J'avais tellement peur chaque fois que vous sortiez que j'aurais fait n'importe quoi pour vous garder en sécurité. Et après un moment, c'était simplement plus facile d'essayer de vous tenir à l'écart et de vous garder là où rien ne pourrait vous blesser.

Son aveu expliquait tellement de choses...

— Tu ne peux pas protéger quelqu'un comme ça, dit-elle doucement.

Le rire de George fut fragile.

— J'ai certainement essayé. Et quand vous ordonner de ne pas le faire n'a pas fonctionné, j'ai essayé de vous humilier pour que vous arrêtiez. Ça a échoué d'autres manières. Tamara a quitté le ranch et s'est formée en tant qu'infirmière... et ça m'a donné tout autant de cauchemars.

Lisa restait silencieuse, regardant le soleil se rapprocher du sommet des montagnes.

— Je voulais vous garder en sécurité. J'ai pensé que si vous n'aviez pas de tâches à faire dans le ranch, mais du travail dans la maison, rien ne pourrait vous blesser.

Son père lui serra les doigts avant de la lâcher, s'avançant vers les baies vitrées et regardant dehors.

— C'est Caleb qui a mis les mots dessus, mais le fait que j'étais si effrayé quand nous avons appris que Tamara avait commencé le travail... Bon sang, c'est la tâche la plus féminine qui soit et je ne pouvais toujours pas la protéger.

Oh Seigneur. La douleur et la tristesse dans sa voix serrèrent le cœur de Lisa, éliminant tous les commentaires impertinents qu'elle aurait pu faire sur les « tâches féminines ».

Elle s'avança, passa les bras autour de son père et posa la tête contre son épaule.

— Nous n'avons pas besoin que tu nous protèges, papa. Nous avons besoin que tu nous aimes.

Il hocha la tête.

— Je le sais, maintenant. Comme je l'ai dit, je travaille sur moi-même pour devenir celui que vous avez besoin que je sois, dit-il en se tournant vers elle, souriant. C'est pour ça que je vais te donner un conseil paternel, et j'espère que tu ne le rejetteras pas à cause de toutes les erreurs stupides que j'ai commises par le passé.

— Je t'écoute.

— Ce qui t'a effrayée aujourd'hui avec Josiah...

Il leva la main quand elle s'apprêta à parler.

— Je n'ai pas menti tout à l'heure. Il ne m'a pas appelé, il a appelé la maison, essayant de te retrouver. Et oui, j'ai arrangé ce tête-à-tête pour te forcer à venir ici. Mais, trésor, les années que j'ai passées avec ta mère étaient les meilleures. Tu n'as jamais vraiment eu la chance de la connaître, mais elle était merveilleuse et elle me manque chaque jour. Sauf, et maintenant je vais avoir l'air d'un idiot, que la semaine que j'ai passée avec la mère de Julia avait le même genre de perfection. Ça n'a pas été assez long et ce n'était pas assez profond, et si je pouvais avoir une autre minute avec l'une d'elles, je bondirai sur cette occasion et la saisirai des deux mains.

Lisa resta immobile un instant, fixant son expression honnête.

— Je ne sais pas ce que je veux, admit-elle.

— Vraiment ? Ou est-ce que tu n'es pas certaine de *tout* ce que tu veux ? demanda-t-il doucement. Parce qu'il n'y a rien de mal à saisir la partie que tu connais pendant que tu détermines le reste.

Puis cet homme têtu déposa un baiser sur son front et s'en alla.

Elle resta là et regarda par la fenêtre, observant le soleil glisser dans le col lointain.

Peu importe à quel point cela lui faisait mal de l'admettre, son père avait raison. Elle connaissait bien une partie de ce qu'elle voulait. Elle ne voyait simplement pas comment elle pourrait avoir Josiah *et* tout le reste.

Après ces années à tout coordonner en douce dans les coulisses, taquinant les gens pour qu'ils fassent les choses à sa manière – la manière qui était la meilleure pour la plupart des gens –, elle n'avait aucune idée de ce qui venait ensuite.

Elle continua à fixer le ciel. Les roses et les violets, les stries de nuées sombres qui se rassemblaient alors que le vent poussait les nuages comme dans un film accéléré.

Qu'est-ce que je veux vraiment ?

Je veux être avec Josiah. Je veux profiter de la vie. Je veux une famille, pourtant je veux m'élargir l'esprit de nouvelles manières.

Cela semblait encore bien trop emmêlé et impossible. Comme lancer des fléchettes sur une carte, puis essayer d'arriver à quatre destinations sur des continents différents en même temps.

Je veux tout.

Alors même qu'elle faisait son vœu, le soleil plongea plus

bas, le quart d'arc qu'elle distinguait disparaissant derrière le bord, et pendant une brève seconde, elle aurait pu jurer…

Un éclair. Pas vert fluo comme elle l'avait imaginé, mais d'une riche couleur grandissante qui correspondait à une forêt d'épicéas.

— Oh mon Dieu.

Elle pressa les paumes contre la fenêtre, regardant fixement, mais il avait disparu.

Avait-elle tout imaginé ?

Elle ne savait pas combien de temps elle resta là quand un corps chaud s'approcha derrière elle. La voix et le contact de Josiah étaient familiers lorsqu'il posa les mains sur les siennes, leurs joues se frôlèrent, et le début de barbe sur ses joues la gratta légèrement.

— Ça va, chérie ?

Lisa inspira profondément et se retourna.

— Je pense que mon père m'a abandonnée ici.

Josiah eut l'air pensif.

— Il semble que tu aies raison.

Elle ne savait pas quoi faire sur le long terme, mais elle savait ce qui devait se passer ce jour-là.

— Je suis désolée. Je n'aurais pas dû m'enfuir.

Il passa les doigts sous son menton, caressant sa joue du pouce.

— Excuses acceptées, si tu acceptes les miennes aussi. Je suis allé trop vite.

Elle haussa les épaules.

— Pas vraiment. Tu as commencé tout ça en étant plutôt direct et, normalement, ça aurait été bon. Je suis capable de te dire de ralentir. Je ne sais pas pourquoi j'ai eu aussi peur.

Mais l'histoire de son père lui donnait peut-être quelques indices.

George Coleman avait essayé de les protéger parce qu'il

s'inquiétait de perdre quelque chose de précieux, mais au passage il avait quand même perdu quelque chose.

À quel point serait-il terrible pour Lisa de ne pas apprendre de son erreur ?

Lisa caressa la joue de Josiah.

— Est-ce que tu peux me laisser quelques jours ?

Le sourire de Josiah demeura, mais ses yeux ne brillaient plus.

— Bien sûr.

Oh non. *Non.* Ce n'était pas ce qu'elle voulait. Blesser Josiah davantage n'était pas dans ses projets.

— Je t'aime.

Il écarquilla les yeux.

— Vraiment, et ce n'est pas sujet à débat. Ce n'est pas ça mon problème, expliqua-t-elle en l'empoignant fermement par le col. Juste quelques jours, d'accord ?

Il hésita, puis hocha la tête.

— Tu restes avec moi ce soir ?

Elle passa les bras autour de sa taille.

— J'aimerais bien. J'en ai envie, répondit-elle en se mettant sur la pointe des pieds et en levant le visage vers lui. J'ai envie de toi.

Ils descendirent les escaliers main dans la main, puis allèrent dans sa chambre où il ouvrit les rideaux pour laisser les teintes du coucher de soleil remplir la pièce. Josiah entreprit de retirer les vêtements de Lisa un par un, déposant des baisers sur sa peau, la faisant se sentir adorée et chérie.

Juste au moment où ses jambes lâchèrent, il la souleva et la porta jusqu'au lit où il l'embrassa follement, la caressant jusqu'à ce qu'elle frissonne de désir avant qu'il ne lui écarte les jambes et ne glisse en elle.

De doux ébats. Une fusion qui était tellement normale et

leur ressemblait tellement. Étonnamment tendre, merveilleusement passionnée. Honnête...

Réelle.

Josiah prit sa joue, leurs corps entremêlés et liés.

— Pas d'attentes, pas de promesses. Mais je t'aime. *Toi*, celle qui est têtue, espiègle et me rend fou.

Lisa enroula les jambes autour de lui et l'attira plus profondément, plus près. Ils étaient enchevêtrés alors qu'ils s'élevaient de plus en plus haut jusqu'à ce qu'ils atteignent tous les deux le plaisir.

20

Quand Lisa se réveilla dans les bras de Josiah, elle se demanda brièvement si cela allait être gênant, mais le seul aspect remarquable fut à quel point il était peu exigeant. Il n'insista pas, ne fit pas pression ni n'exigea d'explications.

Il la serra simplement contre lui.

En fait, il insista pour qu'ils ne parlent pas de ce qui s'était passé en dehors des généralités.

— Ton cerveau trouvera une solution, insista-t-il. Et je ne veux pas te lancer quelque chose qui te donnera l'impression plus tard que tu as été contrainte. Comme tu l'as demandé, nous allons attendre quelques jours. Mais d'ici là, tu dois savoir que je ne m'en vais nulle part. Un peu plus de temps ne va pas changer ce que je ressens pour toi, et tu peux compter là-dessus.

Il l'avait fait taire de la manière la plus amusante possible avant de filer du lit et d'aller travailler.

Au cours des deux jours suivants, Lisa se mit à réfléchir et à triturer son problème sous un million d'angles. Elle passa tout son temps libre avec Josiah, Ollie enroulée joyeusement sur leurs cuisses alors qu'ils étaient assis ensemble sur le canapé ou allongés silencieusement devant le feu dans sa chambre.

Elle aimait Josiah. Vraiment, alors l'idée de le laisser derrière elle pour voyager pendant quelques années afin de satisfaire sa bougeotte offrait peu d'attrait. Mais renoncer à voyager pour simplement rester à la maison lui donnait l'impression de se soustraire à une promesse qu'elle s'était faite.

Pendant que Lisa réfléchissait, Josiah l'observait silencieusement. Sa main la plus proche lui caressait constamment le bras, le dos, ou les cheveux, comme s'il lui rappelait qu'il prévoyait de toujours être là.

Ollie les couvrait tous deux d'autant d'amour que possible.

Lisa avait presque trouvé une solution avec laquelle elle était à l'aise, peut-être, quand soudain le jour de la levée de fonds arriva et elle ne voulait rien faire pour détourner l'attention de l'événement.

Mais dès que la journée serait terminée, elle serait prête pour la suite.

Au fond, la vérité était que, même si elle voulait faire quelque chose pour elle-même, Josiah avait eu raison. Faire des choses pour les autres la rendait aussi heureuse.

Elle n'avait pas besoin de partir pour se trouver. Elle n'avait pas besoin de fuir les merveilleuses choses qui se produisaient ici même à Heart Falls. Mais elle n'avait pas non plus besoin d'abandonner ses rêves d'aventure. Quelque part, il y avait un moyen de tout avoir.

Mais le mieux, c'était qu'elle n'avait pas à trouver comment toute seule.

Ce qu'elle devait décider, c'était par quel moyen laisser Josiah totalement pantois. Parce que dire à un gars qu'elle le voulait pour toute la vie devrait être énorme, audacieux et mémorable, n'est-ce pas ?

Mais d'abord, la levée de fonds.

Une énergie positive et des personnes excitées circulaient dans le nouveau refuge animalier de Heart Falls. Ils avaient invité bon nombre de représentants des médias et les membres de la communauté locale étaient venus en force.

Lisa et Josiah se tenaient sur le côté de la modeste scène qui avait été construite dans le manège, se préparant à monter sur la plateforme pour débiter leur baratin et convaincre les gens d'ouvrir leur portefeuille, et peut-être leurs foyers, pour un des chiens en bonne santé, heureux et prêts à être adoptés.

Lisa tenait la laisse d'Ollie, même s'il y avait peu de chance que la chienne s'éloigne.

Il y avait des décorations partout, y compris des ballons à l'hélium en forme d'animaux de ferme, de chats et de chiens.

Josiah posa une main sur le bras de Lisa, puis lui tendit un jeu de fiches.

— J'ai effectué quelques changements. Voilà ton script.

Elle les lui avait déjà prises avant qu'elle ne se rende compte de ce qu'il disait.

— Mais je croyais que nous avions déjà tout arrangé ?

— Ce script est mieux, insista Josiah en levant un doigt devant son visage. Pas d'improvisation.

Lisa croisa les bras sur sa poitrine.

— *Moi ?* C'est toi qui...

— Je reviens tout de suite, lança Josiah par-dessus son épaule alors qu'il se pressait d'aller derrière la barrière de gauche.

Elle baissa les yeux vers le tas de fiches et découvrit qu'il avait enroulé au moins une douzaine d'élastiques autour de la pile. Certains étaient entortillés et se croisaient dans tous les sens, alors les retirer ne serait pas facile. Elle commença à les enlever un par un quand Sonora passa un bras autour de sa taille et l'attira vers la scène.

— Allez, Lisa. C'est ton heure de gloire.

Flûte, Josiah avait changé les règles à la dernière minute. Lisa suivit Sonora, souriant aux visages qui se tournaient vers elles tout en retirant frénétiquement les élastiques et en jonglant avec la laisse d'Ollie. Elle ne voulait pas laisser tomber les élastiques sur le sol où un animal les trouverait, alors elle les glissa sur son poignet l'un après l'autre.

Pendant qu'elle œuvrait, Sonora s'était avancée vers le micro.

— Bienvenue. Nous sommes ravis que vous ayez pu venir aujourd'hui. Vous savez, comme tout ce que nous faisons ici à Heart Falls, nous aimons faire ça bien. Beaucoup d'entre vous ont donné de leur temps pour aider ce projet à se concrétiser et nous apprécions énormément. Mais il ne s'agit pas de nous, n'est-ce pas ? Il s'agit de ces chiots adorables que nous avons sauvés. Et de tous les autres animaux que nous prévoyons d'aider au cours des années à venir avec votre soutien.

Il y eut quelques applaudissements de la foule qui se trouvait dans le manège. Certains d'entre eux tenaient aussi des animaux en laisse et tout le groupe se déplaçait constamment pendant que les animaux exploraient.

Sonora sourit aux enfants au premier rang.

— Je pense que nous avons besoin d'entendre ça de la bouche même d'un chien, pour ainsi dire. Qu'en pensez-vous ?

Un cri bien plus enthousiaste s'éleva et les enfants bondirent sur place.

Lisa avait enfin retiré le dernier élastique et les fiches jouaient librement entre ses doigts. Dieu merci. Elle s'avança vers Sonora parce qu'il était temps pour elle et Josiah de commencer, quand un cri s'éleva, suivit presque immédiatement par des rires et des cris aigus ravis.

Lisa se retourna brusquement et découvrit un chien à taille humaine qui se joignait à elles sur la scène. Avec de longues oreilles marron pendantes et de grands yeux marron la personne dans un costume de chien agita les bras en l'air puis frappa dans ses mains au-dessus de sa tête tandis que l'excitation gagnait la foule.

Quand le chien tourna sur lui-même sur la scène et agita la queue, les rires résonnèrent contre les murs.

Lisa cligna des yeux de confusion. Ce n'était *pas* au programme.

Le chien se rapprocha d'elle en se trémoussant, lui toucha doucement le bras avec une grosse moufle poilue.

— À ton tour, chérie, chuchota-t-il.

Oh mon Dieu.

— *Josiah ?*

Il s'inclina exagérément avant de se redresser et de hocher la tête vigoureusement.

Elle aurait dû le savoir. Impossible qu'Ollie laisse qui que ce soit d'autre s'approcher autant d'elle sans réagir.

Elle serait restée bouche bée un peu plus longtemps, mais Josiah pencha la tête d'un mouvement qui lui rappelait tellement Ollie qu'elle se plaqua une main sur la bouche pour s'empêcher de rire.

À la place, elle se tourna vers la foule et leva la première de ses fiches, leur faisant confiance pour la faire traverser cela sans mettre le bazar dans l'événement.

— Nous sommes ici pour lever des fonds pour le refuge, qui aidera beaucoup d'animaux au cours des années. Nous sommes également ici pour parler de la manière dont les animaux de compagnie améliorent les choses ici. Voyons ce qui se passe avec ce chiot très aventureux...

Elle fit un geste vers Josiah comme la fiche lui disait de le faire, le regardant avec amusement tandis qu'il courait autour des escaliers en feignant de tout renifler. Il revint d'un pas lourd à ses côtés et fit semblant de la renifler alors que les enfants au pied de la scène poussaient des cris de joie perçants.

Quand il fit mine de passer la langue sur sa joue, Lisa ferma les yeux et fit la grimace, et des gloussements parcoururent la foule.

Elle leva la fiche suivante.

— Il n'a pas besoin de lumière vive ni d'endroits lointains pour être heureux. Il y a plein de choses à explorer juste ici dans sa propre cour.

Lisa continua de sourire, mais elle se tourna vers Josiah, baissant la voix dans l'espoir que ce ne serait pas capté par le micro.

— Je vais bien me venger de toi pour ça.

Josiah sortit un faux micro de nulle part. Il le souleva délibérément jusqu'à ce qu'il soit juste devant sa bouche canine surdimensionnée.

Tous les enfants se penchèrent en avant, dans l'expectative.

— *Ouaf.*

Lisa avait regardé la fiche suivante.

— Si certains d'entre vous ne parlent pas le chien, je vais traduire pour vous. Ce chiot a dit qu'il espère rester ici, à Heart Falls. Mais plus important encore, il veut rester avec les gens qu'il aime. C'est ce que chaque chien veut le plus.

Josiah avait baissé le micro et faisait les cent pas tout le long de l'avant de la scène. Il regarda ici, et là, comme s'il essayait de repérer la personne parfaite.

Avec une patte au-dessus de ses sourcils, il se tourna. Cherchant, cherchant...

Les enfants agitaient la main, pointaient du doigt et faisaient des suggestions, mais ce ne fut que lorsqu'il fut de nouveau face à Lisa qu'il se passa quelque chose.

Josiah lança les bras en l'air et sauta avant de se précipiter aux côtés de Lisa, pressant sa tête contre elle, agitant la queue pendant tout ce temps.

Elle riait si fort qu'il lui était difficile de lire la fiche.

— Chaque chiot doit décider de ce qui est important pour lui, et c'est beaucoup plus facile à faire quand vous êtes avec quelqu'un que vous aimez.

Josiah aboya. Pas seulement une fois, mais une douzaine.

Ollie répondit en aboyant.

Toute la salle éclata de rire.

— Qu'a-t-il dit ? crièrent les enfants.

— Josiah ou Ollie ? lança malicieusement un plaisantin.

Lisa passa à la fiche suivante. Elle lut le tout rapidement avant de lever les yeux vers Josiah.

— Il m'a demandé si je l'aimais. Parce que si c'était le cas, il serait prêt à aller n'importe où avec moi.

Un *ooooh* collectif s'éleva du public.

— Alors, c'est le cas ?

C'était sa nièce Sasha, bien sûr. Aux premières loges, Emma à ses côtés, leurs doigts entrelacés.

— Est-ce que tu l'aimes, tata Lisa ? termina-t-elle.

Lisa croisa les bras sur sa poitrine. Sur la fiche suivante il n'y avait rien d'autre que des « ???? » sur toute la page.

Elle savait ce qu'elle allait faire, mais Josiah méritait de souffrir un tout petit peu pour l'avoir surprise. Ou davantage, pour l'avoir encore une fois surprise *et* lui avoir volé la vedette, parce qu'on pouvait dire qu'elle était pantoise.

Si elle y avait pensé d'abord, elle aurait totalement fait ça. Mais peut-être sans le costume de chien.

Lisa se tourna pour faire face au public.

— Est-ce que tu penses vraiment que je devrais faire un tel aveu à un homme habillé d'un costume de chien ?

Sasha et Emma ne furent pas les seules à hocher vigoureusement la tête.

Près d'elle, Josiah retira la tête de son costume, s'approcha furtivement pour enrouler une patte poilue autour de sa taille.

— Le costume de chien, c'est ce qui a rendu ça parfait pour toi et moi. Je sais que tu as un faible pour les grands yeux marron et une queue pleine d'entrain.

Le micro était allumé, mais Lisa s'en moquait.

— Espèce d'andouille.

— Je *suis* une andouille. Je sais aussi m'adapter et je suis suffisamment courageux pour me tenir ici dans un costume de chien et annoncer que je t'aime, Lisa Coleman. Peu importe où cela nous mènera ou ce que nous finirons par faire, je veux être avec toi.

— Est-ce que ça fait partie des enchères ? lança quelqu'un à l'arrière de la pièce.

La foule se tourna vers lui, le doigt pressé contre les lèvres.

— *Chuuuuuuuut.*

Lisa lança un coup d'œil à Josiah. Elle lança un coup d'œil à ceux qui attendaient patiemment, avant de se retourner et de hocher la tête.

— Bien. Tu as gagné. Je t'aime aussi.

Josiah la souleva dans ses bras et l'embrassa, juste là devant tout le monde, alors qu'Ollie aboyait avec enthousiasme. Des sifflements résonnèrent, et quand Josiah la reposa, c'était comme si les pieds de Lisa flottaient toujours au-dessus de la scène.

Il lui lança un clin d'œil.

— Je crois que cela signifie que tu me dois au moins quatre cents dollars, parce que tu seras incontestablement encore là à la fin de l'été.

— Quitte ou double ? proposa Lisa.

Un rire lui échappa.

— Nous en ferons don au financement. Et sur ce... dit-il en se tournant vers le public. Il est temps de passer aux choses sérieuses. Nous avons toutes sortes de choses excitantes à vendre aux enchères et, une fois que nous aurons terminé, je pourrais ramener ma nouvelle propriétaire chez moi pour fêter ça, alors allons-y.

D'autres rires résonnèrent et, alors qu'ils passaient au vrai sujet de l'événement, Lisa se rendit compte qu'elle se sentait vraiment chez elle.

Toujours incertaine, mais étonnamment, ça allait.

Si Josiah était prêt à monter sur scène en ressemblant à Clifford le gros chien rouge pour admettre qu'il l'aimait, elle pensait qu'il n'y avait probablement rien qu'il ne ferait pas pour la rendre heureuse.

D'une manière ou d'une autre, cette relation fonctionnerait parce qu'elle ferait de son mieux pour le rendre heureux aussi.

Lisa se pencha, coupa les ficelles sur un lot de ballons attachés à l'avant de la scène et regarda des chats, des chiens, des cochons et des chevaux flotter au-dessus de la foule au son de bruyants encouragements.

QUAND LA VENTE aux enchères fut terminée et que le dernier morceau de gâteau fut mangé, il était tard. Sonora les étreignit tous les deux avant de partir. Le refuge devint silencieux avec seul le veilleur de nuit qui restait quand Josiah ramena finalement Lisa et Ollie chez lui.

Chez eux. Quel que soit l'endroit où tous deux se trouveraient, ce serait chez eux.

Tous trois, se corrigea-t-il, parce qu'il semblait qu'Ollie ferait partie en permanence de leur monde.

Aucun d'eux ne parla beaucoup avant qu'ils ne rejoignent sa chambre, la satisfaction devant le succès retentissant des enchères leur offrant assez d'adrénaline pour les pousser. Il y avait de l'anticipation aussi, parce qu'il était temps de bien clarifier certaines choses.

Mais d'abord...

Josiah pointa fermement du doigt la salle de bains.

— Prends une douche. Mets-toi à l'aise. Retrouve-moi ici quand tu auras terminé.

Lisa y alla de son plein gré, lui souriant par-dessus son épaule alors qu'elle portait son sac de sport dans la salle de bains attenante.

Il se dépêcha d'aller se laver dans la salle de bains des invités, puis prit l'encas qu'il avait demandé à Zach de préparer pour lui plus tôt dans la journée. Quand Lisa réapparut, habillée d'un doux pyjama en flanelle et dégageant une odeur printanière, Josiah l'attendait devant le feu qu'il avait allumé.

Lisa se pressa brièvement contre lui, l'étreignant de tout son corps avant de s'échapper de ses bras et d'attaquer le plateau de sandwichs.

— Désolée, mais je meurs de faim.

Josiah émit un petit rire alors qu'il avalait pratiquement son sandwich en une bouchée.

— Nous les avons mérités.

Ollie avait terminé d'avaler sa propre nourriture quelques instants plus tôt et battait ses cils de chiot vers eux, espérant désespérément avoir des miettes, sans aucun doute.

Dix minutes plus tard, ils s'adossèrent contre les coussins que Josiah avait disposés et Lisa laissa échapper un énorme soupir de satisfaction.

— Mon Dieu, c'était délicieux.

Josiah lui offrit l'assiette de cookies.

— Mange. Tu auras besoin de force plus tard, l'avertit-il.

Lisa mordilla un cookie aux pépites de chocolat, le regardant avec amusement.

— Je t'aime, Josiah Ryder, mais tu m'embrouilles sérieusement.

— Je t'aime aussi, et je n'ai aucune idée de ce dibt tu parles.

Elle se pencha vers lui.

— Quand je t'ai demandé quelques jours pour réfléchir, tu as dit que tu n'allais pas me lancer quelque chose qui pourrait me donner l'impression d'être contrainte.

— Ah, maintenant je sais de quoi tu parles, répondit Josiah en posant le bras le long du dossier du canapé pour jouer avec les cheveux de Lisa.

— Je vais le redire pour m'assurer que tu l'entends. *Je t'aime,* mais explique-moi comment me faire avouer ça sur scène devant toute la ville n'était pas au moins un tout petit peu contraignant ?

— Si tu n'avais pas déjà compris que tu voulais rester avec moi à Heart Falls, je ne l'aurais pas fait, promit Josiah sincèrement.

Elle en resta bouche bée.

— Vraiment ? Enfin, attends... Je veux dire, comment le savais-tu ? Je n'avais encore rien dit. Bon, j'allais le faire, alors tu as raison, mais *comment* ?

Josiah lui prit le menton et caressa sa lèvre inférieure du pouce.

— Tu ne l'as pas dit par des mots, Lisa, mais tu en disais une variante au cours des dernières semaines. Et ces deux derniers jours, c'était dans tes yeux...

Ses doigts touchèrent le coin de sa tempe, sa peau était soyeuse sous sa caresse.

— Tu as cette expression qui brille tellement intensément quand tu es satisfaite et heureuse ! Je l'ai vue quand tu es avec tes sœurs. Quand tu donnes un coup de main avec tes nièces ou que tu portes Tyler.

— Tu m'as observée si attentivement ? chuchota-t-elle.

Elle tourna le visage vers sa main et le frotta contre sa paume.

— Ça me plaît, ajouta-t-elle.

— Je sais, parce que tu as cette même lumière dans les yeux quand tu me regardes. Quand tu es ici à mes côtés. Pas en faisant des manigances, ou des projets, ou en travaillant sur quelque chose, mais simplement en existant, répondit-il en se penchant pour caresser ses lèvres des siennes. Nous sommes faits pour être ensemble. Nous trouverons une solution pour le reste, je te le promets.

Lisa lui attrapa la main et déposa un baiser sur sa paume avant de reculer.

— J'allais te le dire ce soir. Que je veux être avec toi et que je veux rester à Heart Falls. Mais je veux aussi voyager, alors ouais, en quelque sorte je veux tout.

— Alors c'est ce que nous ferons, lui assura Josiah. Nous commencerons ici, dans cette maison, si ça te convient, puis nous devrons simplement décider quels voyages nous voulons faire. Ça ne veut pas dire que nous devons partir sur de longues périodes. Flûte, nous pourrons commencer par rendre visite à ma famille. C'est pratique, elle est disséminée à travers le monde.

Elle hocha la tête.

— J'aimerais la rencontrer, et ça me semble être une idée terriblement bonne. De partir pendant de courtes périodes et d'explorer de nouvelles choses tout en ayant une maison ici. En fait, je ne veux pas être partie trop longtemps. Pas avec Tyler qui est si petit, et je ne veux pas rater l'occasion d'apprendre à connaître Julia pendant qu'elle est à Heart Falls. Nous n'avons aucune idée d'où elle pourrait finir, dit-elle en plissant le nez. Ça risque de revenir cher, mais nous trouverons une solution. Voyager pas cher, économiser pour les voyages.

— Nous pouvons nous le permettre, dit Josiah en l'attirant

plus près. Dans la catégorie de ce dont nous n'avons pas encore parlé parce qu'il n'y avait aucune raison, j'ai un fonds de placement qui rapporte de l'argent sur un compte chaque année. Pas des millions, mais suffisamment.

Une surprise totale se lut sur le visage de Lisa.

— Un fonds de placement ? Tu plaisantes. De qui ?

— Mon arrière-grand-tante était une comédienne de théâtre à grand succès sans aucune famille proche. Elle a laissé l'argent qu'elle avait placé aux descendants de son frère. Nous en sommes arrivés au stade où mon frère, mes sœurs et moi sommes les seuls à recevoir de l'argent et on dirait que cela va durer pendant un bon moment. Alors nous n'avons pas à nous inquiéter de l'argent.

Lisa avait l'air de lutter pour se faire à cette idée.

— Vraiment.

Il hocha la tête sérieusement.

Elle fronça les sourcils.

— Mais tu fais payer Sonora pour le matériel. Elle me l'a dit.

Josiah devinait d'où cela venait.

— La clinique tourne comme une entreprise. Elle doit payer ses propres frais et tourner d'elle-même, ou elle ne fonctionnerait pas. C'est une décision que j'ai prise quand je l'ai démarrée, pas parce que la clinique ne vaut pas la peine d'en faire l'effort, mais parce qu'elle en *vaut* la peine. Je ne laisserai jamais mon éthique professionnelle se relâcher parce que nous n'avons pas besoin du flux de trésorerie.

Elle réfléchit une minute, puis acquiesça.

— Mais juste pour te rassurer, j'avais prévu depuis le début de faire un don équivalent à celui de Finn au refuge, anonymement, continua-t-il en la plaçant sur ses genoux. J'aime être généreux. Tu pourras l'être aussi, mais il y a quelque chose d'appréciable dans le fait de faire des efforts pour réussir.

— Ça a du sens.

Juste au moment où il tendait le bras vers elle pour commencer la partie la plus intéressante et concrète de la soirée, ce fut au tour de Lisa de le dérouter sérieusement.

Elle quitta ses cuisses et s'installa sur le fauteuil devant la fenêtre. Les jambes remontées sous elle, elle lui lança un sourire aveuglant.

— Oh, attends. Laisse-moi préparer quelque chose pour toi.

Un instant plus tard, elle avait sorti son téléphone et commençait à passer de la musique, l'observant, dans l'expectative.

Josiah la regarda, confus.

— Quoi ?

— J'attends, dit-elle.

— J'ai remarqué. Quoi donc ?

— Ta routine de strip-tease à la Magic Mike. Tu as dit que le seul moyen pour que cela arrive serait si des cochons volaient.

Hilarant.

— Des cochons ont volé aujourd'hui ? Je crois avoir raté ça.

Elle afficha quelque chose sur son téléphone, puis le lui passa.

Il jura. Elle avait pris une photo des ballons qui flottaient au-dessus de la foule avant que les enchères ne commencent. Là, parmi les autres animaux...

Des cochons volants.

— Tu as triché ! dit-il. C'est pour ça que tu t'es portée volontaire pour t'occuper de choisir les décorations.

Elle posa une main contre sa poitrine, ouvrant la bouche comme si elle était surprise.

— *Moi*[1] ? Tricher ? répéta-t-elle avant que son expression ne s'adoucisse. Tu n'es pas obligé, mais je dis simplement que si c'est quelque chose que tu voudrais faire, tu ne trouveras pas de public plus appréciateur ailleurs.

Josiah fit semblant de soupirer avec une patience à toute épreuve. Il semblait que sa personnalité avait un côté aussi dramatique que le sien. Malgré tout, la joie dans les yeux de Lisa n'était pas un plaisir à refuser et il y avait une partie de son passé qu'il appréciait.

Donc...

Il monta la musique, posa le téléphone sur la table près de son coude, et recula lentement.

Lisa croisa les mains et se mit à rire, son sourire s'agrandissant alors qu'il balançait les hanches et tentait de rendre sexy le fait de retirer son tee-shirt. Le regard de Lisa dériva sur son torse, elle passa la langue sur ses lèvres. Les lèvres brillantes, son pouls battait à la base de sa gorge.

Quand elle se mit à genoux et éjecta *son* propre haut de pyjama, soudain l'idée du strip-tease devint beaucoup plus sexy.

Josiah prit son temps, appréciant le spectacle qu'il recevait en retour, parce que lorsqu'il laissa enfin tomber son pantalon, Lisa avait aussi perdu ses vêtements.

Elle le rejoignit, complètement à l'aise alors qu'elle oscillait nue entre ses bras.

— Tu vas rater mes meilleures techniques, en regardant d'aussi près, la taquina Josiah.

— Fais-moi confiance, répondit-elle avec un hoquet alors qu'il prenait un de ses seins, puis se baissait pour aspirer son mamelon dans sa bouche. Je n'ai pas besoin de les voir pour les apprécier.

Ils firent l'amour, lentement et tendrement au début, jusqu'à ce qu'aucun d'eux ne puisse se retenir. Leurs mains, leurs dents, leurs caresses et la pression s'intensifièrent jusqu'à ce que le plaisir incandescent fasse fondre la colonne vertébrale de Josiah et qu'ils finissent affalés l'un contre l'autre, haletants devant le feu.

Lisa changea de position, posa la tête contre son torse qui se soulevait toujours.

— Je t'aime. Tellement.

— Bien, répondit-il avec l'énergie limitée qu'il lui restait, se demandant s'ils avaient vraiment besoin de se déplacer jusqu'au lit.

Elle se mit à rire doucement.

— Ouais, je suppose que ça l'est.

21

———

Le dîner à Silver Stone semblait différent. Pas simplement parce que Lisa n'avait pas préparé le repas seule ni parce qu'il y avait plus de membres de la famille qu'avant.

Près d'elle, les doigts de Josiah s'entrelaçaient aux siens pendant qu'il discutait confortablement avec Caleb, et c'était ce qui faisait la différence.

Sans marquer de pause dans sa discussion, Josiah se pencha, prit un autre biscuit fraîchement préparé et le posa sur l'assiette de Lisa avant qu'elle ne puisse l'interrompre pour lui en demander un.

Lisa lui serra les doigts, puis libéra sa main pour beurrer et dévorer la gourmandise friable. Le fait que cet homme avait appris à lire dans ses pensées était tout aussi louche que charmant.

Karen et Julia étaient toutes deux attablées aussi et leur père n'avait pas encore quitté la ville. George Coleman semblait saisir la moindre occasion de passer du temps avec ses petits-enfants et ses filles.

Caleb n'avait plus l'air inquiet non plus, parce que Tamara rayonnait de santé. Elle avait fait fuir Lisa de la cuisine la dernière fois qu'elle avait essayé de l'aider, et n'avait cédé que lorsque ses trois sœurs – stupéfiant de penser ça... *trois* sœurs – avaient toutes exigé de passer du temps ensemble.

Julia apprenait qu'il était inutile d'hésiter quand il s'agissait de gérer des frères et sœurs.

Dans une autre direction, Sasha et Emma souriaient radieusement alors qu'elles vantaient combien leur petit frère était merveilleux. À presque deux mois, Tyler changeait rapidement, mais même si Lisa pensait qu'il était adorable, il n'avait pas encore beaucoup de personnalité.

Mais pas d'après ses sœurs.

— Tyler est vraiment intelligent. Il veut que je lui fasse encore la lecture ce soir. Tonton Walker dit que Tyler deviendra un jour une grande star du rodéo et tonton Luke dit qu'il sera un super dresseur de chevaux. Tonton Dustin dit que Tyler sera un grand chanteur... Kelli dit que c'est parce qu'il peut crier très fort.

Sasha sortit tout ça sans reprendre sa respiration.

— Même s'il se met à puer, admit Emma doucement, s'appuyant plus près de Josiah pendant qu'elle parlait. Est-ce que je pourrai jouer avec Ollie après le dîner, tonton Josiah ?

Lisa se figea, se demandant comment il allait réagir à cette erreur d'appellation. Elle n'en voulait pas à Emma d'avoir commis cette erreur quand tous les autres hommes autour d'elles étaient des *tontons*.

Seulement, Josiah ne fit que se rapprocher comme un complice, parlant si doucement que Lisa ne pouvait pas l'entendre, mais quoi qu'il lui dise cela fit glousser sa nièce.

De l'autre côté de la table, Tamara souriait radieusement alors qu'elle regardait Lisa et Josiah.

Ce devait être fait. Lisa lui tira la langue.

Quand Julia le remarqua et ricana, Karen soupira comme seule une grande sœur le pouvait, puis toutes les quatre éclatèrent de rire.

George secoua la tête, mais il lança un clin d'œil à Caleb.

Après le dîner, pendant qu'ils débarrassaient la table, Karen inspira profondément, puis lâcha une bombe avec une grande désinvolture.

— J'ai commencé à remplir mon formulaire de formation de thérapeute équin aujourd'hui.

— Tu plaisantes, dit Josiah, qui fut le premier à réagir avec son habituel enthousiasme. Je ne savais pas que ça t'intéressait.

— J'adore travailler avec les chevaux et le programme en vaut la peine. Il semble que je doive avoir une formation officielle, alors... dit-elle en lançant un coup d'œil à leur père. Papa et moi, nous en avons parlé et il pense que c'est une bonne idée.

Lisa avait ouvert la bouche pour demander ce qui se passait quand elle se reprit juste à temps.

Mais le fait qu'elle referme brusquement la bouche ne passa pas inaperçu. Josiah posa la main sur sa taille et la serra, lui promettant son attention plus tard.

George leva la voix.

— Karen a travaillé dur pour Whiskey Creek, et si elle veut essayer quelque chose de nouveau, elle mérite cette chance.

— Il n'y a aucune garantie pour que je l'intègre cette année, confia Karen. La date butoir pour l'inscription est à la fin de la semaine, et ils annonceront les décisions finales dans les quinze prochains jours. Alors le bon côté, c'est que je n'aurai pas beaucoup de temps pour ruminer.

— Tu vas réussir, dit Julia avec enthousiasme avant de regarder autour d'elle avec un sourire hésitant. Enfin, tu sembles savoir ce que tu veux et j'ai entendu dire que tu étais géniale avec les chevaux, alors... Bonne chance ?

Karen lui posa une main sur l'épaule.

— Merci. J'apprécie, plus que tu ne le crois.

Tout le monde s'empressa de lui offrir ses encouragements, y compris Lisa, mais quelque chose en elle brûlait toujours.

Josiah ne dit rien avant un bon moment, mais une fois que la conversation se ralentit un peu et qu'ils parlèrent davantage en petits groupes, il l'attira contre lui. Il plaça ses lèvres près de son oreille pour chuchoter :

— Qu'est-ce qui ne va pas ?

Elle se retourna, faisant semblant de se prêter au jeu d'un signe d'affection en public, mais elle se surprit à deux doigts de répondre en grognant.

— Tout ce que j'ai fait pour orchestrer la fusion des ranchs Coleman ? Je l'ai fait pour que Karen puisse être heureuse là-bas. Et maintenant elle va partir ?

— Aaah.

Josiah caressa la joue de Lisa d'un doigt. Son amour brillait si clairement qu'il apaisa la douleur en elle.

— Ce qui est bien, c'est que ton travail a servi à améliorer le futur pour toute ta famille. *Le mieux*, c'est que ta sœur fait quelque chose pour être heureuse. N'est-ce pas ?

Oui. Cent, mille fois *oui*, lorsque Lisa se rendit compte que c'était exactement ce qui se passait.

Elle l'embrassa rapidement, repoussant le léger agacement qui disparaissait vite.

— Tu es tellement intelligent.

— Ton génie déteint sur moi. Tu veux parier que dans cinquante ans je t'aurai presque rattrapée ?

Elle écarquilla les yeux un instant. Elle l'avait remarquée. Son allusion à l'éternité, et elle ne fuyait pas, effrayée.

— Ha, comme si j'allais refaire un autre pari avec toi. Tu trouverais le moyen d'en faire un quitte ou double et je devrais vivre jusqu'à trois cents ans pour être payée.

— Ça me va, la taquina Josiah en l'embrassant rapidement.

Une toux délicate résonna devant eux.

Emma attendait patiemment et impatiemment, se tortillait sur place comme une petite fille normale de huit ans. Elle lança un bref coup d'œil à Josiah avant de tourner son regard suppliant vers Lisa.

— Tata Lisa, est-ce que je peux jouer avec Ollie ? Je te promets que je m'occuperai bien d'elle.

— Bien sûr, ma puce, mais tu devras la garder dans la buanderie, d'accord ? dit Lisa.

La tentation l'embrasa et elle se rapprocha pour lui chuchoter sa question.

— Qu'est-ce que Josiah t'a dit tout à l'heure ?

Emma se couvrit la bouche, puis entrouvrit les doigts pour glousser en répondant. Doucement, mais suffisamment fort pour que Josiah puisse l'entendre facilement.

— Il a dit qu'Ollie t'aime presque autant que lui, alors je dois être très douce avec elle.

Quelque chose fondit dans la poitrine de Lisa. Sa gorge se serrait alors qu'elle frottait la tête d'Emma, puis elle l'envoya à l'arrière de la maison pour câliner Ollie.

Ensuite, elle leva les yeux vers Josiah.

— Tu es...

Elle déglutit péniblement, incapable de terminer.

Le sourire de Josiah s'agrandit.

— Je sais.

Un rire s'échappa.

— Une source *d'ennuis*.

— Ça aussi, dit-il.

Puis il la souleva et la déposa sur ses cuisses où il entreprit de l'embrasser follement, malgré les commentaires taquins qui provinrent instantanément du reste de la famille.

L'amour créait une différence. L'amour, et Josiah.

Fin mai, Heart Falls, une voie sans issue isolée...

Josiah ouvrit le texto qu'il avait reçu de la part de Lisa, riant un instant de la facilité avec laquelle elle était passée dans leur nouveau monde. Ils ne voyageaient pas encore, mais ils s'amusaient. Pour l'instant, cela leur convenait et ils appréciaient que cela fonctionne totalement. Lisa avait emménagé avec lui juste au moment où Finn et Zach avaient déménagé et soudain Josiah avait un foyer où les amis et la famille passaient et remplissaient l'endroit de bruit et des rires.

Mais cette journée n'était que pour Lisa et lui.

Il ouvrit le message venant d'elle et sourit.

Lisa : « Tout ce dont j'ai besoin c'est d'une estimation pour le compte à rebours. Lis et profite bien ! »

« Décor : une portion solitaire de la grande route d'Alberta. Spécifiquement, la voie sans issue après le coin de Mitchell. Si tu ne sais pas où c'est, s'il te plaît, appelle-moi parce que je ne veux pas me retrouver là-bas toute seule ! :)

Rôle principal féminin : une chanteuse country prometteuse qui se dirige vers son boulot quand sa camionnette tombe en panne.

Rôle principal masculin : un milliardaire reclus local et excentrique qui la trouve à marcher sur la route. L'attirance est instantanée et aucun d'eux ne peut s'empêcher de toucher l'autre. »

Il approuvait tout ça à cent pour cent. Sa scène, ses personnages... les bêtises dont ils s'apprêtaient à profiter.

Josiah : « J'ai entendu dire que cette metteuse en scène était très exigeante. »

Lisa : « Elle l'est. Tu ferais bien d'avoir un comportement exemplaire. »

Josiah : « Bien, m'dame. Je te laisse, maintenant. Je devrais pouvoir arriver sur scène dans dix minutes. »

Lisa : « Merde. »

— Tu es une femme incroyable, annonça-t-il à voix haute en rangeant son téléphone.

Josiah se dépêcha de chercher sous le siège le seul accessoire qu'il avait avec lui. Étant donné les probabilités, il l'avait caché en prévision d'un moment comme celui-ci et, après l'avoir enfilé, il démarra à fond, puis quitta le parking et se dirigea vers la grand-route.

C'était une superbe journée. Même s'il était possible qu'ils aient encore de la neige, il semblait que c'était une de ces années où le printemps arrivait tôt et prévoyait de rester.

L'herbe sur le bord de la route avait à peine commencé à verdir, mais il faisait chaud... une chaleur printanière, avec le soleil qui peignait le ciel de teintes pastel illustrant clairement le bonheur.

Josiah tourna dans la voie sans issue après la route de Mitchell. La camionnette de Lisa était garée sur le côté, hors de vue des conducteurs curieux. Alors que la route s'inclinait vers le nord, puis tournait vers l'ouest, il ralentit pour profiter du scénario que Lisa avait créé.

Elle se baladait au milieu de la route – elle se pavanait en fait –, et un frisson le parcourut.

Plus il se rapprochait, plus son amusement croissait. Lisa avait l'air d'une parfaite rock star de country. Une guitare était accrochée sur son épaule et elle portait un chapeau et des bottes de cow-boy avec une jupe à peine visible – bon sang, il aimait qu'elle se souvienne de ses remarques.

Mais un rire lui échappa, parce qu'elle avait amené Ollie et que, à l'instant où la chienne entendit la camionnette de Josiah, elle s'immobilisa sur place au milieu de la route. La chienne lui lança un coup d'œil, puis son regard revint sur Lisa, puis sur lui comme si elle était complètement tiraillée sur la direction dans laquelle aller.

Josiah se gara sur le bord de la route, derrière la camionnette de Lisa.

Celle-ci se tourna, l'attendant avec un large sourire alors qu'il s'avançait.

Elle le regarda de haut en bas, son regard s'attardant sur son torse et la cravate qu'il avait rapidement nouée avant de quitter la cabine.

Le bonheur de son expression sembla encore augmenter.

— Hé, étranger. Êtes-vous venu me sauver ?

— Si vous en avez besoin. Peut-être que c'est vous qui êtes venue me sauver, répondit-il en s'arrêtant à trente centimètres d'elle et en baissant les yeux avec admiration. Cela fait longtemps que personne ne m'a chanté la sérénade.

— Et vous pensez que je suis prête à vous jouer... la *sérénade* ?

Il sourit.

— Oui, s'il vous plaît.

Elle se mit à rire, s'approcha de lui et plaça la guitare derrière son dos pour qu'il puisse la soulever. Il l'embrassa passionnément avant de retourner à sa camionnette.

Lisa chuchota alors qu'elle lui tapotait l'épaule.

— Désolée de sortir du personnage, mais je dois ranger la guitare parce que, s'il lui arrive quelque chose, Walker Stone aura ma peau.

C'était trop drôle.

Il la reposa pour qu'elle puisse retourner à sa camionnette. Elle sortit un étui à guitare, rangea tout prudemment et posa l'étui sur le siège avant de sa camionnette. Pendant ce temps-là, Josiah attrapa Ollie et la fit monter à l'arrière sur la plateforme de la camionnette pour qu'elle ne soit pas dans leurs pattes ou ne se promène pas sans supervision.

Ils terminèrent leurs tâches en même temps. Lisa se tourna vers lui, s'essayant les mains.

Josiah marqua une pause.

— Sommes-nous prêts pour le prochain acte ? chuchota-t-il.

— Je crois, répondit-elle. Jolie tenue, au fait.

Elle fit un geste vers sa cravate.

— Je pense que c'est ce que tous les milliardaires excentriques reclus les mieux habillés portent cette année.

Lisa passa la main autour du tissu et l'utilisa pour l'attirer vers elle. Ramenant sa voix à un volume normal avec une inflexion sexy, elle rentra dans son personnage.

— Vous devrez me ramener chez vous plus tard pour que je puisse jouer pour vous. Mais je me sens un peu timide et seule.

— Je peux vous remonter le moral, promit-il.

Josiah la pressa contre sa camionnette et, comme toujours, la passion s'embrasa.

En tout cas, jusqu'à ce qu'une langue humide glisse sur sa joue. Josiah recula de surprise et découvrit Ollie qui tentait frénétiquement de laver Lisa avec sa langue aussi.

— Ollie. Descends.

D'un air abattu, Ollie bondit du plateau surélevé de la camionnette où elle s'était tenue dans un équilibre précaire et alla vers l'arrière du plateau, agitant furieusement la queue jusqu'à ce que Josiah vienne l'attraper.

— Tu ne peux pas courir partout dans la campagne pendant que nous serons occupés, expliqua-t-il en ouvrant la portière de la camionnette et en déposant la chienne à l'intérieur.

Il entrouvrit la vitre puis attrapa un ensemble de couvertures. Un instant plus tard, il avait refermé fermement la portière et lancé la pile à l'arrière de la camionnette.

— Allons-nous être occupés ? demanda Lisa innocemment.

— C'est un moyen de ne pas être seul, dit-il.

Josiah détendit sa cravate, souleva Lisa et s'allongea doucement avec elle sur le hayon.

Bientôt, les couvertures furent étendues et il regardait la plus jolie cow-girl qu'il ait jamais vue.

— Je t'aime, dit-il malgré sa gorge serrée.

Elle attrapa l'avant de sa chemise et l'attira vers elle, l'embrassant intensément. Ses mains errèrent sur ses boutons jusqu'à ce qu'elle puisse effleurer sa peau.

— Je t'aime aussi, espèce de milliardaire reclus et excentrique.

Josiah se mit à rire.

— C'est un peu rapide pour tomber amoureux, n'est-ce pas ? la taquina-t-il.

Cela lui attira une réponse immédiate. Lisa secoua la tête.

— Quand c'est le bon, ça ne va jamais trop vite. Quand on cherche à passer l'éternité ensemble, il est important de commencer tout de suite.

Elle avait raison.

Il se pencha pour l'embrasser de nouveau quand un grattement soudain sur la vitre arrière de la cabine de la camionnette fut immédiatement suivi d'un long hurlement interminable.

Ollie avait le cœur brisé d'être séparée de ses êtres chers.

Josiah continua, embrassant Lisa avec enthousiasme jusqu'à ce qu'elle lui pose les paumes contre le torse et le repousse.

Elle avait un air contrit :

— Je suis désolée. Je ne peux pas faire *ça* quand elle fait *ça*.

Josiah fit semblant de soupirer avant de rouler sur lui-même, entraînant Lisa avec lui et l'aidant à s'asseoir.

— Cœur sensible, la taquina-t-il avant de filer.

Il bondit pour aller sauver la chienne.

Lisa appuya les bras sur le bord du plateau de la camionnette, lui souriant gentiment.

— Je t'aime, répéta-t-elle.

Il souleva Ollie et la plaça à l'arrière, écarta une couverture des autres et ordonna fermement à la chienne de s'asseoir et de ne pas en bouger.

Puis il attrapa Lisa et la fit glisser sur ses cuisses, s'appuyant contre le bord extérieur de la cabine et la rapprochant suffisamment de lui pour qu'ils puissent se concentrer sur la suite.

— Je n'ai jamais embrassé une cow-girl rock star. Je ne sais pas si je suis doué pour ça.

Lisa passa une main sur sa joue.

— On ne sait jamais avant d'avoir essayé. Et de toute façon, nous avons l'éternité pour nous entraîner.

ÉPILOGUE

Fin mai, Rocky Mountain House. Ranch de Whiskey Creek.

Karen Coleman fixait la lettre du ministère de l'Éducation. Elle avait beau continuer à la regarder, les mots ne disparaissaient pas.

— Je suis admise.

Son père leva les yeux du journal qu'il avait sur les cuisses.

— Admise où ?

Elle agita l'enveloppe mais continua à lire.

— À Helton. La formation thérapeutique. Oh mon Dieu, je commence en octobre !

— Bravo.

George Coleman se racla la gorge alors qu'il fermait le journal pour lui accorder toute son attention.

— Content que tu puisses déployer tes ailes et essayer quelque chose de nouveau.

— Je suis contente que tu aies beaucoup de gens qui peuvent t'aider ici dans le ranch.

Elle allait poser la lettre quand un nom attira son regard et elle s'arrêta pour relire le commentaire plus en détail. Puis juste encore une fois, parce qu'elle n'était pas sûre de ce qu'elle voyait.

Parmi tout ce qu'elle aurait pu imaginer, cela seul ne figurait pas sur la liste des possibilités.

Elle leva les yeux.

— Tu as envoyé une recommandation ?

Les lèvres de son père se plissèrent.

— Tes papiers étaient étalés sur toute la table. Ils disaient que tu étais censée envoyer des recommandations, n'est-ce pas ?

— Oui, mais ça vient habituellement des professeurs et des employeurs, pas de la famille.

George haussa les épaules.

— Ce n'est pas ta faute si tu as travaillé pour ta famille toute ta vie. Tu es douée dans ce que tu fais, chérie. Je suis simplement désolé que ça m'ait pris aussi longtemps de me remettre la tête à l'endroit et de te le dire sans en faire un compliment ambigu. Cette formation équine est ce que tu souhaites, alors je dois t'aider à réussir. J'ai écrit un mot et je l'ai glissé dans l'enveloppe avant que tu ne la fermes.

La gorge de Karen se serra. Ils avaient encore leurs moments, où ils se disputaient, mais depuis que Julia était entrée en scène, George Coleman agissait beaucoup plus comme un père qu'il ne l'avait jamais fait au cours des trente-deux années précédentes.

— J'apprécie. Beaucoup, dit Karen sincèrement. Mais je veux que tu saches que je ne ferais pas ça si Whiskey Creek n'avait pas l'aide dont tu as besoin pour qu'il tourne.

Il agita une main.

— Je sais. Si tu veux un jour rentrer à la maison, il y aura toujours du travail ici pour toi, dit-il en faisant la grimace. Je vais me faire tellement charrier par mes frères et mes neveux pour avoir laissé la meilleure dresseuse de chevaux d'Alberta s'en aller...

Elle s'avança à ses côtés, le retrouvant à mi-chemin lorsqu'il se leva pour l'étreindre chaleureusement. Il lui tapota le dos comme si elle était un des gars.

Il recula et la regarda.

— Voilà une autre idée. Va passer du temps avec tes sœurs.

— Maintenant ?

Son père haussa les épaules.

— Pourquoi pas ? Tu n'as jamais pris de vacances, et quand tu commenceras le programme en octobre, tu n'en auras pas. Pas avant un long moment. Va à Heart Falls. Passes-y l'été. Cela te donnera l'occasion de passer du temps avec Julia pendant qu'elle est dans le coin.

L'étreinte suivante fut impulsive et parfaite, construisant un lien plus positif entre eux que jamais auparavant.

— Ça me paraît une idée fantastique. Merci, papa.

Cette suggestion se transforma en action.

La semaine suivante fut un tourbillon. Karen téléphona à toutes ses sœurs et leur parla du plan incroyable. Elle se trouva un travail dans la région de Heart Falls, parce qu'elle n'arrivait pas à imaginer de n'avoir rien à faire pendant quatre mois. Elle s'organisa pour que son cheval soit hébergé chez Josiah et elle emballa des affaires qui dérangeraient son père si elle les laissait à Whiskey Creek.

Le plus difficile à trouver fut un espace où vivre.

Elle ne voulait pas dormir à Silver Stone, et Lisa venait d'emménager avec Josiah. Impossible qu'elle vienne troubler cette effervescence.

Julia proposa à Karen de se joindre à elle, mais elle vivait dans un studio près de la caserne de pompiers et c'était une situation où « apprendre à se connaître » serait un peu trop intense.

L'offre qui arriva ensuite fut trop tentante pour y résister.

Josiah et Lisa la mirent sur haut-parleur pour lui donner les détails.

— C'est un petit chalet derrière la maison principale. C'était une annexe jusqu'à récemment, mais le bien a de nouveaux propriétaires. Ils prévoient de tout rénover, en commençant par la maison. Le chalet n'est pas très grand, mais les propriétaires apprécieraient d'avoir quelqu'un dedans, dit Josiah. Le prix est raisonnable et je peux me porter garant pour eux.

— Je pense que tu es censé te porter garant pour *moi*, le taquina Karen.

— Ça aussi. Dois-je leur dire que tu vas le prendre ?

Elle avait bondi sur l'occasion et, à peine trois jours plus tard, elle s'installait et attendait avec impatience sa prochaine aventure.

Ce n'était que pour quatre mois. C'était le temps dont elle disposait avant de passer à autre chose, mais un court passage à Heart Falls était exactement ce dont elle avait besoin avant de commencer sa nouvelle vie.

La maison était parfaite... complètement meublée. Tout ce que Karen avait eu à faire, c'était de venir en voiture et d'apporter sa valise.

Le logement était petit mais cosy et, alors qu'elle rangeait ses affaires dans la chambre avant de revenir dans la cuisine, c'était une toute nouvelle sensation qui s'enroulait autour d'elle comme un ruban attaché par un nœud.

Quand avait-elle eu *un jour* un logement pour elle ?

Absolument jamais. C'était quelque peu pathétique pour une femme de trente-deux ans, et pourtant son père avait eu raison. Elle avait toujours travaillé pour sa famille, elle avait toujours habité au ranch de Whiskey Creek.

Il était temps de faire quelque chose de nouveau.

Elle erra un moment, ramassant des objets et les reposant juste parce qu'elle le pouvait. Avec un cri aigu de joie, elle se jeta sur le canapé et regarda fixement le plafond.

Du repos. Du temps avec ses sœurs. Du temps *seule*. Seigneur, cela allait être merveilleux.

On frappa fermement à la porte et Karen bondit joyeusement sur ses pieds. Elle regarda par la fenêtre latérale et vit une haute silhouette masculine qui portait un chapeau de cow-boy et regardait par-dessus son épaule comme pour examiner le terrain.

Probablement Josiah. Il avait dit qu'il passerait voir comment elle allait et s'assurer qu'elle était bien installée.

Elle ouvrit la porte en grand.

— Hé, quoi de neuf ?

La seconde suivante, son cœur bondit dans sa poitrine et l'adrénaline envahit son corps... parce que ce n'était pas Josiah ni l'un des frères Stone. C'était un souvenir surgi de son passé.

Finn Marlette, hors du commun. Son corps musclé était couvert de la tête aux pieds de denim noir tout neuf, un chapeau de cow-boy sur la tête et une expression sérieuse familière sur le visage. La même mâchoire ciselée, les mêmes yeux vifs.

Les mêmes lèvres tentantes qui donnaient tellement envie de l'embrasser.

Il avait à la main un bouquet de ses fleurs sauvages préférées qu'il lui tendit.

— Bienvenue à Heart Falls.

Karen recula et lui claqua la porte au nez.

~

Vivian Arend, auteure de best-sellers au *New York Times*, vous présente *Les Sœurs de Heart Falls*. Dans cette série, il est question de retrouver sa famille, de chercher l'amitié et l'amour... et de ne pas se contenter de peu.

~

Les Sœurs de Heart Falls
L'Histoire tendre d'une cow-girl
L'Histoire secrète d'une cow-girl
L'Histoire rêvée d'une cow-girl

~

Vivian fait actuellement traduire ses nombreuses séries. Merci de consulter son site web pour toutes les dernières informations.
www.vivianarend.com/fr

À PROPOS DE L'AUTEUR

Avec plus de 3 millions de livres vendus, Vivian Arend est une auteure de best-sellers figurant aux classements du New York Times et de USA Today. Elle a écrit plus de 70 romances contemporaines et paranormales.

Ses livres sont des romans intégraux qui peuvent se lire indépendamment de toute série et ne se terminent pas sur un suspense. Ce sont des histoires pleines d'humour et d'émotions, avec des moments sensuels et des fins heureuses. Vivian estime avoir le plus beau métier au monde. Elle habite en Colombie-Britannique, au Canada, avec son mari depuis plusieurs années (l'inspiration de chacun de ses héros et un compagnon volontaire pour toutes sortes d'aventures).

NOTES

Chapitre 1

1. NdT : Comédie musicale créée par Lionel Bart d'après le roman *Oliver Twist* de Charles Dickens.
2. NdT : Camionnettes avec quatre roues à l'arrière.

Chapitre 3

1. NdT : Le nom signifie « Les Livres Renversés » ou « Les Livres de Fallen », qui est le nom de famille de Sonora.
2. NdT : Agence et programme indépendant du gouvernement américain, qui entraîne et déploie des volontaires pour fournir une assistance au développement international, en particulier auprès des pays en développement.

Chapitre 6

1. NdT : Petits roulés faits à partir d'une pâte aux œufs, généralement cuits dans des moules à muffins. Ils peuvent être garnis comme un dessert ou accompagnés de viande.
2. NdT : Col de montagne dans le pays des Kananaskis, en Alberta. C'est la route goudronnée la plus haute du Canada. Le col est fermé chaque année du 1er décembre au 14 juin à cause des lourdes chutes de neige et pour protéger la faune sauvage.
3. NdT : Au Canada, les 4-H sont un organisme à but non lucratif qui vise au développement positif des jeunes.

Chapitre 8

1. NdT : Roman de Lucy Maud Montgomery aussi connu en France sous le titre *Anne... la maison aux pignons verts*.
2. NdT : Autre référence à *Anne de Green Gables*.

Chapitre 15

1. NdT : Le lundi précédant le 25 mai est un jour férié, célébrant l'anniversaire officiel du monarque du Canada depuis l'époque de la reine Victoria (qui était née le 24 mai).
2. NdT : Référence à une comptine pour enfant, Miss Muffet.
3. NdT : La comptine Miss Muffet fait référence à la peur des araignées.

Chapitre 17

1. NdT : En français dans le texte.
2. NdT : En français dans le texte.

Chapitre 18

1. NdT : On pourrait traduire ça par « Les dévergondées de Sa Majesté ».
2. NdT : « Les briseuses de cœur de Heart Falls ».
3. NdT : *Buns* signifie « miches » en français.

Chapitre 20

1. NdT : En français dans le texte.